KB078442

치카를 찾아서

치카를 찾아서

미치 앨봄 지음
박산호 옮김

살림

| 추천의 말 |

내 안의 선한 의지를 일깨워주는 책

배우 차인표·신애라

2009년 3월, 컴패션을 통해 후원하던 아이를 만나기 위해 나와 내 아내가 아이티를 방문했을 때 있었던 일이다. 한 노점상이 길거리에서 진흙쿠키를 팔고 있었다.

그가 파는 것은 진흙에 소금과 버터를 넣고 휘저어서 햇빛에 말린 '쿠키 모양의 진흙'이었다. 나는 대장균이 가득해 보이는 그것을 촬영용으로 구입했는데, 근처에 있던 어린 남자 아이가 다가와 한 개만 달라며 손을 내밀었다. 줄 수도 없고 안 줄 수도 없어 망설이다가 간절한 얼굴로 바라보는 아이를 외면할 수 없어 한 개를 건네주었다.

진흙쿠키를 받아 든 아이는 길모퉁이에 주저앉아 있는 자신의 여동생에게로 가서 쿠키를 반으로 쪼개더니 나누어 먹었다.

숙소에서 이 이야기를 들은 아내는 눈물을 흘렸다. "탈이 날 줄 알면서 진흙쿠키를 먹는 아이들과 그런 자식을 지켜보며 가슴 졸일 엄마의 마음을 생각하니 마음이 아프다"라고 했다. 내 아내와 나는 한국으로 돌아가더라도 '진흙쿠키'를 잊지 말자 약속했다.

그로부터 12년이 지났다. 코로나가 세상의 모든 소식들을 집어삼킨 듯하다.

나는 며칠 전 미치 앨봄이 쓴 『치카를 찾아서』를 읽었다. 아이티 대지진 후 부모 잃은 아이들을 위해 현지에 보육원을 설립해 돌보고 있는 베스트셀러 작가 미치 앨봄이 치카라는 고아와 함께 한 여정을 기록한 이야기다.

잔잔하고 담담하게 써내려간 이 책에는 읽을수록 눈덩이처럼 커지는 힘이 있다. 그것은 세상의 소식에 가려 잊고 있던 '진흙 쿠키'의 약속을 일깨워주는 힘이다. '타인의 아픔에 공감'하고자 하는 마음을 불러일으키는 힘이다.

내 안 어딘가에 묻힌 선한 의지를, 손으로 더듬어 찾아주듯, 글로 더듬어 일깨워준다.

"여기 있다!" 미치 앨봄의 가슴에 손을 얹으며 남긴 치카의 마지막 말처럼, 이 책은 많은 사람의 가슴을 어루만지며 잊었던 마음을 찾아줄 것이라 믿는다.

내가 한 살이었을 때
나는 막 시작했다.

내가 두 살이었을 때
나는 새것이나 다름없었다.

내가 세 살이었을 때
나는 거의 내가 아니었다.

내가 네 살이었을 때
나라고 할 만한 건 별로 없었다.

내가 다섯 살이었을 때
그저 살아가기에 급급했다.

하지만 이제 여섯 살인 나는 최고로 똑똑해졌다.
그러니까 영원히 여섯 살로 살아가겠다.

– A.A. 밀른

일러두기

1. 외국 인명과 지명을 비롯한 고유명사는 국립국어원 외래어표기법 및 용례에 따라 표기하되, 국내에서 이미 굳어진 경우에 한해서는 관용적 표기로 옮겼다.
2. 단편소설, 기사 등의 제목은「 」로, 책 제목은『 』로, 영화명, 노래명, 잡지명은 〈 〉로 묶었다.
3. 원서의 이탤릭체는 서체를 달리해 본문에 표기했다.

차례

1장

우리

"왜 글을 안 써요, 미치 아저씨?"

치카는 내 사무실 카펫 위에 누워 있었다. 바닥에 똑바로 누워 손가락으로 장난을 치고 있었다.

치카는 유리창으로 스며들어 오는 빛이 아직도 희미한 아침 일찍 와 있었다. 가끔은 인형이나 매직펜을 몇 자루 들고 있기도 했고, 또 가끔은 빈손으로 오기도 했다. 치카는 윗도리에 마이 리틀 포니 만화가 그려져 있고, 아랫도리에는 파스텔 색조의 별들이 그려진 파란 파자마를 입고 있었다. 예전에 치카는 아침마다 이를 닦은 후 직접 그날 신을 양말과 셔츠 색을 맞춰 옷을 고르길 좋아했다.

하지만 이제는 아니다.

치카는 우리 집 마당의 나무들이 싹을 틔우기 시작한 작년 봄에 세상을 떠났다. 다시 봄이 찾아와 그때처럼 싹이 돋아나고 있다. 치카가 떠난 후 우리는 제대로 숨을 쉴 수도, 잠을 잘 수도 없었고, 입맛도 잃은 채 그만 정신 차리라는 사람들의 말을 듣기 전까지 오랫동안 허공만 멀거니 바라보곤 했다.

그러던 어느 날 아침, 치카가 다시 나타났다.

"아저씨는 왜 글을 안 쓰고 있어요?" 치카가 다시 말했다.

나는 팔짱을 낀 채 텅 빈 컴퓨터 화면을 물끄러미 바라봤다.

뭐에 대해?

"나에 대해서죠."

쓸 거야.

"언제?"

곧.

치카는 마치 만화에 나오는 호랑이처럼 으르렁 소리를 냈다.

화내지 마.

"흠."

화내지 마, 치카.

"흠."

가지 마, 알았지?

치카는 생각 좀 해봐야겠다는 듯이 작은 손가락을 책상에 대고 톡톡 쳤다.

치카는 절대 오래 머물지 않았다. 치카는 세상을 떠나고 8개월 후인 내 아버지의 장례식 날 아침에 처음 나타났다. 나는 하늘을 보면서 밖에서 걷고 있었다. 그런데 갑자기 치카가 내 옆에 서서 현관 난간을 잡고 있었다. 나는 그 상황을 믿을 수 없어 치카를 불렀다. "치카?" 그러자 치카가 몸을 돌렸고 나는 아이가 내 말을 들을 수 있음을 알았다. 나는 이건 꿈이고 아이가 언제라도 사라질 거라는 생각이 들어서 치카에게 정신없이 이야기했다.

그때는 그랬지만 최근에 치카가 나타나면 침착하게 행동한다. 내가 "좋은 아침이야, 예쁜아"라고 하면 치카가 대꾸한다. "좋은 아침, 미치 아저씨." 그리고 바닥이나 자신의 작은 의자에 앉는다. 내가 절대 치우지 않았던 바로 그 의자에. 살다 보면 익숙해지지 못할 일이 없다. 심지어 이런 일마저도.

"왜 글을 안 쓰고 있어요?" 치카가 다시 말했다.

사람들이 나보고 좀 기다리라고 했거든.

"누가요?"

친구들. 동료들.

"왜요?"

나도 몰라.

사실은 거짓말이다. 나는 그 이유를 알고 있다. 너에겐 시간이 좀 더 필요해. 네 상처는 아직 아물지 않았어. 지금 넌 너무 감정에 복받쳐 있어. 아마 그들의 말이 옳을 것이다. 사랑하는 이들에 대해 글을 쓸 때 우리는 그들에 대한 진실을 받아들이게 된다. 아마 나는 이 현실, 치카가 죽었고 내게 남은 건 종이에 쓴 글뿐이라는 현실을 받아들이고 싶지 않았을지도 모른다.

"나 좀 봐요, 미치 아저씨!"

치카는 바닥에 누워 왼쪽 오른쪽으로 데굴데굴 굴렀다.

"원생이 엉뎅이는 빨개, 빨간 건……."

원숭이 엉덩이, 내가 수정했다. 원숭이 엉덩이라고 해야지.

"아니야." 치카가 말했다.

치카의 뺨은 통통했고, 머리는 촘촘하게 땋은 채였으며, 입은 금방이라도 휘파람을 불 것처럼 오므리고 있었다. 몸집은 다섯 살 때 처음 우리가 아이티에서 데려왔던 바로 그 정도에 머물러 있었다. 그때 우리는 치카에게 의사들이 병을 낫게 해주는 동안 우리와 같이 살 거라고 말했다.

"언제……."

"아저씨는……."

"글을……."

"쓸 거예요?"

왜 그렇게 신경을 쓰니? 내가 물었다.

"저것 때문에." 치카가 손으로 가리키며 말했다.

나는 치카의 손가락을 따라 내 책상 건너편을 지나 아이가 우리와 같이 지낸 시절의 기념품인 사진들, 플라스틱 빨대컵, 〈뮬란〉에 나온 작고 빨간 용, 달력을 바라봤다.

"저거."

달력? 나는 그 날짜를 읽었다. 2018년 4월 6일.

4월 7일인 내일로 1년이 된다.

치카가 우릴 떠난 지.

그래서 지금 이러는 거야? 내가 물었다.

치카는 자신의 발을 내려다봤다.

"아저씨가 날 잊어버리는 건 싫어." 치카가 중얼거렸다.

아, 아가야, 그건 있을 수 없는 일이야. 어떻게 사랑하는 사람을 잊을 수 있겠니? 내가 말했다.

치카는 내가 아주 당연한 이치를 모르는 것처럼 고개를 갸우뚱했다.

"아니야, 잊을 수 있어." 치카가 말했다.

치카가 우리와 같이 지내기 시작했던 어느 날 밤, 나

는 치카에게 『곰돌이 푸』를 읽어줬다. 치카는 내가 책을 읽어주는 걸 아주 좋아했다. 그런 밤이면 내 품으로 파고들어 자신의 다리 위에 책을 올려놓고 두 손으로 책을 잡고 있다가 내가 다 읽기도 전에 페이지를 넘기곤 했다.

그 이야기가 끝나갈 무렵, 크리스토퍼 로빈이 떠나면서 푸에게 말한다. "날 영원히 잊지 않겠다고 약속해줘. 내가 100살이 돼도 잊지 않을 거라고 해줘." 하지만 푸는 약속하지 않는다. 처음엔 하지 않았다. 대신 푸는 이렇게 묻는다. "그럼 그때 나는 몇 살이지?" 마치 자신이 어떤 약속을 하려는지 확실히 알아두고 싶은 것처럼 그렇게 묻는다.

그 장면을 보자 아이티에 있는 우리 보육원이 떠올랐다. 거기에 손님이 새로 찾아올 때마다 우리 아이들은 이렇게 물었다. "여기에 얼마나 있다가 갈 거예요?" 마치 그 손님에게 애정을 어느 정도 줘야 할지 재보는 것처럼. 그 아이들 모두 전에 한 번씩 보육원 앞에 남겨진 채, 눈물이 가득 고인 눈으로 문을 바라보며, 누군가 돌아와서 자기를 다시 집으로 데려가주길 기다린 적이 있었기 때문이다. 치카도 그랬다. 치카를 우리 보육원에 데려온 사람은 바로 그날 가버렸다. 그러니까 치카가 한 말은 아마도 이런 뜻이었을 것이다. 우리는 사랑하는 사람들을 잊어버릴 수 있다. 그건 아니라 해도, 적어도 그들을 다시 찾으러 돌아오는 걸 잊어버릴 순 있다.

나는 다시 달력을 바라봤다. 내일이면 정말 치카가 떠난 지 1년이 된단 말이야? 바로 어제 일 같은데. 마치 영원처럼 느껴지는데.

좋아, 치카. 글쓰기를 시작할게. 내가 말했다.

"야호!" 치카가 작은 두 주먹을 흔들며 기뻐서 소리를 질렀다.

조건이 하나 있어.

치카는 손을 흔들다 멈췄다.

내가 글을 쓸 동안 넌 여기 있어야 해. 나랑 같이 있어줘, 알겠니?

치카가 내 부탁을 들어줄 수 없음을 알고 있었다. 그래도 나는 협상했다. 그게 우리가 정말 원하는 전부다. 치카가 세상을 떠난 후 아내와 나는 그 아이와 같이 있을 수 있기만을 바라고 또 바랐다.

"내 이야기를 해줘요." 치카가 말했다.

그럼 여기 있을 거야?

"노력해볼게요."

좋아. 너와 나의 이야기를 해줄게. 내가 말했다.

"우리." 치카가 말했다.

그래, 우리. 내가 대꾸했다.

너

치카야, 아주 오래전에 난 너의 나라에 갔단다. 네가 태어나던 날 나는 그곳에 없었어. 몇 주 후에 도착했지. 정말 나쁜 일이 그곳에 일어났거든. 그건 지진이라고 해. 지진이란 건 말이다…….

우리

"미치 아저씨, 잠깐만요."

무슨 문제라도 있니?

"그런 식으로 말하지 말아요."

어떤 식으로?

"마치 내가 아기인 것처럼."

하지만 넌 고작 일곱 살인데.

"아니, 아니야."

그럼 넌 이제 일곱 살이 아니야?

치카는 고개를 흔들었다.

그럼 몇 살인데?

치카는 어깨를 으쓱했다.

그럼 어떻게 말해야 하지?

"어른처럼 말해줘요. 아저씨가 재닌 아줌마에게 하듯이."

정말 그렇게 해줘?

치카는 내 두 손목을 잡고 다시 자판으로 이끌었다. 나는 그 작은 손의 온기를 느끼며 크나큰 기쁨을 느꼈다. 그동안 나는 치카를 만질 수 없지만, 치카는 그럴 수 있다는 사실을 알게 됐다. 이유는 나도 모른다. 이 만남의 규칙들은 잘 이해되지 않는다. 하지만 치카가 날 찾아와줘서 기뻤고, 이런 짧은 만남이 나로선 너무나 간절했다.

나는 다시 이야기를 시작했다.

너

네가 태어난 날 나는 아이티에 없었어, 치카. 나는 그곳에서 끔찍한 지진이 일어난 후 사람들을 돕기 위해 몇 주 뒤에 아이티에 도착했지. 어른에게 하듯 이야기하라고 네가 그랬으니까, 네 나라 인구의 거의 3퍼센트를 단 30초 만에 쓸어버린 엄청나게 강력한 지진이 었다고 표현하마. 그 지진으로 건물들이 무너졌고, 사무실들이 쓰러졌다. 좀 전까지만 해도 멀쩡하게 서 있던 집들이 피어오르는 연기구름 속에서 사라졌어. 사람들은 그 폐허 속에서 죽거나 파묻혔고, 몇 주가 지나서야 회색 재로 온몸이 범벅된 사람들이 발견됐지. 지금까지도 그 지진으로 얼마나 많은 사람이 죽었는지 정확한 숫자는 파악하지 못했지만 수십만에 달했단다. 미국 독립혁명과 걸프전쟁에서 목숨을 잃은 사람들을 합친 것보다 더 많은 이들이 1분도 안 되는 짧은 순간에 목숨을 잃었어.

그것은 비극이 일상인 그 섬에서도 보기 드문 비극이었지. 너의 조국인 아이티는 세계에서 두 번째로 가난한 나라로 오랫동안 수많은 고난을 겪으며 사람들이 죽어간 역사가 있지만, 그래도 그 지진으로 인한 죽음은 너무 급작스럽고 빨랐단다.

하지만 그곳은 굉장히 행복한 나라이기도 하단다, 치카. 아름다움과 웃음과 굳건한 신앙이 있는 나라, 비바람이 불어닥치는 폭풍우 속에서도 서로 팔짱을 끼고 자연스럽게 춤을 추고 기뻐 어쩔 줄 몰라 땅바닥에서 마구 뒹구는 아이들이 있는 나라란다. 너도 한때 그렇게 행복했던 적이 있어. 굉장히 가난하게 살고 있었지만.

내가 들은 너의 출생에 관한 이야기는 이렇단다. 너는 2010년 1월 9일 빵나무 한 그루가 옆에 서 있는 방 두 개짜리 콘크리트 집에서 태어났어. 그 자리에 의사는 없었고, 알버트라는 이름의 산파가 너를 받았지. 사람들 이야기에 따르면, 넌 건강하게 태어났고, 갓 태어난 아기들이 그렇듯 태어나자마자 울음을 터트렸고, 다른 아이들처럼 잠이 들었단다.

네가 태어난 지 사흘째 되던 1월 12일, 지독하게 덥던 오후에 네가 엄마 품에서 자고 있을 때 마치 땅 밑에서 천둥이 치는 것처럼 세상이 온통 흔들렸지. 네가 있던 콘크리트 집이 흔들리다가 지붕이 땅바닥으로 떨어지고 집의 골격이 마치 호두처럼 절반으로 쪼개지면서 너와 네 엄마는 그 자리에서 열린 하늘을 보게 됐지.

그때 하느님이 널 아주 예쁘게 보신 것 같아, 치카. 하느님은 그날 너도 네 어머니도 데려가지 않으셨으니까. 물론 아주 많은 사람을 데려가긴 하셨지만. 너의 집은 무너졌지만, 너와 네 엄마 둘 다 다친 곳은 없었어. 순식간에 허허벌판으로 변해버린 곳에 나앉아 하늘을 마주 보며 있게 됐지만 무사했지. 주위에서는 사람들이 여기저기로 달려가고 쓰러지고 기도하고 울고 있었어. 그들 옆에 나무들이 쓰러져 있었고, 동물들이 여기저기 숨어 있었지.

그날 밤, 너는 사탕수수밭에서 땅바닥에 깔아놓은 나뭇잎들을 침대 삼아 별을 보며 잠이 들었지. 그 후로도 며칠 동안 계속 거기서 잤어. 그러니까 넌 그 격렬하게 요동치는 분노와 아름다움이 깃든 고국의 흙 속에서 태어난 거야, 치카. 아마도 그래서 네가 가끔 그렇게 격렬하게 요동치며 화를 내는지도 모르겠구나. 그리고 넌 너무나 아름다웠지.

넌 아이티 사람이야. 미국에서 살다가 세상을 떠나긴 했지만 넌 다른 곳에 속해 있었지. 지금 나와 같이 이렇게 앉아 있다 해도 말이지.

우리

"훨씬 나아요." 치카가 바닥에 누우면서 말했다.

잘됐네. 내가 대꾸했다.

"미치 아저씨?"

응?

"나도 그 트랜블레만 테 알고 있어요."

지진이란 말이다.

"그건 나빴죠."

그래, 그랬단다.

"미치 아저씨?"

응?

"아저씨에게 할 말이 있어요."

뭔데?

"난 여기 계속 있을 수 없어요."

치카의 큰 눈이 나를 올려다보고 있었다. 우리가 1마일 정도 떨어져 있다고 해도 여전히 그 눈이 보일 거라고 맹세라도 할 수 있다. 아이들의 눈은 세 살 무렵에 완전히 다 크기 때문에 얼굴에 비해 눈이 무척 커 보인다는 말이 있다. 혹은 아이의 마음은 수많은 경이로움으로 가득 차 있어서 눈이 클 수밖에 없다는 말도 있고.

이야기를 계속해도 될까? 지금은 괜찮아? 내가 물었다.

치카는 마치 시디신 레몬을 맛본 것처럼 입술을 오므리고 고개를 내저었다. 살아 있을 땐 항상 이랬다. 마치 머릿속이 혼란스러워 흔드는 것처럼.

"계속해요." 치카가 결정을 내렸다.

너

어느 날, 밤늦게 재닌 아줌마와 내가 네 침대 옆에 앉아 있을 때 네가 조용히 물었어. "날 어떻게 찾았어요?"

그게 아주 슬픈 질문이란 생각이 들어서 네가 했던 말을 되뇔 수밖에 없었어. "널 어떻게 찾았냐고?" 그러자 네가 말했지. "네." 그래서 우리가 말했어. "네 말은 네가 어떻게 우리에게 왔냐는 뜻이니?" 그러자 네가 맞아요, 하고 말했지. 하지만 네가 정말 묻고 싶었던 질문은 처음에 했던 질문처럼 우리가 널 어떻게 찾았는지 알고 싶었을 거란 생각이 들더구나. 마치 안개 낀 숲속에 있는 것처럼 보육원에 오기 전의 네 삶은 기억 속에서 아주 뿌옇고 희미하게만 보일 테니까. 그러니까 "날 어떻게 찾았어요?"란 말은 그런 맥락에서 보면 맞는 말이지. 너로서는 우리가 널 찾아냈다는 느낌이 들 테니까.

하지만 널 사랑하는 사람들은 단 한 번도 널 잃어버린 적이 없단다, 치카. 네가 그걸 알고 있으면 좋겠어.

우리가 널 사랑하기 전에도 널 사랑한 사람들이 있었어. 내가 듣기로 너의 엄마인 리질리아는 키가 크고 강한 여성으로, 큰 얼굴엔 항상 엄격한 표정이 떠올라 있었다고 해. 마치 네 뜻대로 일이 되지 않을 때 네가 짓는 바로 그 표정처럼 말이야. 오카이라는 항구도시에서 얌*을 키우는 농부의 딸이었던 네 엄마는 열일곱 살 때 포르토프랭스에 왔지. 엄마는 글을 읽을 줄 알았고, 생선을 좋아했고, 돈을 벌기 위해 거리에서 자잘한 물건들을 팔았어. 엄마에겐 헤르줄리아라고 하는 친구가 하나 있었단다. 두 사람은 종종 같이 산책하면서 남자 이야기를 하며 웃었지. 마침내 엄마는 한 남자와 사귀게 되었어. 엄마보다 나이가 많고 눈이 슬퍼 보였던 그 남자의 이름은 페드너 쥐이었어. 네 성이기도 한 쥐은 프랑스어로 '어리다'라는 뜻이야. 그러니까 너에게 잘 어울리는 성이지.

네 엄마와 페드너는 딸 둘을 낳았어. 네 언니들이지. 그리고 널 임신했을 때 엄마는 헤르줄리아에게 널 끝으로 아이는 더 낳지 않겠다고 했다더구나. 네 식구들은 너에게 메제르다라는 아주 우아한 이름을 지어줬어. 하지만 얼마 후 사람들은 다들 널 치카라고 부르기

* 열대 뿌리채소 중 하나.

시작했지. 네가 통통한 아기여서 그렇게 불렀다는 사람도 있었고, 치카는 애정을 담은 말이라고 하는 사람도 있었지. 사실 그건 중요하지 않아. 우린 가족이 지어준 이름을 받고, 그 이름이 곧 우리가 되지. 그렇게 너의 이름은 치카가 됐어. 만약 네 엄마가 말한 대로 됐다면 넌 막내가 됐을 것이고, 네 엄마는 살아 있었을지도 몰라. 그랬다면 난 널 만나지 못했겠지.

하지만 엄마와 아빠는 널 낳고 2년 후에 사내아이를 낳았단다. 그 아이는 1년 중 가장 더운 8월 해가 막 떠오르는 새벽에 태어났어. 그때도 산파인 알버트가 옆에 있었지만, 이번에는 뭔가 잘못되고 말았어.

그래서 네 남동생은 살고, 엄마는 돌아가셨단다.

한 침대에서 누구는 살고 누구는 죽는다는 게 말이 안 된다는 건 나도 알고 있단다, 치카야. 하지만 그날 그런 일이 일어났지. 그 후로 넌 식구들을 아주 오랫동안 보지 못하게 되었단다. 장례식이 끝난 후 헤르줄리아 아줌마가 널 데려갔거든. 아줌마는 네 엄마가 자신을 너의 대모로 택하면서 이렇게 말했다고 주장했어. "내가 죽으면 치카는 네가 꼭 맡아줘"라고 말이야. 그래서 헤르줄리아 아줌마가 널 데려간 거야. 네 아빠는 반대하지 않았어. 네 아빠는 자기 자식 중 아무도 키우지 않았어. 아마 네 엄마의 죽음에 너무 큰 충격을 받아서 글자 그대로 뭘 어떻게 해야 할지 몰랐던 것 같아.

이유가 뭐였건, 네 큰 언니인 뮤리엘은 이모에게 갔고, 둘째 언니인 멀린다는 가족의 친구를 따라갔고, 네 막냇동생인 모세는 — 성경에 나오는 모세는 이집트 공주가 키웠단다 — 네 엄마의 남동생인 삼촌이 데려갔어. 삼촌은 아주 비좁은 아파트에서 부인과 살고 있었지.

그리고 너는 키가 작고 강인하면서 목소리는 가냘픈 고음에 네 엄마를 아주 많이 사랑해서 장례식 내내 통곡했던 헤르줄리아 아줌마와 같이 살게 됐어. 아줌마는 네 옷가지들을 챙겨 너와 같이 버스를 타고 갔지.

그 옷가지들이 네가 살던 집에서 가져온 유일한 것이었어, 치카. 별로 많지도 않았어. 네가 그 시절의 일을 기억하지 않게 해주신 하느님에게 감사하다는 말밖에 못 하겠구나. 네 엄마는 다른 사람들과 같이 아주 큰 무덤에 묻혔어. 거기엔 네가 찾아가거나 기도를 드릴 수 있도록 엄마 이름이 새겨진 비석 같은 표지도 없단다. 다만 네가 어디에 있든 엄마를 위해 기도를 드릴 수 있다는 사실은 배워서 잘 알고 있을 거야.

너는 두 번째 집에서도 오래 지내지 못했어. 1년도 안 됐지. 넌 방 하나짜리 콘크리트 아파트에서 헤르줄리아 아줌마 식구들과 같이 살았단다. 집 안에 화장실도 없었지. 밤에 전기가 나가면 사방이 깜깜했고, 아침이면 너는 더러운 침대 시트들을 가지고 계단을 올라가 옥상으로 갔지. 아직 세 살도 안 된 아이가 하기엔 아주 위험한 일이었어. 그런 너를 본 어떤 아줌마가 네 안전을 걱정했단다. 그녀는 헤르줄리아 아줌마에게 네가 보육원에서 지내는 편이 훨씬 더 나을 거라고 제안했어. 그녀는 거기서 그리 멀지 않은, 델마 33으로 알려진 곳에 있는 보육원을 하나 알고 있었지.

그게 바로 내가 2010년 이후로 운영해오던 곳이었단다. 지진이 일어난 해, 네가 '미션'이라고 부른 곳, 정확히 말하면 해브 페이스 아이티 미션으로, 앙 라라미 거리에 있는 높은 회색 문 안의 직사각형 부지에 자리 잡고 있었지. 거리엔 움푹 팬 곳이 하도 많아서 비라도 내리면 작은 호수가 생길 지경이었어.

그때가 바로 우리 삶을 하나로 엮어준 신의 섭리가 움직이기 시작했던 때, 혹은 그 섭리가 계속 진행됐던 때라고 할 수 있단다. 신은 처음부터 우리 삶의 모든 걸 계획하고 계시니까 말이야.

나와의 첫 만남을 기억하니? 넌 기억한다고 가끔 말했지만, 어떤 때 보면 아닌 것 같기도 해. 넌 그때 너무 어렸거든. 세 살밖에 안 됐으니까. 넌 그날 머리에 핀과

리본을 달고 있었고, 헤르줄리아 아줌마가 골라준 분홍색 원피스를 입고 있었지. 아이티 어른들은 아이들에게 옷을 잘 입혀서 데려오면 우리가 좀 더 적극적으로 받아줄 거로 생각했거든. 물론 그건 사실이 아니야. 가끔은 가난해서 키울 수 없는 아이들에게 그렇게 옷을 차려입혀서 데려온다는 게 모순처럼 느껴지기도 했단다. 어쩌면 그건 어른들의 자존심이 걸린 문제였는지도 몰라. 그건 네가 존중해야 할 점이지. 특히 외국에 있을 때 더 그렇단다. 외국에 나가면 네가 이해할 수 없는 일이 있기 마련이거든. 난 아이티에서 그런 경우를 많이 봤단다.

솔직히 말해서, 치카, 아이티에 와서 처음 몇 년 동안 나는 아이티나 보육원이나, 보육원 운영 문제를 이해하지 못하고 있었단다. 매일 정전되고, 툭하면 수도가 끊기고, 쌀과 불가* 배달은 난데없이 중지되고, 약품은 항상 부족했거든. 수리하는 사람들은 오는 중이라고 해놓고 절대 나타나지 않았어. 서류 작업은 — 영수증부터 정부 서류들까지 — 모두 수기로 해야 했지. 나는 글을 쓰면서 디트로이트에서 살고 있었어. 그동안

* 쪘다 말린 밀가루로 만든 음식.

미국에서 몇 개의 자선단체 운영을 감독하긴 했지만, 아이티에 있을 때는 마치 외국어로 쓴 조립 설명서를 읽으려고 안간힘을 쓰는 사람처럼 앞이 깜깜해지곤 했단다.

게다가 재닌 아줌마와 나는 아이가 없었어. 난 열정은 있었지만 육아 경험은 전혀 없었던 거지. 그래서 꼬마들의 아주 작은 지퍼와 단추를 잠그고 푸는 데 한없이 서툴렀고, 아이들이 자랄 때면 과잉 반응을 보이곤 했어. 우리 보육원의 소년들에게 사춘기를 설명하느라 쩔쩔매기도 했고.

하지만 이거 하나는 확실했단다. 우리 보육원에 온 아이들의 겉모습은 전혀 개의치 않았어. 도움이 필요한 아이들이 너무 많았고, 그 아이들에게 안 된다고 할 수는 없었어. 지금도 우리가 감당할 수 있는 수준보다 훨씬 더 많은 아이가 오지만 여전히 다 받고 있단다. 대다수의 아이티 사람들은 하루에 채 2달러가 안 되는 돈으로 살아가고, 많은 사람들이 전기와 깨끗한 물 없이 생활하고, 숯불에 요리해. 갓난아기 1천 명이 출생하면 그중 80명이 첫 번째 생일을 맞이하기도 전에 세상을 떠나니 말이야.

아이들을 안전하게 지키고 먹이는 일은 수많은 아이티 사람들이 필사적으로 해야 할 최우선이란다, 치카.

그러니 우리 보육원 같은 곳이 그런 희망을 제공할 수 있어. 아마 그래서 그렇게 많은 이들이 오는 것 같아. 그런 사람들이 오면 난 반드시 이런 질문을 해야 한단다. 예를 들면, 아이들은 지금까지 어떻게 살아왔나요? 식사는 어떻게 하고 있나요? 상황이 얼마나 심각해서 여기 오게 됐나요?

이런 질문을 하면 울음을 터뜨리는 어른들도 있다는 사실을 너는 알아야 해. 한번은 20대 초반의 한 엄마가 남산만 한 배를 안고 우리를 찾아왔단다. 배가 어찌나 부른지 이러다 우리 사무실에서 아이를 낳을지도 모른다는 생각이 들었어. 그 엄마는 네 살짜리 아들이 옆에 서 있었고, 또 품에 갓난아기를 안고 있었어. 그녀는 우리에게 아이 둘 다 맡아달라고 애원했지. 그녀에겐 돈도 직장도 집도 없고, 두 아이를 먹일 음식도 없었거든. 지금 배 속에 있는 아이는 어떻게 키울 거냐고 물었더니 그녀가 소리를 질렀단다. "이 아이도 데려가세요!"

그 엄마는 무정한 사람은 아니었어. 난 그녀가 자식들을 사랑했다고 믿어. 사랑하기 때문에 자신의 아이들이 더 안전하게 살아가길 원했던 거야. 아이들을 평생 다시 볼 수 없다고 해도 말이다. 아이를 키우려면 특별한 힘이 필요하단다. 자신에게 그럴 만한 힘이 없다는 사실을 인정하는 데는 또 다른 힘이 필요하고 말이야.

헤르줄리아 아줌마는 널 우리에게 데려왔을 때 그걸 느낀 것 같았어. 그녀는 자기 자식도 셋이나 되는데 먹고살 돈이 없다고 했지. 우리가 이야기하는 동안 너는 묵묵히 그 광경을 바라보았고 헤르줄리아 아줌마는 가끔 너의 원피스 매무시를 가다듬어줬단다.

내가 가장 생생하게 기억하는 장면은 바로 이런 거란다. 시간이 좀 흐른 후에 너는 팔짱을 끼었어. 마치 초조해하는 것처럼 말이야. 내가 널 보니까 너도 날 봤어. 내가 혀를 쏙 내미니까 너도 나를 따라 했지. 내가 웃음을 터뜨리자 너도 같이 웃었단다.

우리 보육원에 새로 온 아이들은 대부분 낯을 가리는 데다 긴장해서 나와 눈이 마주치면 외면해버린단다. 하지만 넌 처음부터 내 눈을 똑바로 바라봤어.

그때 난 너에 대해 아는 게 거의 없었지만, 치카, 네가 용감한 아이란 걸 어렴풋이 알 수 있었어. 그렇게 용감한 면이 살아가는 데 도움이 될 거란 것도.

하지만 지금 와서 생각해보니 네가 얼마나 용감한 아이인지 그땐 미처 몰랐던 것 같아.

우리

“잠깐만요, 미치 아저씨.”

응?

“질문이 있어요.”

좋아.

치카는 내 책상에 두 손을 대고 밀었다.

“내가 보육원에 왔을 때 울었어요?”

아니.

“내가 그때 화냈어요?”

아닌 것 같은데. 네가 왜 화를 내겠어?

“너무 어렸으니까요! 집을 떠나야 했잖아요!” 치카는 당연하다는 듯 아주 심각하게 말했다.

인제 와서 그것 때문에 화가 난 거야?

“아뇨. 이젠 화내지 않아요.” 치카는 고개를 돌려버렸다.

그 말을 듣자 슬퍼졌다. 치카는 그렇게 발끈하는 면

이 사랑스러웠으니까. 치카는 화가 날 때마다 팔짱을 끼고 고개를 돌려 우리를 외면하면서 고집스럽게 고개를 푹 숙이곤 했다. 그럴 때 내가 오른쪽으로 다가가면 왼쪽으로 홱 돌아서고, 왼쪽으로 다가가면 오른쪽으로 홱 돌아섰다. 내가 아이 앞에 쪼그리고 앉아서 두 손으로 작은 어깨를 잡을 때면 웃음이 나오는 걸 꾹 참아야 했다. 잔뜩 찌푸린 표정이 어찌나 귀엽던지!

치카는 아주 어린 꼬맹이였지만 은행에서 하염없이 줄을 서야 하는 중년 여성이 짓는 짜증스러운 표정을 완벽하게 터득하고 있었다.

이제는 화를 안 내서 더 행복해졌니? 내가 물었다.

"가끔은 화내는 게 그리워요."

언제?

"예를 들어 내가 소리를 지르면 아저씨와 재닌 아줌마가 이렇게 말했잖아요. '치카, 가족끼리는 서로 소리 지르지 않는 거야.'"

화내는 게 그리워질 때가 바로 그럴 때라고?

"화내는 게 그리운 게 아니에요. 아저씨가 내게 화내지 말라고 말할 때가 그리운 거지." 치카는 느릿느릿 말했다.

나는 말문이 막힌 채 침만 꼴깍 삼켰다. 무심코 들은 치카의 지혜로운 말에 허를 찔렸을 때 종종 그랬다.

"미치 아저씨?"

응?

"아이티에서 아저씨가 가장 예뻐하던 아이가 나였어요?"

그 질문을 듣자 저절로 미소가 지어졌다. 사실 우리가 치카를 처음 받아들인 날부터 치카는 대장이 되어야만 직성이 풀렸다. 치카는 자기보다 나이가 많은 아이들까지 쥐고 흔드는 훈련 교관 같았다. 치카는 아이들이 릴레이 경주를 할 때 누가 첫 주자가 되어야 하는지, 아이들이 어떤 인형을 가지고 놀아야 하는지, 욕실 줄은 어디에 서야 하는지 정하곤 했다. 치카는 아주 엄격한 데다 목소리도 엄해서 치카를 무서워하는 소심한 아이들도 있었을 것이다. 치카의 그런 허세가 어디서 비롯됐는지, 우리 보육원에 오기 전에 무슨 일이 있었기에 그렇게 대담한 아이가 됐는지 알 수 있었다면 좋았을 텐데. 내가 아는 거라곤 그 시절에 찍은 사진들 속 치카가 종종 툭 튀어나온 엉덩이에 한 손을 대고 손가락 하나를 흔드는 포즈로 서 있었던 것. 그 모습만 봐도 치카가 하는 말이 들릴 것만 같았다. "안 돼. 안 돼요. 안 돼."

"너희들 모두를 좋아하지." 난 치카에게 그렇게 말했다.

"아저씨는 항상 그렇게 말하더라."

정말이라니까.

치카는 몸을 돌려서 바닥에 배를 깔고 엎드렸는데 갑자기 인형 하나가 나타났다. 어디서 나왔는지 모를 파란 드레스를 입고 검은 머리에 왕관을 쓴 공주 인형이었다. 마치 하늘을 향해 손을 뻗고 있는 것처럼 두 팔을 위로 들고 있었다.

"미치 아저씨?"

응?

"아저씨는 왜 아이를 갖지 않았어요?"

나는 입을 다물었다.

그게 무슨 뜻이니?

"사람들이 자기 아이들을 아저씨에게 데려왔다고 했잖아요. 그런데 아저씨와 재닌 아줌마는 아이가 없잖아요."

난 지금 네 이야기를 쓰고 있어, 치카. 그게 네 이야기와 무슨 상관이 있는 거니?

치카의 눈꺼풀이 마치 닫힌 조개가 열리는 것처럼 홱 치켜 올라갔다. 치카는 그것이 자신의 이야기와 아주 큰 관계가 있다는 사실을 아는 듯했다.

나

그래, 알았어. 사실은 내가 이기적이라서 그랬어. 난 항상 너에게 이기적인 사람이 되면 안 된다고 경고했지, 치카. 그렇게 말했다고 내가 이기적인 사람이 아니었던 건 아니란다. 난 자주 이기적으로 굴었고, 특히 젊었을 땐 내게 주어진 시간을 믿고 이기적으로 굴었단다. 난 내게 남은 시간이 아주 많은 줄 알았거든. 가족을 꾸리는 걸 마치 새 카펫을 벽장에 넣어놨다가 언제든 준비될 때 꺼내서 펼칠 수 있는 그런 일처럼 생각했지.

그래서 데이트할 때 여자가 아이 이야기를 너무 많이 하면 다시는 만나지 않았어. 난 항상 일에 전력으로 집중했지. 스포츠 기자로 일하면서 의뢰받는 일은 다 맡았어. 재닌 아줌마를 만나기 전에 가장 오래 사귀었던 사람과는 약혼까지 했는데 그녀가 갑자기 마음이 변해서 다른 남자와 결혼해버렸지. 난 몇 달간 상처를 받고 혼란스러웠지만 결국 그게 최선이라고 애써 생각했단다.

나는 20대 내내 성공을 추구하며 살았어. 그러다 30대 초반에 재닌 아줌마를 만났지. 난 아줌마를 아주 많이 사랑했는데도 머뭇거렸단다. 아줌마는 아름답고 인내심도 강하고 나의 가장 좋은 면만 봐줬어. 난 그럴 만한 자격이 없는 사람이었는데도 말이지. 하지만 결혼을 생각하게 됐을 때 그전에 깨진 약혼이 떠오르면서 이런 생각이 들었어. 난 이 결혼에 대해 얼마나 확신하지? 어쩌면 나에게 다른 운명이 기다리고 있는 건 아닐까? 그때 내가 미래를 기약하지 않은 채 재닌 아줌마를 그냥 옆에 두고 싶어서 그런 생각을 했다는 걸 이제는 알아. 난 그때 참 이기적이었어, 치카. 그러다 마침내 재닌 아줌마가 내 옆에 있는 게 얼마나 큰 행운인지 깨달은 건 아주 오랜 시간이 흐른 뒤였어.

우리는 만난 지 7년이 지난 후 결혼했어. 우리 둘 다 30대 후반이었지. 결혼식을 한 후에도 아이를 낳는 걸 미뤘어. 서두를 것 없이 좀 더 신혼생활을 즐겨야 한다고 내가 말했지. 그러다 우리는 허둥지둥 의사들을 만나고 아기를 갖기 위해 온갖 방법을 다 쓰게 됐단다. 하지만 그 어떤 것도 효과가 없었고 그렇게 시간만 흘러버렸어. 그러다 나중엔 아이를 갖는 게 비현실적이고 심지어 위험한 일이 되었지.

결국, 우리는 삼촌과 이모라는 역할에 만족하기로 했어. 우리 부부에겐 다 합쳐서 7명의 형제자매가 있었고 거기서 태어난 조카들이 15명이나 있었어. 우리는 종종 어린 조카들을 봐주고, 같이 놀아주고, 학교 행사가 있을 때 가서 참석하고, 외식을 시켜주고, 휴가에도 데려갔단다. 크리스마스이브에 가족이 모두 모이면 선물을 하나도 빼놓지 않고 다 챙겼지.

하지만 크리스마스 아침이 되면 우리는 조용한 집에서 잠이 깼고, 가끔 침실에서 재닌 아줌마가 울고 있는 모습을 볼 때도 있었단다. 아이를 원하지 않는다면 가지지 않아도 돼, 치카. 하지만 아이를 원하는데 아이가 없다면 가슴이 미어지지. 그건 내 잘못이었어. 지금까지도 그것 때문에 너무나 가슴이 아파. 이 세상에는 수많은 종류의 이기심이 있단다. 하지만 가장 이기적인 건 시간을 탐욕스럽게 쓰는 거야. 우리에게 얼마나 많은 시간이 남았는지 아는 사람은 없어. 그러니 앞으로도 자신에게 많은 시간이 남았을 거라고 짐작하는 건 신에 대한 모욕이란다.

우리

"미치 아저씨?"

응?

"미안하다고 사과했어요?"

재닌 아줌마에게? 많이 했지.

"아줌마가 괜찮다고 했어요?"

그런 비슷한 말을 하긴 했지.

"아저씨가 거기서 교훈을 배웠으니까?"

그건 무슨 뜻이야?

"재닌 아줌마가 항상 그러셨거든요. '이번에 배운 교훈이 있니, 치카?' 그래서 내가 그렇다고 하면 아줌마가 그러셨어요. '그럼 괜찮아. 거기서 배운 교훈이 있다니 그걸로 됐어.'" 치카는 내 아내의 목소리를 흉내 냈다. "괜찮아, 치카. 사랑한다, 치카." 치카는 자기 이름을 말하길 좋아한다.

나도 거기서 배운 교훈이 있다고 말했다. 그리고 지

금도 새로운 걸 배우는 것 같고.

"하지만 아저씨는 지금 학교에 안 다니잖아요!"

학교에서 얻는 그런 배움이 아니야, 치카. 세상에 대한 배움과 어떻게 살아갈 것인가에 대한 배움이지. 너도 나에게 그런 가르침을 줬어.

"내가요?"

치카는 정말 놀란 것처럼 보였다. 그러더니 내 얼굴을 두 손으로 감쌌다. 그 작은 손의 온기에 내 안의 뭔가가 부드럽게 풀어지는 바람에 이러면 안 된다는 걸 알면서도 그 질문을 하고야 말았다. 넌 여기서 어떻게 지내니?

잠시 치카는 아주 심각해 보였다. 그러다 혀를 쏙 내밀고 바아아아아아 소리를 내더니 웃으면서 내 얼굴에서 손을 뗐다. 작은 온기가 떠나갔다.

"종이 한 장 줄래요?" 치카가 물었다.

나는 치카에게 줄이 쳐진 노란색 종이를 한 장 줬다.

"여기다 그림 그려도 돼요?"

나는 치카에게 매직펜을 하나 줬다.

"미치 아저씨, 내가 아저씨에게 정말 뭔가를 가르쳐줬어요?"

치카 네가? 그럼. 아주 많이 가르쳐줬지.

"그럼 여기에!"

치카는 내 책상 위에 종이와 펜을 탁 소리를 내며 내려놨다. 그리고 목소리가 커졌다. "이제 내가 선생님이에요! 내가 가르치는 걸 적어요! 끝날 때까지 멈추면 안 돼요!" 치카는 어른스럽게 손가락 하나를 휘둘러 보였다.

왜?

"아저씨가 그렇게 하면 난 여기 있을 수 있으니까."

잠깐만. 영원히? 내가 물었다.

하지만 치카는 이미 가버렸다.

2장

그때는 2013년 8월이었다. 나는 그 보육원을 3년째 운영하고 있었다. 우리 보육원은 수도가 있었고, 건강에 좋은 음식이 있었고, 새로 들어온 아이들도 많았다. 여전히 아이티에 대해 이해되지 않는 일은 많았지만 매달 여기 오는 것이 규칙적인 일상으로 자리 잡았다.

나는 포르토프랭스 공항에 도착해 입국 절차를 마친 후에 환영 곡을 연주하는 소규모의 아이티 밴드 옆을 지나쳐 갔다. 에스컬레이터로 가보지만 항상 그렇듯 이번에도 고장이었다.

아이티인이자 우리 보육원의 이사인 알랭 찰스가 에스컬레이터 아래 서 있었다. 이제는 그를 거의 다 알고 있는 공항 직원들을 통해 들어온 것이었다. 우리는 짐을 찾아서 문을 밀고 나갔다. 갑자기 불타는 공기로 가득 찬 터널에 들어온 것 같았다. 버튼다운 셔츠를 입고 온몸에서 땀을 흘리는 남자들이 앞다퉈 내 가방을 움켜쥐면서 소리 질렀다. "안녕하세요, 선생님! 제가 도와드릴게요!" 우리는 차까지 가기 위해 수많은 사람과 몸싸움을 해야 했다.

그렇게 간신히 차들이 빽빽이 들어선 도로로 들어오면 무려 3년이 지났는데도 여전히 지진으로 생긴 폐허들을 지나치게 되었다. 곳곳에 쓰레기가 쌓여 있고 불타는 곳도 있었다. 염소 한 마리가 길을 잃은 채 방황했다. 비쩍 마른 개도 한 마리 보였다. 차 한 대를 통째로 삼킬 수 있을 만큼 큰 구멍도 도로 여기저기에 보였다. 마침내 경적을 한 번 울리자 경비원이 보육원의 문을 열어주었다. 우리는 안으로 들어가면서 또 한 번 경적을 울렸다.

차 문을 열고 내리면 온 세상이 달라졌다.

세상에서 가장 근사한 소리 — 아이들이 기뻐서 지르는 꺅꺅 소리 — 와 함께 아이들이 내게 달려오는 소리가 들렸다. 아이들 앞에 가장 최근에 들어온 치카 쥔, 여기 온 지 몇 주밖에 안 된 아이가 보였다. 다른 아이들이 소리를 질렀다. "미치 아저씨!" 하지만 치카는 아직 날 잘 몰랐다. 그래도 제일 먼저 나를 맞이하겠다고 결심한 것처럼 보였다. 아이들이 내 다리를 잡아당기고 내 허리께로 뛰어오르는 와중에 치카가 두 팔을 번쩍 치켜들었다. 그래서 치카를 안아 올렸다. 누구에게 배우지 않아도 아이는 어른에게 안아달라고 한다. 그 사실이 종종 경이로웠다.

"넌 어떻게 지냈니, 치카 쥔?"

치카는 대답하지 않았다. 치카는 영어를 할 줄 몰랐다.

"삭 파세?" 나는 서툰 크리올어를 써보았다.

"어떻게 지내?"

치카는 생긋 웃으며 내 목을 껴안고 고개를 파묻었다.

"괜찮아. 너도 나중엔 영어를 잘하게 될 거야." 내가 말했다.

우리

치카가 날 다시 찾아온 건 5월이었다. 치카가 세상을 떠난 날이 왔다가 갔고, 우리는 사랑하는 사람들이 건넨 조문 전화와 카드와 이메일을 받았지만, 치카는 보이지 않았다. 나는 매일 아침 사무실로 내려가서 컴퓨터 앞에 앉아 치카를 찍은 옛날 비디오들을 보며 기다렸다. 하지만 치카는 오지 않았다.

가끔 치카가 놔두고 간 펜을 들어서 종이 위에 굴려보기도 했고 뚜껑을 닫은 채 종이를 톡톡 치기도 했다. 치카가 내게 가르쳐준 교훈들, 어디서부터 시작할 수 있을까? 나는 치카가 한 말을 계속 생각했다. 이 숙제를 끝내면 치카는 내 옆에 영원히 머무를 수 있다고. 불가능하다는 건 알지만 그 유혹을 도저히 무시할 수 없었다. 내가 정말로 치카에 대해, 나에 대해, 그리고 우리에 대해 글을 쓴다면 아마도 그렇게 될 것 같았다.

치카는 숫자를 사랑했기 때문에 치카에게 배운 중요

한 교훈에 하나씩 번호를 매겼다. 수백 개도 쓸 수 있었지만 일곱 개에서 멈췄다.

치카는 7일에 죽었다.

치카는 일곱 살이었다.

나는 치카가 돌아오길 기다렸다.

마침내 어느 비 오는 월요일 아침에 치카가 돌아왔다. 내 책상 가장자리에 걸터앉아 작은 다리를 대롱대롱 흔들고 있었다. 치카를 보고 안도했지만 이렇게만 말했다. "좋은 아침이다, 예쁜아." 치카가 살아 있을 때 매일 아침 했던 인사처럼.

"좋은 아침이에요, 미치 아저씨." 방금 잠이 깬 것 같은 목소리였다. 치카는 책상에서 내려가서 목록을 훑어보기 시작했다.

네가 그리웠어, 치카.

치카는 대답하지 않았지만 내 말에 좋아하는 표정이 보였다. 우리는 치카에게 종종 "네가 그리웠어" 혹은 "사랑한다, 치카" 같은 말을 했다. 그러면 치카는 그 말에 대꾸하는 대신 마치 자기를 향해 둥둥 떠오는 그 단어들을 지켜보면서, 자신의 얼굴에 비치는 햇살을 들이마시는 것처럼 그 문장을 빨아들이듯 고개를 살짝 기울이곤 했다.

"뭐 좀 썼어요, 미치 아저씨?"

그래.

내가 노란 종이를 가리키자 치카는 좀 더 자세히 보려고 고개를 기울였다. 첫 번째 줄에 이렇게 적혀 있었다. "난 너의 보호자야."

"이게 무슨 뜻이에요?" 치카가 물었다.

그건 누군가를 돌본다는 뜻이란다, 치카야. 위험에 빠지지 않도록 지켜준다는. 너도 알잖니, 보호란 말.

"사자 아슬란처럼?" 치카가 말했다.

치카는 『나니아 연대기』에 나오는 사자를 말하는 것이다. 아슬란은 예수 그리스도와 같은 존재다. 아무래도 내가 보호란 말을 너무 심오하게 설명한 것 같다.

뭐, 그런 셈이지, 내가 대답했다. 네가 나에게 가르쳐준 교훈들의 목록을 작성하고 있었단다. 이게 그 첫 번째야. 보호자.

치카는 팔짱을 끼었다.

"무슨 뜻인지 모르겠어요." 치카가 말했다.

첫 번째 교훈

난 너의 보호자야

너 말이야, 어느 날 보육원에서 그네를 타다가 너무 높게 날아서 떨어질 뻔했잖니. 그때 내가 네가 탄 그네를 잡아서 천천히 내려오게 했잖아. 또 우리가 바다에 놀러 갔을 때 네 머리가 물속에 들어가지 않게 너의 팔 밑을 잡아줬던 일도 기억나니?

그것들도 일종의 보호란다, 치카. 아마도 그게 너에겐 자연스럽게 느껴질지도 모르지. 어른이 나서서 너에게 나쁜 일이 일어나지 않도록 막아주는 거 말이야. 하지만 나에게는 새로운 경험이었어. 아이티에 가기 전까지 나는 주로 재닌 아줌마, 내 경력, 그리고 나 자신을 보호하고 있었거든. 난 우리의 건강을 지켰지. 우리의 돈을 지켰고. 내 책들과 내 직업적인 명성을 지켰어. 난 전에 이기적으로 굴었다고 말했지만, 이건 그것과는 달라. 그전까진 날 필요로 하는 사람이 하나도 없었어. 신생아가 사정없이 울면 엄마와 아빠가 아기를 돌봐줄 사람은 자기 둘밖에 없으니 다른 일들은 다 제쳐놔야 한다는 걸 깨닫는 그런 상황이 없었다고.

재닌 아줌마와 나는 한 번도 그런 일을 겪어보지 않았어. 너와도 그런 적이 없었고, 보육원에 있는 아이들과도 없었어. 물론 우리는 그 아이들을 다 사랑하지만. 네가 갓난아기였을 때 안아본 적도 없었고, 네가 난생처음 두 다리로 일어섰을 때 응원해본 적도 없었고, 여행 갈 때 기저귀 가방과 동물 모양의 비스킷을 챙겨본 적도 없었어.

사실 보육원은 대부분 이미 걷고 말할 수 있는 아이들이 태반이었고, 우리에게 오기 전에 믿을 수 없을 정도로 끔찍한 일들을 겪은 아이들도 많았단다. 갓난아기 때 숲속에 버려진 아이도 있었는데, 보육원에 있는 네 오빠 중 하나도 그런 경우였지. 지진이나 허리케인이 덮쳐서 고아가 된 아이들도 있었단다. 그렇게 제레미라는 마을의 꼬마 여자아이 넷이 우리 보육원에 오게 됐지. 그중에는 몇 달 동안 진흙투성이가 된 집의 잔해 밑에서 살았던 아이들도 있었어.

난 아이들을 그런 고난으로부터 지켜줄 수 없었지. 하지만 내가 널 보호하려고 결심했듯 모든 재앙으로부터 그 아이들을 보호하겠다고 굳게 결심했단다. 그러다 보니 전에는 생각해보지도 않았던 점들을 고려해야 했어. 보육원 바닥은 얼마나 미끄러울까, 아이들이 축구를 하는 콘크리트 바닥에는 얼마나 크고 많은 구멍이 팼을까, 아이들이 삼킬지도 모르는 작은 장난감들은 어떻게 뺏어야 할까, 발전기에 넣을 기름통들이 까닥 잘못하다 아이들 손에 들어가면 어떡할까.

보육원을 처음 맡았던 몇 달 동안 내가 좀 더 정신을 집중하면 그 모든 사태에 대비해 아이들을 지킬 수 있을 거로 생각했어. 하지만 벌 떼 속으로 걸어 들어가는 것처럼, 내 앞에 보이는 위험을 찰싹찰싹 후려쳐서 없앨 때마다 더 많은 위험이 나타나는 것 같더구나. 더 많은 아이를 받으면서 우리 건물(아직 내진 설비가 안 됐는데), 우리 건물 2층(만약 거기서 아이들이 떨어지면 어쩌지?), 우리 물탱크(만약 거기에 독극물이 들어가면 어쩌지?)에 대해 걱정하게 되었지. 걱정에 압사당할 지경이었어. 내가 모든 걸 통제할 수 없다는 사실을 천천히 받아들여야 했어. 내가 아무리 눈을 사방으로 휙휙 돌린다 해도 말이야. 난 그런 상황이 견디기 힘들었어. 그렇게 무력한 상황에 익숙하지 않았거든. 그렇다고 하느님이 모든 걸 해결해주시길 바라며 의지하고 싶지도 않았고. 비록 아이티 사람들은 대부분 하느님의 가호를 믿으며 평화롭게 지내긴 했지만, 아이들을 지키는 것이 내 인생에서 가장 크고 중대한 우선순위가 됐지.

하지만 너희들 모두 너무 어렸기 때문에 장기적인 건강보다는 크고 작은 사고에 대해 좀 더 많이 생각하게 됐어.

그러던 어느 날, 미시간으로 돌아왔을 때 알랭 씨에게 전화를 한 통 받았단다.

"선생님, 치카에게 문제가 생겼어요."

"무슨 문제죠?" 내가 말했어.

"치카 얼굴이 축 처졌어요. 그리고 걸음도 이상해요."

"병원에 데려가봤어요?"

"네, 선생님."

"의사 선생님이 어떻게 치료했나요?"

"안약을 주더군요."

"알랭, 문제는 치카의 눈이 아니에요. 신경과 전문의를 찾을 수 있겠어요?"

"그게 무슨 말이죠?"

"신경과 의사 말이에요."

"찾아볼게요."

그때 내가 전화를 끊고 불안해했던 기억이 나는구나. 불길한 뭔가가 다가오는 것 같은, 마치 아이티에서 폭우가 쏟아지기 전에 나는 천둥소리가 들린 것만 같았어. 우리 보육원에서 신경과 전문의를 찾아가야 했던 적은 한 번도 없었어, 치카. 피부과 의사는 있었지.

치과도 물론 있었고. 감기약, 설사약, 어린이용 타이레놀도. 하지만 신경과 전문의라니.

이건 얼마나 심각한 걸까? 나는 생각했다.

마침내 우리는 신경과 전문의를 찾아내었고 그는 네 입과 왼쪽 눈이 처진 점과 네 걸음걸이가 미세하게 정상이 아니라는 점에 주목했지. 그는 MRI 검사를 받으라고 지시했어. 당시 아이티에는 그 기계가 딱 한 대 있었고 검사 한 번 받는 데만 현금으로 750달러가 들었지.

알랭 씨가 널 거기로 데려갔어. 넌 동이 텄을 때 보육원에서 출발했고 여섯 시간을 기다린 후에야 마침내 간호사가 네 이름을 불렀지. 간호사가 너에게 잠드는 시럽을 먹였어. 넌 커다란 원통 안에 누워 있었지. 거기서 네 머리 주위로 전파와 자기장이 나왔고 네 머릿속을 보여주는 사진들이 나왔단다.

네 내면은 따뜻하고 호기심 많고 자신만만하고 재미있는 아이라고 사람들에게 내가 말했지만, MRI 결과 분석은 좀 더 냉정하게 진료에 집중돼 있단다.

"이 아이는 뇌에 종양이 있습니다. 그게 뭔지는 우리도 모르겠습니다. 하지만 그게 뭐든 이 아이를 도와줄 수 있는 사람이 아이티엔 없습니다."

난 그 분석 내용을 읽었어.

그 순간, 내가 보호자에 대해 알고 있던 모든 것이 변했단다.

우리

"미치 아저씨?"

응?

"그 음료수는 달콤했어요."

어떤 음료수?

"그 간호사 선생님이 준 음료수. 먹으니까 잠이 왔던 거."

그러려고 널 마시게 했지.

"하지만 잠이 깨버렸어요."

기계 속에서?

"응. 그래서 울었어요."

네가 MRI 기계 속에서 잠이 깼다고? 그래서 어떻게 됐니?

"어른들이 그 음료수를 더 마시게 해서 다시 잤어요."

나는 고개를 내저었다. 미국의 의료 시스템과 아이티

의 그것을 비교하는 건 바보 같은 짓이다. 아이티의 빈곤, 영양실조, 일반인은 쉽게 접할 수 없는 보건이나 교육의 문제들 때문에 그곳 의사들과 간호사들이 직면하는 어려움은 상상을 넘어선다. 그래도 치카의 MRI 분석 결과 보고서를 볼 때마다 그 퉁명스럽고 무뚝뚝한 어조에는 충격을 받았다. 하지만 그게 뭐든 이 아이를 도와줄 수 있는 사람이 아이티엔 없습니다. 이건 진단이라기보다는 항복처럼 느껴졌다.

"미치 아저씨?"

응?

치카는 내 다리에 기댔다. 나는 본능적으로 아이의 어깨를 잡아주려고 손을 뻗었지만 내 손가락은 허공을 뚫고 지나갔다. 우리 만남의 규칙을 이렇게 종종 까먹었다.

"내가 미국에 왔을 때를 이야기해줘요." 치카가 말했다.

너

좋아, 내 기억에 따르면 이랬어. 넌 우리가 이 나라에 데려온 첫 아이였고 네가 떠나던 날 보육원에 있던 다른 아이들이 줄을 서서 널 안아줬어. 우리가 탄 차가 보육원을 나가는 동안 아이들이 손을 흔들며 작별 인사를 해줬단다. 그중엔 널 다시는 보지 못할 거로 생각한 아이들도 있었을 것 같아.

알랭 씨와 너는 비행기를 타고 마이애미를 거쳐서 디트로이트에 왔단다. 그때가 6월이었는데도 넌 흰 스웨터를 입고 있었지. 난생처음 들어온 미국 화장실에서 너는 수도꼭지를 틀었다가 손을 홱 빼버렸지. 세면대에서 뜨거운 물이 나올 거라곤 상상도 못 한 거지. 그러니까 네가 미국에서 채 하룻밤을 보내기 전부터 이 나라는 너에게 경이로움 그 자체였던 거야.

재닌 아줌마와 나는 집에서 널 기다리고 있었어. 재닌 아줌마는 네가 환영받는다는 기분이 들도록 다채로운 색의 담요들과 인형들을 준비해놨단다. 그때 우리는 의사들이 네 문제를 진단하고 얼른 치료해주길 바라고 있었지. 네가 우리의 보살핌을 받다가 나아서 아이티로 돌아갈 수 있기를 바랐고. 우리는 이 모든 일이 몇 달 안에 끝날 줄 알았어. 인제 와서 그때를 돌아보면 우리는 정말 아무것도 모르고 있었던 거야.

넌 여기 도착했을 때 무서워하는 것 같진 않았지만 말수가 적었지. 감정 표현도 별로 하지 않고 주위를 둘러보기만 했어. 그런 너를 누가 탓할 수 있었겠니? 사실상 네가 보는 모든 것이 다 새로웠을 테니까. 신호등, 고속도로, 마당이 있는 집, 우편함, 방마다 있는 텔레비전. 새로운 정보가 너무 많아 견디기 힘들었을 거야. 미국에 도착한 첫날 밤, 잠자리에 들었을 때 보육원에서 얼마나 멀리 있다고 느꼈을까 하는 생각이 종종 들었단다.

다음 날 우리는 앤아버에 있는 모트 아동병원에 검사를 받으러 갔지. 그건 미시간 대학병원 안에 있는데, 언젠가는 너와 다른 아이들이 다닐 수 있기를 바랐던 아주 좋은 대학이란다. 넌 그렇게 높은 건물을 처음 봐서 안으로 들어갈 때 고개를 들어 올려다봤지. 우리는 접수대로 갔어. 한 남자가 우리를 맞이하며 너에게 손목밴드를 채워줬어. 넌 그걸 팔찌라 생각했는지 감탄하며 바라봤지.

그러고 그 남자가 내게 고개를 돌려서 물었다. "이 환자와 관계가 어떻게 되나요?"

순간 난 망설였어. 주위에 있는 부모들은 대부분 자신의 자식들과 닮아 보였어. 같은 머리 색, 같은 피부색, 같은 이목구비. 난 누군가를 속이려다 들킨 것 같더구나. 그래서 '법적 보호자'라고 대답했지. 엄밀히 따지면 그게 정확한 말이었으니까. 그러자 그 남자는 서류에 뭐라고 쓰더니 카메라 앞에 서달라고 했어.

"미치 아저씨! 이거 봐요!" 네가 갑자기 소리를 질렀어. 넌 로비에 있던 큰 슈퍼맨 피규어를 가리키고 있었지. 내가 잡고 있던 손을 놓아주자 넌 거기로 달려갔어. 그때 그 남자가 내 얼굴이 흐릿하게 찍힌 스티커를 줬어.

그 사진 위에 한 단어가 적혀 있었단다. 부모.

나는 그 스티커를 내 셔츠에 붙였어.

2013년 가을 치카 쥔이 우리 보육원에 온 지도 몇 달 됐다. 보육원에서 가장 작고 어렸던 치카는 화장실에 갈 때나 학교에 갈 때 항상 제일 먼저 앞에 섰다. 치카는 자기 뒤에 다른 아이들이 줄을 서는 걸 즐기는 것 같았다. 그렇지만 종종 혼자 노는 모습도 보였다. 아이는 장난감을 가지고 구석에 가서 혼자 노는 걸 더 좋아했다. 새 아이들은 종종 말없이 색칠 책을 찾아서 놀거나 인형에 집착하는 경향이 있는데, 아마 전에 있었던 곳에서 가져온 애착 대상이 없어서 그럴 것이다. 나는 치카가 외톨이에서 아이들과 친해지기까지 얼마나 걸릴지 궁금했다.

어느 날 밤, 우리는 저녁 기도를 올리고 있었다. 기도하고 봉고 드럼에 맞춰 아이들이 큰 소리로 요란하게 찬송가를 부르는 우리만의 전통이었다. 어떤 아이들은 크리올어로, 어떤 아이들은 영어로 크게 〈내 구주 예수님〉과 〈나를 바치나이다〉를 부르다 신이 나면 〈Jeriko Miray — La Kraze〉와 〈Mwen se Solda Jezi〉 같은 찬송가를 불렀다. 가끔 그 소리가 체육대회에서 지르는 함성처럼 들렸다. 하지만 아이들이 하느님에게 바치는 찬송가를 부르는 장면은 정말이지 장관이었다.

이날 밤, 나는 벽에 기대어 앉아 있었고 아이들 몇 명이 내게 기대어 앉아 있었다. 그렇게 다들 흥겹게 노래를 부르는 와중에 재닌이 날 불렀다.

"저것 좀 봐." 재닌이 한곳을 가리키며 말했다.

내게서 조금 떨어진 곳에서 하얀 잠옷을 입은 치카가 손뼉을 치면서 리듬에 맞춰 머리를 흔들고 있었다. 치카는 눈을 감은 채 주먹으로 허공을 치면서 노래를 부르는 사이사이에 웃고 있었다. 노래가 끝나자 치카는 땋아 내린 머리 위쪽으로 한쪽 팔을 들더니 마치 이렇게 말하는 것처럼 입을 활짝 벌리고 아주 사랑스러운 미소를 지었다. "이거 정말 재밌어요. 한 번 더 하면 안 돼요?"

나는 그 순간을 마음속에 깊이 새겼다. 기도가 드디어 마법을 발휘했다. 치카는 우리와 하나가 됐다.

나

네가 우리에게 왔을 때 내가 아이티에서 뭘 하고 있었고, 어쩌다 고국에서 1,700마일 떨어진 곳에서 보육원을 운영하게 됐는지 사정을 설명해야 할 것 같구나.

그건 좋은 일이 대체로 그렇듯 우연히 시작됐지.

지진이 일어나고 며칠 뒤 디트로이트에서 내가 진행하는 라디오 방송에 존 헌이라는 이름의 이 지역 목사님이 나오셨다. 그는 자신이 관여하는 포르토프랭스 전도 사업 시설이 파괴돼서 거기에 있는 아이들이 죽었을까 봐 걱정하고 있었어. 하지만 전화 통화가 되지 않아서(당시엔 그곳과 연락되는 사람이 거의 없었거든) 도움을 청했지.

그 목사님의 사연에 나는 깊이 감동했단다. 이유는 나도 잘 모르겠어. 난 기자라서 자연재해가 일어날 때마다 무수한 사람들을 인터뷰해왔거든. 그동안 그런 재해 피해자들을 도와달라고 항상 촉구했지만 직접 그렇게 한 적은 거의 없었지.

그런데 이번엔 달랐어. 거기에 있는 아이들의 생사를 알 수 없는 현실이 왠지 너무 두렵게 느껴졌어. 나는 목사님이 그곳을 방문하실 수 있게 비행편을 주선해 보려고 했지만 당시엔 아이티로 가는 상업용 비행편이 아직 없었어. 마침내 작은 비행기 한 대를 전세 내고 자원해서 그걸 조종해줄 조종사 두 명을 구할 수 있었단다. 그 비행기엔 승객이 여섯 명 탈 수 있었어. 헌 목사는 부친인 존(그 보육원을 시작하게 도와줬던 분)과 플로렌스 모펫이라고 부르는, 그 보육원에서 수년 동안 살면서 아이들을 위해 엄마처럼 일했던 말수가 적고 선량한 선교사를 데려왔어. 나는 나머지 두 자리를 채울 동료 두 명을 설득해서 데려왔지.

우리는 칼 레빈이라는 미국 상원의원의 도움으로 지진이 일어난 후 아이티로 들어가는 항공 교통을 통제하는 미군의 허락을 받아 10분간 착륙할 수 있게 되었어. 우리가 탄 비행기가 눈이 내린 미시간의 폰티악에서 이륙했지.

거의 다섯 시간이 지난 후에 열기에 바싹 달구어진 포르토프랭스 공항의 활주로, 아니 지진으로 망가지고 남은 활주로에 착륙했어.

비행기 엔진이 꺼졌을 때 나는 좌석에 겨울 코트를 놔두고 밖으로 나왔단다. 태양은 이글이글 타올랐고, 주위는 조용했지. 멀리서 산들과 더 많은 산(아이티는 '높은 산들의 땅'이라는 뜻의 원주민이 쓰는 말이다)이 보였어. 그곳은 아주 조용했단다. 마치 나라 전체가 여진의 충격에 잠겨 있는 것처럼. 나는 붉은 기가 감도는 노란 공항 터미널의 정면을 찬찬히 살펴봤지. 거기에 이렇게 적혀 있었어. 투생 루베르튀르 국제공항. 그것은 2세기도 훨씬 전에 일어난 아이티 혁명 지도자의 이름을 딴 공항이었어.

지진 때문에 투생이란 글자에 커다랗게 금이 가 있었지.

우리는 공무원 하나, 보안요원 하나 없이 우리끼리 화물을 내렸어. 그나마 유일하게 제 기능을 하는 부분은 공항 터미널 홀이었어. 거기 조립식 테이블 뒤에 여자 몇 명이 앉아 있었고, 그 뒤의 벽에 흰 종이 한 장이 테이프로 붙어 있더구나. 거기에 이렇게 적혀 있었지.

"정지! 아이티 출입국 관리소."

우리는 1분 만에 그곳을 통과했어. 문 안쪽에 패널도 없이 덜덜거리는 파란색 밴을 타고 보육원까지 가는 데 20분이 걸렸지만 가면서 본 풍경은 영원히 잊지 못할 강렬한 인상을 남겼단다. 거리마다 서 있던 건물들이 이제는 다 납작해져 있었고, 안에 있던 물건들이 밖으로 쏟아져나와 생긴 회색 잔해들이(믹서기에 넣고 갈아버린 것처럼) 산더미처럼 쌓여 있었어. 그 쓰레기 더미 사이로 가끔 책상다리나 매트리스가 삐져나와 있었고. 잔해 밑에 깔려 으스러진 차들도 여기저기 버려져 있었어. 사람들은 좀비처럼 거리를 헤매고 있더구나. 암울한 표정의 행상들이 옷 더미 옆에 쪼그리고 앉아 있었고, 여자들은 썩은 과일과 채소 주위를 맴돌고 있었지. 아이들은 거리에 고여 있는 웅덩이에서 물을 길어가기 위해 줄을 서 있었고.

모두 밖에 나와 있는 것처럼 보였어. 실내에 있다가 밖으로 나오는 사람은 하나도 보이지 않았지. 그 후에 몇 달 동안 건물 안으로 들어가길 거부하는 아이티 사람들이 많았다는 이야기를 들었단다. 남아 있는 건물들이 언제 무너질지 몰라 두려웠기 때문이지. 공기 중에 경유 냄새와 불타는 쓰레기 냄새가 떠돌아 숨이 막혔고 목적지에 도착하기도 전에 눈이 따끔거렸어.

보육원은 다행히 무사하더구나. 하지만 외부인들이 몰려와서 터져나갈 지경이었지. 임시로 만든 텐트들 속에 아이들과 어른들이 섞여 있었어. 아이티에서는 자연재해가 발생하면 사람들은 보육원과 병원으로 모여들거든. 재난 구조 기관들이 제일 먼저 그곳에 음식을 가져다줄 거라고 믿어서야. 하지만 그곳에 구조 기관이 제공하는 구호품이나 음식이라고 할 만한 건 하나도 없었어. 보육원 직원으로 짐작되는 여자들이 숯불로 요리한 쌀과 콩을 제외하면.

그곳에서 누가 원래 있던 사람이고 누가 새로 들어왔는지 분간하기는 불가능했단다. 마당엔 빨랫줄들이 여기저기 쳐져 있었고 흙바닥 위에 낡은 발포 고무 매트리스들이 흩어져 있었지. 지쳐 보이는 사람들이 벽에 기대거나 눈을 가늘게 뜨고 햇빛을 바라보고 있었어. 그들은 음식을 달라고 했어. 우리가 비행기에 가득 채워 온 상자들을 — 생수, 물티슈, 아스피린 병, 콜라 캔들 — 풀자 사람들이 미친 듯이 몰려들었지.

어느 순간 내 눈에 들어온 이 모든 광경에 멍해졌다. 몸에서 김이 나게 날은 덥고, 셔츠는 땀으로 흠뻑 젖었고, 바보처럼 블랙진을 입는 바람에 다리의 모든 열기가 옷 속에 갇혀 있었어. 나는 거칠게 숨을 몰아쉬었지.

그때 작은 손 두 개가 내 손가락 사이로 쏙 들어오는 게 느껴졌다. 고개를 숙이자 꼬마 남자아이와 여자아이 하나가 내 옆에 서 있더군. 그 아이들이 누군지, 보육원 아이였는지조차 알 수 없었단다, 치카. 하지만 아이들이 방긋 웃으며 날 데리고 앞으로 갔어. 이제는 그 아이들이 자신의 세계로, 그리고 시간이 흐르면서 너의 세계로 날 데려갔음을 깨달았단다.

그건 그렇고. 그 한 번의 여행이 어떻게 오랜 기간에 걸친 헌신으로 바뀌게 됐는지는 아직 설명하지 않았구나. 나는 디트로이트로 돌아오자마자 아이티에서 본 처참한 상황에 대해 글을 쓰고 사람들에게 도움을 청했어. 우리는 자원봉사자들로 구성된 팀을 신속하게 조직했지. 지붕 수리공들, 배관공들, 전기기사들, 도급업자들. 모두 해서 스물세 명이 모였고 자칭 디트로이트 근육팀이라고 이름을 붙였단다. 전직 자동차 레이서였다가 성공한 사업가가 된 로저 펜스케와 아트 밴 가구 체인의 대표인 아트 밴 엘스란더가 비행기들을 후원해줬어. 우리는 구호에 필요한 물품과 장비와 소형 기계들을 챙겨서 포르토프랭스로 돌아갔단다.

그리고 다시 돌아갔지.

그리고 또 갔고.

그리고 또.

그렇게 아홉 번 가서 아이티 노동자들과 같이 화장실 여러 개, 부엌 하나, 식당 하나, 세탁실을 지었단다. 그러고는 바닥에 타일을 깔고 2단 침대들을 조립했어. 더러운 벽마다 환한 오렌지색 페인트를 칠했지. 마침내 방이 세 개인 학교를 지었단다.

이어서 임시방편으로 옥상에 있는 물탱크에서 내려오는 하얀 PVC 파이프를 이용해서 보육원 최초로 샤워기들을 설치했어. 그때까지 빨간 대형 양동이에 있는 비눗물을 아이들에게 퍼부어서 씻겼지.

그 샤워기들을 테스트할 때 보육원에 있는 꼬맹이들이 몰려들었단다. 셔츠나 속옷만 입은 아이들은 샤워기의 손잡이와 수도꼭지를 호기심이 어린 눈빛으로 빤히 쳐다봤지. 우리는 "하나, 둘, 셋"을 세고 샤워기를 틀었어. 물이 쏟아져내리자 아이들은 마치 신의 첫 호우를 맛본 사람들처럼 기뻐서 소리를 질렀단다. 아이들은 서로 물을 튀기고 웃고 노래를 부르며 춤을 추었어. 내 평생 잠이 덜 깬 채 아무 생각 없이 하던 샤워 하나에 아이들이 그토록 기뻐하는 모습을 보자 내 마음이 움직였단다. 그 감각이 온몸으로 느껴졌어. 어쩌면 신의 출현이라고 할 수도 있을 거야. 원래 신성한 존재가 나타난다는 표현인데 내가 실지로 그렇게 느꼈거든. 그 느낌은 며칠 동안 가시지 않고 그대로 남아 있었단다. 나는 시독하게 피곤했지만 한편으로 아주 고양된 느낌을 받았지. 내가 미국에 있을 때보다 더 거리낌 없이 웃고 잠도 더 잘 잔다는 사실을 깨달았어. 해가 뜨자마자 해야 할 일들이 쏟아져서 모기 떼가 몰려드는 밤에야 끝나긴 했지만 그래도 마음은 한없이 편했어.

"우리는 여기서 변화를 이뤄낼 수 있을 것 같아." 나는 재닌 아줌마에게 말했어.

"그럼 이 일을 계속해야지." 그녀가 대답했지.

그래서 우리는 그렇게 했단다. 나는 매달 비행기를 타고 아이티로 갔어. 미국에서 나는 주로 생각을 하며 보냈어. 이야기를 만들고, 결정을 내리고, 내 일정을 조정하고, 이런저런 통화를 하면서 말이야. 아이티에선 단순하게 해야 할 일들이 있었고 그런 노동 덕분에 아이들은 먹고 자고 안주할 곳을 갖게 됐어. 너무나 기본적이고 중요해서 그 필요성을 논쟁할 여지가 없는 그런 것들 말이야. 매번 갈 때마다 나와 아이들의 관계는 더 끈끈해졌어. 나는 차츰 아이들의 이름과 성격을 알게 됐지. 날 볼 때마다 아이들은 펄쩍펄쩍 뛰어올라 날 껴안았어. 날 아이티로 데려온 사람들은 어른들이었단다, 치카. 하지만 다시 오게 만든 사람들은 아이들이었어.

디트로이트에서 나는 존 헌 목사의 아버님과 다시 만났어. 그때 80대 중반이셨던 그분은 그 보육원과 관계를 맺게 된 사연을 설명해주셨지. 그런데 시간이 흐르면서 그 책임감의 무게가 점점 더 늘어났다고 하시더구나. 그분은 우리 근육팀이 이뤄낸 변화에 고마워하셨지. 하지만 이제 본인에겐 그 보육원을 운영할 돈도 없고 시간도 없다는 점을 인정하셨지. 그곳에 주기적으로 가는 것마저도 간신히 할 수 있는 정도였으니까.

그때 지금까지도 설명할 수 없는 어떤 충동이 세차게 솟구쳤어. 나는 디트로이트에서 만든 자선단체 몇 곳을 언급한 후에 불쑥 말해버렸어. "원하신다면 제가 그 보육원을 맡아서 운영할 수 있습니다. 운영비는 제가 마련할 수 있을 겁니다. 사람들도 구할 수 있을 것 같고요."

그분은 두 손을 맞잡고 빙그레 웃으셨지.

우리는 여러 장의 서류에 서명했어.

그리고 그 후로 난 지금까지 그 일을 해오고 있어.

우리

—

“오케이, 오케이, 알았어요.” 치카가 한숨을 쉬면서 끼어들었다.

뭐가 오케이인데?

치카는 내 커피잔을 들어 올렸다.

“아저씨 이야긴 그만하라고요!”

그러더니 그 잔을 털썩 내려놨다.

“난 내 이야기가 듣고 싶어요!”

나는 본능적으로 예의 바르게 행동하라고 야단치고 싶었지만 참았다. 나는 항상 어른들의 관심을 얻기 위해 갖은 수를 다 쓰는 아이들을 용서할 준비가 돼 있었다. 치카는 항상 사람들의 관심이 자기에게 집중되길 원했다. 그래서 재닌과 내가 너무 오랫동안 이야기하면 소리를 지르곤 했다. “여기요, 대체 무슨 이야기를 그렇게 오래 해요?” 보드게임을 같이 하기 위해 앉으면 치카는 게임 피스들을 꽉 쥔 채 지시를 내렸다. “아저씬 초록색, 난 빨간색. 빨간색이 대장!"

물론 치카가 미국에 처음 도착했을 때는 영어가 짧아서 이런 식으로 의사소통했다. "도와줘요, 나 못해까." 바나나를 들고 있을 때 치카가 한 말이다. "조고야!" 잃어버린 장난감을 봤을 때 치카는 이렇게 외쳤다. 대명사를 익히기까지 오랜 시간이 걸렸다.

하지만 몇 주가 지나자 문장에 문장을 계속 더하면서 치카의 영어 실력이 놀랄 만큼 빠르게 향상되는 과정을 우리는 지켜봤다. 그리고 자신의 과거와 미래에 대한 끝없는 호기심도.

"난 언제 사랑에 빠지게 될까요?" 어느 날 밤 치카가 물었다.

재닌과 나는 말없이 서로를 마주 봤다.

"음, 네가 더 크면. 그리고 맞는 사람을 만날 때." 재닌이 마침내 대답했다.

"그게 언제냐고요?"

"우리도 모르지."

"왜 사랑에 빠지고 싶은데, 치카?" 내가 물었다.

치카는 얼굴을 찡그렸다. "아저씨와 아줌마가 사랑에 빠졌으니까 — 치카는 팔짱을 끼었다 — 나도 사랑에 빠지고 싶어요!"

치카가 너무나 단호하게 말하는 바람에 바로 그 자

리에서 하느님이 치카의 짝을 점지해주시지 않을까 하는 생각이 들 정도였다.

"그럼 넌 누구랑 사랑에 빠지고 싶은데?" 내가 물었다.

"나도 몰라요. 전에 한 번도 만난 적이 없는 사람과 사랑에 빠지고 싶어요!"

"왜?"

"아저씨도 그랬잖아요. 아저씨도 재닌 아줌마와 사랑에 빠졌잖아요. 그전에는 한 번도 만난 적 없다면서요!"

나는 치카의 대답을 듣고 말문이 막혔다. 하지만 마음은 더없이 뿌듯했다. 어떤 면에서 치카는 지금 우리처럼 사랑하고 싶다는 말을 하고 있으니까. 그 말을 들으니 우리가 치카를 제대로 보살피고 있는 것처럼 느껴졌다.

"미치 아저씨?" 치카가 날 또 불렀다.

응?

치카는 커피잔을 내려놓고 내 무릎에 두 손을 짚고 내 눈을 들여다보면서 전에는 한 번도 하지 않았던 질문을 마침내 했다.

"나는 어떻게 아프게 됐어요?"

너

흠.

이걸 어떻게 설명해야 할까?

크리올어로 '머리'는 테라고 해. 너도 물론 그건 알고 있지. 아이티 사람들은 이 단어를 여러 가지로 쓰고 있어. 예를 들어 테 비르(머리가 빙빙 돌다)는 '어지럽다'는 뜻이고, 테 안쌈(머리가 결합됨)은 '단결'이란 뜻, 테 프레(차가운 머리)는 '침착하다'란 뜻이야.

혹은 테 차제(뭔가 있는 머리)는 '문제'가 있다는 뜻이고.

이 마지막 뜻은 네가 배운 적 없을 거야, 치카. 하지만 그 단어가 네 상황에 가장 잘 맞아. 네가 우리에게 왔을 때 네 몸은 대부분 완벽했거든. 너의 폐, 너의 배, 너의 심장은 다 괜찮았는데, 너의 목 위, 그러니까 사람들이 뇌교라고 하는 부분에 뭔가가 생겼어. 그리고 그 뭔가가 실제로 골칫거리로 판명됐고.

앤아버에 처음 간 날, 병원에서 넌 다시 MRI를 찍었단다. 이번에는 시럽을 마실 필요도 없었고, 오랫동안 기다릴 필요도 없었지. 우리가 엘리베이터를 타고 조명이 환하고 살균된 방으로 들어가자 사람들이 너를 거대한 원통에 집어넣고 스피커로 음악을 틀어줬지. 우리는 시간 맞춰 저녁을 먹으러 집에 갔고.

검사 결과에서 의사들은 아이티 신경과 전문의가 본 것과 똑같은 종양을 봤어. 침입자가 너의 뇌 속에 들어와 자리를 잡고 있었던 거야. 스캔으로 봤을 때 좀 퍼져 있다 해도 상당히 큰 점이 보였어. 그건 원래 거기에 있어선 안 되는 거였지. 그 점에 있어선 의사들이 다 동의해서 그걸 꺼내기로 했어. 하지만 과연 그런 위험을 치를 만한 가치가 있는 일인지를 놓고 의사들은 논쟁을 벌였지.

그렇게 며칠이 지나갔어. 마침내 '암 위원회' 의사들이 만나서 투표했어. 보육원에서 우리가 어떤 결정을 내릴 때 그런 것처럼. 의사들도 그들에게 오는 환자를 현실적으로 치료해야 하니까. 의사 여덟 명 중 다섯 명이 찬성표를 던졌어. 그러니까 수술을 강행해야 한다는 뜻이지. 나는 반대표를 던진 세 명의 의사에 대해선 생각하지 않으려고 애를 썼단다.

우리는 이제부터 일어날 일에 대해 너를 대비시키고

싫었어. 하지만 그때 네 영어 실력은 지금처럼 좋지 못했고 내 크리올어 역시 그저 그랬고. 어쨌든 재닌 아줌마와 나는 우리처럼 네가 뇌 수술에 대한 집중 교육을 받을 필요는 없다고 판단했지. 그때 우리의 결정은 옳았을 수도 있고 아닐 수도 있어. 하지만 난 우리가 옳았다고 생각해. 넌 다섯 살이었어. 우린 네가 다섯 살의 인생을 즐기길 바랐어. 그래서 너의 뇌엽과 뇌심실들이 나온 사진은 보여주지 않았단다.

수술받는 날, 널 일찍 깨운 후에 항상 그렇듯이 안아주고 키스를 했어. 그리고 아직 해도 뜨지 않아 어둑어둑한 방 안에서 네가 옷을 입는 동안 우리는 〈좋은 아침〉이란 노래를 불렀지. 우린 네가 슈퍼맨이 있는 그 병원에 갈 거고 거기서 의사 선생님들이 네가 나아지게 도와주실 거라고 말했어. 넌 하품을 하며 병원까지 차를 타고 가는 동안 같이 있어줄 인형을 하나 골랐지. 나는 널 안아서 차 시트에 앉혔단다.

그렇게 네가 빵나무 옆에 있는 콘크리트 주택단지에서 태어난 지 정확히 5년 5개월 6일이 지난 후, 너는 하늘을 향해 높이 솟아 있는 모트 아동병원으로 들어갔단다. 거기서 사람들은 네 병실을 지정해주고 너에게 춤추는 곰들이 있는 옅은 파란색 환자복을 갖다줬지. 옷 갈아입을 때는 재닌 아줌마가 도와줬고.

그동안 나는 병원 홀에서 수술 동의서에 서명해달라는 요청을 받았지. 거기엔 여러 개의 도표와 설명이 적혀 있었어. 그중에서도 특히 '위험'이란 말이 나온 부분이 기억나는구나. 혈액 응고가 발생할 위험. 수혈의 위험. '사망'을 포함한 부작용들에 대한 위험. 나는 그 부분은 얼른 지나치려고 애를 쓰면서 이건 의무적으로 공지해야 하지만 일어날 가능성은 별로 없는 경고로만, 마치 화창한 날에 비가 오는 것처럼 아주 희박한 일일 거라고 애써 생각했어.

두 시간 후에 너는 마취된 상태로 수술실에 있었어. 수술 도구들은 다 준비됐고, 의사들과 간호사들이 널 둘러싸고 있었지. 마침내 휴 가튼이라고 하는, 여가에 등산을 즐겨서 몸매가 마르고 탄탄한 신경 외과의가 네 소중한 머리를 열고 그 침입자를 아주 가까이서 들여다봤단다.

그는 오랜 시간에 걸쳐 그걸 공격하면서 여러 각도에서 그걸 제거하려고 시도했단다. 하지만 그게 네 뇌의 중요 부위들과 너무나 복잡하게 얽혀 있어서 그다지 많이 제거하진 못했단다. 이건 마치 보육원에서 아이들이 하던 게임 같았어. 조금이라도 건드리면 버저가 울려버리는 그 게임 말이다.

가튼 박사는 그 종양의 약 10퍼센트 정도를 제거한

후, 신중하게 행동하기로 판단하고 거기서 수술을 멈췄어. 그들이 너의 머리를 다시 꿰매서 회복실로 옮겼지.

그동안 재닌 아줌마와 나는 주기적으로 수술 상황을 업데이트해주는 호출기를 하나 가지고 거대한 로비에서 기다리고 있었어. 새 메시지가 하나씩 올 때마다 벌떡벌떡 일어나곤 했지.

마침내 오후 늦게 수술이 끝났다는 메시지를 받았어. 한 시간이 지난 후 수술이 끝나고 처음으로 네 얼굴을 봤지. 너는 옆으로 누워서 자고 있었단다. 네가 얼마나 작던지 침대의 반밖에 차질 않았어. 몸에는 온갖 튜브와 선이 주렁주렁 달려 있었고, 머리에 감은 크고 하얀 붕대 끝부분에 아주 작게 나비 모양으로 매듭이 지어져 있더군.

그걸 보고 가슴이 철렁 내려앉았단다.

그로부터 우리가 거쳐간 여러 병원 중에서 그때가 아마 가장 힘들었을 거야. 그때까진 MRI 검사를 받고 수술 동의서에 서명했지만, 여전히 네가 처한 상황의 심각성을 제대로 받아들이지 못하고 있었거든. 네가 우리 집에 처음 와서 지냈던 며칠 동안 넌 나를 쫓아 집 안을 뛰어다니면서 장난을 쳤고, 그런 널 보면서 난 현실을 잊고 있었어.

그런데 이제 너는 마취제를 맞고 의식이 없는 상태

로 모니터들에 둘러싸여 너무나 작은 모습으로 침대 위에 누워 있었지. 의사들이 너의 머리를 가르고 몇 시간씩 수술했는데 "그걸 다 들어냈습니다"라고 말해주는 사람은 하나도 없었어. 수술이 끝났어도 여전히 안심하지 못했고, 그저 더 많은 의문만 생긴 채 병리학 검사 결과가 나올 때까지 며칠 동안 기다려야 했단다. 병원에서는 수술받은 후에 아플 거라고, 진통제를 쓰긴 했지만 쉽지 않을 거라고 했지.

나는 앞으로 다가올 일들을 생각해보았단다. 의사들이 너에게 이렇게 하도록 내가 놔뒀어. 내가 허락했어. 내 결정이 어떤 식으로든 널 아프게 했다는 생각을 하자 속이 뒤집히더구나.

한편으로 겸손해지기도 했다, 치카. 너는 이해하기 힘든 말일지도 몰라. 하지만 그때까지 나는 어리석게도 내가 이런 상황을 — 너 그리고 우리 아이들과 관련된 — 통제하고 있다고 느꼈거든. 마치 내가 병원 로비에 있는 슈퍼맨인 것처럼. 나에겐 힘이 있었고 자원이 있었어. 모르는 게 있으면 배울 수 있었고 여전히 너희들을 이끌 수 있었으니까. 우리 아이들은 어렸고 난 어른이었어. 우리에게 무슨 일이 생기든 나는 해결할 수 있다고 생각했단다.

그날 널 내려다보며 서서 보육원을 맡은 지 5년 만에 처음으로 심각한 의료 문제에 직면하자 그동안 내가 느꼈던 통제감은 사라져버리더구나. 그 자리에 불길한 예감이 찾아왔어. 그래, 넌 나보다 작아. 하지만 이 문제가 우리 둘을 합친 것보다 더 크면 어쩌지?

"해피 뉴 이어!"

2014년이 시작됐고 아이들은 주위에서 펄쩍펄쩍 뛰면서 내가 가르쳐준 〈올드 랭 사인〉을 부르고 있었다. 나도 가사는 잘 몰라서 정확히 가르쳐주지는 못했다. 그래서 우리 모두 큰 소리로 다-다다, 다-다-다, 다, 다-다다다 노래를 불렀다.

그것은 내가 보육원에서 보낸 첫 겨울 이후 우리의 전통이 됐다. 매년 12월 31일이 되면 우리는 포르토프랭스 호텔에서 주문한 피자와 사과 주스 그리고 초콜릿을 씌운 케이크로 특별한 저녁 식사를 했다. 식사가 끝나면 아이 하나당 하나씩 폭죽에 불을 붙인 후에 벽을 따라 흙바닥 위에 세워놓고 소원을 빌었다. 마지막 폭죽이 터지면 공식적으로 '우리의' 새해가 시작됐다. 사실 진짜 시간은 저녁 8시 30분을 막 넘었지만.

"해피 뉴 이어, 치카." 그때 우리와 같이 지낸 지 반년이 된 치카 옆에 내가 무릎을 꿇고 앉아 말했다. "'해피 뉴 이어'라고 할 수 있겠니?"

치카는 유치가 나란히 나 있었는데 그중에서도 앞니 두 개가 딱 붙어 있었다.

"애피 뉴 이어." 치카가 말했다.

"너 그거 아니? 내일은 1월이야. 곧 너의 생일이지. 그날에 넌 생일 왕관을 쓰게 될 거야."

치카가 눈을 휘둥그레 떴다.

"내 생일이 언제인데요?" 치카가 물었다.

"아홉 밤만 더 자면 돼."

"그럼 난 몇 살이 돼요?"

"네 살."

치카가 생각에 잠겨서 내가 손가락으로 세어서 보여줬다. 네 번째 손가락에 다다랐을 때 치카의 보드라운 뺨을 그 손가락으로 톡 치며 말했다. 치카는 기쁨이 넘치는 얼굴로 날 와락 껴안았다. 날 위해 안아준 건지 아니면 곧 한 살 더 먹는다는 소식에 기뻐서 그랬는지는 영원히 알 수 없었다.

우리

"미치 아저씨?"

응?

"그다음에 어떻게 됐어요?"

응?

"병원에서?"

난 멍하니 생각에 잠겨 창밖에 있는 메타나무를 보고 있었음을 깨달았다. 여름날이면 나무의 누런 잎들이 무성하게 자란다. 이것은 우리 뒷마당에 있는 유일한 노란 나무인데 그걸 우리가 심었는지 아니면 25년 전 이 집을 샀을 때부터 있었던 나무인지 기억이 잘 나지 않았다.

"신경 쓰지 말아요." 치카가 손을 흔들며 말했다.

아냐, 괜찮아. 내가 대답했다. 네가 물었으니까 대답을 해줘야지. 다만 이 부분이 마음에 들지 않아서 그래.

"왜요?"

나쁜 소식이 나오는 부분이니까.

"아니야."

"나쁜 소식이 아니라고?"

치카는 고개를 흔들어서 아니라고 대답했다.

그걸 치카가 어떻게 알지? 난 치카에게 이 이야기를 한 번도 한 적이 없는데. 치카가 수술받고 며칠 후에 재닌과 내가 그 작은 진찰실에 들어간 바로 그 이야기.

누구든 그런 순간, 그러니까 곧 끔찍한 사실을 알게 될 거란 걸 몰랐다가 알게 된 사람들은 그 순간이 자신의 인생에 있어 글자 그대로 하나의 굽이이자, 그 후의 행동을 선택해야 할 대단히 중요한 순간이란 점에 동의할 것이다. 의사가 내린 진단을 저주, 도전, 체념, 신이 내린 시험과 같이 여러 각도에서 볼 수 있으니까.

재닌과 나는 그날 아침까지만 해도 희망에 차 있었다. 우리는 의사가 수술 전에 내린 분석을 토대로 치카의 뇌에 있는 종양이 의사가 관리할 수 있는 거라고 믿었다. 정밀 검사에 나온 그 종양은 흐릿해 보였다. 그리고 그들이 수술해서 제거해 얼린 표본들은 심하게 걱정스럽지는 않다고 했다. 우리는 그것이 가장 쉽게 치료할 수 있는 암 1기이길 바랐지만 2기까지도 나올 가능성에 대비해 마음을 다잡고 있었다. 그런 경우엔 방사선 치료도 좀 받고 오랫동안 추적 검사를 받아야 한다고 병원에서 경고했다.

그러나 가튼 박사는 진찰실에 들어와 앉아서 부드러운 목소리로 다짜고짜 좋지 않은 소식이 있다고 그들이 생각했던 것보다 훨씬 상태가 나쁘다고 말했다. 치카에게 DIPG, 즉 선천적인 확산성 뇌교 신경교종이 있다고 말했다. 그게 암 1기인지 2기인지 내가 묻자 그가 "4기"라고 대답했다.

4기라고?

그는 우리가 택할 수 있는 치료 방법들을 설명했는데 거기에 방사선 치료와 실험적인 약물 치료도 있었지만 내 귀에 들리는 거라곤 '4'라는 숫자뿐이었다. 4라고? 자리에 앉아 있는데도 갑자기 머리가 어지러웠다. 나는 계속 의사들이 그 괴물을 통째로 들어냈다는 부분을 들어보려 했지만 그 말은 절대 나오지 않았다 듣자 하니 그렇게 했다간 치카의 뇌에 정상적으로 작동되는 부분이 하나도 남지 않게 된다고 했다.

4기라고?

"이런 소식을 전하게 돼서 정말 유감입니다." 가튼 박사가 말했다. 그는 DIPG에 대한 암울한 사실도 몇 가지 알려줬다. 미국에서 매년 이 질환은 고작해야 300건 정도 발생하는데, 주로 치카의 연령대인 다섯 살에서 아홉 살 사이의 아이가 걸린다고 했다. 그 병 때문에 아이들은 급속도로 심신이 악화해서 걸을 수도 없게 되고, 움직이거나 삼키는 능력을 서서히 잃어간다고. 결정적으로 장기 생존 확률은 거의 제로였다.

우리는 경악했다. 가튼 박사가 우리가 취할 수 있는 선택들을 하나하나 설명했을 때 일부러 입을 꽉 다물고 있으려 했던 기억이 난다. 그때 너무 놀라서 입을 헤 벌리고 있었으니까. 그리고 내 머리 위로 피아노 한 대가 떨어지는 것보다 더 끔찍한 순간이 다가오고 있는 걸 실감했으니까. 우리는 결정을 내려야 했다. 가튼 박사가 우리에게 이 끔찍한 정보를 말해주고 있었다.

결정이라고? 치카의 목숨에 관한 결정을? 치카는 이제 막 미국에 왔는데. 고작 몇 주 안 됐는데? 우리는 치카에게 새 신을 사줬다. 그리고 스크램블드에그를 좋아하는지 물었다. 치카는 원래 우리 집에 몇 달 있다가 놀라운 미국 의학 덕분에 완치된 후 보육원으로 돌아갈 예정이었다. 그런데 치카의 목숨을 놓고 결정을 내리라니!

재닌과 나는 눈빛을 교환했다.

"만약 치카가 당신 딸이라면요?" 나는 결정을 내려야 할 책임을 의사에게 돌리는 고전적인 수법에 의지하면서 중얼거렸다.

"흠, 저라면 아마 치카를 다시 아이티로 데려가서 친

구들과 같이 실컷 놀며 여름을 보내게 할 겁니다. 그때가 오기까지……." 그는 힘들게 숨을 쉬면서 말했다.

'그때가 오기까지'라는 말에 모든 끔찍한 진실이 담겨 있었다.

재닌의 눈에 눈물이 고이는 걸 볼 수 있었다. 내 속에서도 눈물이 솟구치는 게 느껴졌다. 나는 용기를 잃기 전에 그 질문을 내뱉었다.

"치카에게 시간이 얼마나 남았습니까?"

"한 4개월 정도요." 그는 부드럽게 말하더니 덧붙였다. "어쩌면 5개월 정도." 그러나 나는 4개월이란 말의 충격을 덜어주기 위해 그냥 5개월이라고 말했다는 생각이 들었다. 4라니. 또 4란 숫자가 나왔다. 그는 방사선 치료로 남은 시간을 늘릴 수 있을 거라고, 어쩌면 두 배로 늘릴 수도 있지만 치카의 '삶의 질'에 영향을 미칠 테니 개인적으로는 선택하지 않을 방법이라고 말했다. 그 치료를 받으려면 치카는 고국으로 돌아가는 대신 여기에 있어야 하는데, 그래봤자 결국엔 별 차이가 없을 테니까.

대체로 나는 평소 의사들의 조언에 귀를 기울이는 편이다. 그들의 전문 지식과 기술을 존중한다. 하지만 그가 '삶의 질'이란 말을 했을 때 내 속의 뭔가가 마치 크랭크가 돌아가듯 움직였다. 지금 우리는 미국의 아주 부유한 도시에 있는 훌륭한 병원에 앉아 있다. 우리가 알고 있는 '삶의 질'은 치카가 태어난 땅에는 거의 존재하지 않는다. 그리고 치카의 핏속에 흐르는 강인함과도 거리가 멀고. 치카는 태어나자마자 발생한 지진에서 살아남고, 사탕수수밭에서 자고, 잘 알지도 못했던 엄마의 죽음을 겪고, 이미 네 집을 옮겨 다녔다. 그런 아이를 죽음을 기다리게 하기 위해 고국으로 돌려보낸다는 생각은 잔인하게 느껴졌다. 나는 마치 자기가 관리하는 권투선수가 과소평가당한 매니저처럼 점점 방어적으로 되는 게 느껴졌다.

"치카는 투사입니다. 치카가 싸운다면, 우리도 싸울 겁니다." 나는 재닌을 보며 마침내 그렇게 말했다. 재닌도 고개를 끄덕였다.

가튼 박사는 의자에 등을 기댔다. "알겠습니다." 그가 대답했다.

그리고 몇 분이 흐른 뒤에도 우리는 거기에 그대로 앉아서 보이지 않는 전투 계획을 물끄러미 바라봤다.

"예이!"

치카가 손뼉을 짝 쳤다.

아! 그동안 치카에게 결코 하고 싶지 않았던 이야기를 큰 소리로 말하고 있었다는 사실을 뒤늦게 깨달았다.

"예이!" 치카가 다시 말했다.

왜 손뼉을 치고 있니? 내가 그 이야기를 해줬기 때문에?

대답이 없었다.

우리가 싸우기로 했기 때문에?

대답이 없었다.

왜 그러니, 치카?

치카는 일어나서 내 두 손을 잡고 맞잡게 했다.

"우리를 위해 손뼉 쳐요, 미치 아저씨!"

나는 어리둥절한 채 손뼉을 쳤다.

그리고 치카는 다시 가버렸다.

3장

나

치카가 우리와 같이 살러 미국에 오기 20년 전, 나는 인생 여행을 떠났다. 그리 먼 곳도 아니었다. 디트로이트에서 보스턴으로 700마일도 안 되는 거리를 비행기를 탔고, 웨스트 뉴튼 교외까지 렌터카로 30분이 걸리는 곳이었다. 나는 연로한 대학교수님을 뵈러 갔다.

그의 이름은 모리 슈워츠였다.

모리 교수님은 죽어가고 있었다. 그는 ALS 근위축성 측색경화증, 다른 말로 하면 루게릭병이라고도 하는 질환을 앓고 있었다. 그것은 그 병 때문에 어쩔 수 없이 은퇴해야 했던 1930년대 유명한 야구선수 이름을 딴 것이다. 양키 스타디움에서 루게릭 선수는 이렇게 작별 인사를 했다. "오늘 저는 세상에서 제가 제일 운이 좋은 사람이라고 생각합니다."

"아, 뭐. 난 그렇게 말한 적 없지." 모리 교수님은 내게 그렇게 말하곤 했다.

당시 나는 서른일곱 살로, 신문, TV, 라디오 기자이자 작가이자 프리랜서로 직업을 다섯 개나 가지고 있었다. 거절했다가 다시는 일이 안 들어올까 두려워 그 어떤 의뢰가 들어와도 항상 받았다. 나는 ABC 방송국의 〈나이트라인〉이란 프로그램에서 모리 교수님이 한 인터뷰를 보고 그의 병환을 알았다. 프로그램의 진행자인 테드 카플이 그 죽어가는 장난기 많은 교수를 직접 인터뷰하기 위해 비행기를 타고 워싱턴DC에서 날아왔다. 모리 교수는 자신을 찾아오는 사람들에게 미소 띤 얼굴로 죽음이 임박했을 때 드러나는 삶의 진실을 가르치고 있었다. 카플은 이제 더는 혼자서 걷거나, 옷을 입거나, 목욕도 할 수 없는 모리 교수의 기품 있는 태도에 너무나도 깊은 감명을 받은 나머지, 프로그램을 통째로 그 인터뷰에 할애했고, 그 뒤로 두 번이나 더 인터뷰해서 방송에 내보냈다.

첫 번째 인터뷰를 봤을 때 나는 입이 떡 벌어졌다. 건강하셨을 때 그는 브랜다이스 대학교에서 내가 좋아하는 교수님이셨다. 거기서 사회학을 가르쳤다. 나는 교수님이 가르치는 수업은 다 들었다. 교수님이라기보다는 삼촌 같은 분이었다. 우리는 같이 캠퍼스를 걸었고, 점심도 같이 먹었다. 교수님은 입속에 음식이 가득 있을 때도 수많은 아이디어가 떠오르면 흥분해서 이야기하는 바람에 작은 에그 샐러드 조각들이 내 쪽으로 날아오곤 했다. (교수님을 알고 지내던 시절에 느낀 두 가지 충동을 적어놓은 적이 있었다. 하나는 교수님을 껴안는 것이고, 또 하나는 교수님에게 냅킨을 건네는 것이었다.)

졸업식 날, 교수님에게 선물을 드렸다. 교수님 성함의 머리글자를 새긴 서류 가방이었다. 교수님은 눈물을 글썽이면서 나를 껴안고 말했다. "미치, 자네는 착해. 계속 나와 연락하겠다고 약속해줘."

나는 그렇게 약속했다.

그 약속은 결국 지키지 못했다.

무려 16년 동안이나.

16년 동안 교수님을 찾아가지도 않았고, 편지 한 통, 전화 한 번 하지 않았다. 다른 변명은 할 수 없었다. 우리에게 너무나 흔한 변명 말고는. "바빴다"는 너무나 한심한 변명. 나는 항상 사람들이 찾아주는 바쁜 스포츠 기자로 출세의 사다리를 올라가면서, 언제나 내가 아주 중요한 일을 하고 있다고 생각했다.

그래서 그 오랜 세월이 흐른 후 텔레비전에서 모리 교수님을 봤을 때 처음에는 충격을 받았다가 그 후엔 괴로워졌다. 죄책감 때문이었다. 수치스러워서 그랬을지도 모르고. 내가 더는 '착하지 않다'는 그 느낌 때문에.

나는 교수님에게 전화를 드리고 교수님을 뵈러 갈

계획을 세웠다. 원래는 한 번으로 끝낼 생각이었다. 하지만 교수님은 그 첫 만남에서 뭔가를 간파해내셨다. 무척 쇠약해져서 휠체어에 매인 몸이 됐는데도 교수님은 아주 예리하게 날 꿰뚫어 보시고 말씀하셨다. "죽어간다는 건 수많은 슬픈 일 중 하나일 뿐이야, 미치. 하지만 불행하게 사는 건 문제가 다르지." 그래서 정신을 차리고 보니 어느덧 매주 화요일마다 교수님을 뵈러 가고 있었다. 그렇게 교수님이 돌아가실 때까지 화요일마다 갔다. 우리는 자신이 죽어간다는 걸 알게 됐을 때 깨닫게 되는, 인생에서 정말로 중요한 것에 대해 마지막 '수업'을 했다. 교수님은 그 수업을 통해 내 속에서 지금보다 더 나은 과거의 나를 끌어내셨다.

나는 교수님의 치료 비용을 대기 위해 우리의 만남을 글로 썼고 마침내 『모리와 함께한 화요일』이란 책으로 나왔다. 그건 원래 작은 책으로 낼 예정이었는데, 어찌 된 일인지 결국 아주 거대한 책이 됐다. 그리고 나는 모리 교수님의 마지막 수업을 들은 영원한 제자가 됐다.

그 경험이 날 바꿔놨다. 바뀌지 않을 도리가 없었다. 원래는 낯선 사람들과 나누던 대화가 이번 슈퍼볼에서 어느 팀이 이길 건지에 대한 것에서 "우리 어머니가 돌아가시기 직전 우리가 마지막으로 같이한 것은 당신의 책을 읽는 것이었습니다. 어머니에 대해 당신에게 이야기해도 될까요?"로 바뀌었다. 아마 나의 교수님은 내 단단한 머릿속에 있는 좀 더 부드럽고 현명한 중심에 이르려면 매일매일 두드려줘야 한다는 걸 알고 있었던 것 같다. 『모리와 함께한 화요일』이 그렇게 내 머리를 두드려줬다. 그것은 모리의 물결로 돌아가는 지속적인 역조이자, 그의 말을 인용하고, 그를 회상하고, 그에 대한 질문에 답을 하는 과정이었다. 그렇게 교수님이 내 속에서 끌어냈던 모든 행동이 내게도 자연스러워지는 순간이 찾아왔다.

나는 병원 행사, 의료 회의, 대학에서 강연해달라는 요청을 받았다. 나는 루게릭 진단을 받은 환자들을 찾아가고 심지어 조언까지 주기 시작했다.

나는 그의 생에 남은 몇 달이 그의 생에서 가장 활기가 넘쳤던 시기였다는 모리 교수님의 의견을 위독한 환자들과 같이 나눴다. 교수님은 그 시간을 죽어가는 나뭇잎에서 갑자기 드러나는 선명한 색채에 비유했다.

건강한 사람들에게는 하루하루를 당신의 어깨에 날아온 새 한 마리로 비유한 모리 교수님의 만트라를 다시 말해줬다. 그 새에게 우리는 이렇게 물어야 한다. "오늘이 내가 죽는 날인가?" 그리고 그 대답이 마치 "그렇다"라고 하는 것처럼 매일 살아가야 한다고.

그러니 독자 여러분은 20년 전에 시작된 내 인생 여행이 아마도 치카의 예후에 대처하기 위한 신의 놀라운 계획의 일부라고 생각할지도 모른다. 즉 내게 닥쳐올 너무나도 암울하고 절망적인 소식에 대비해 나를 견고한 철학과 강인한 심장으로 무장하게 하려는 뜻일지도 모른다고.

다만 지금까지 살아온 날을 회고하는 노인과 자신의 미래를 기대하는 어린 소녀는 다르다.

게다가 알고 보니 우리의 인생 여행은 한 번에 끝나는 것이 아닐 수도 있었다.

우리

치카? 내가 불렀다.

치카의 모습이 보이지 않았다. 하지만 소리를 죽인 웃음소리가 들렸다.

나는 의자에서 일어나서 방 안을 돌아다녔다. 그때는 9월 초로, 치카가 마지막으로 다녀간 지 한 달도 더 지나 있었다.

치카는 어디 있을까? 내가 말했다.

우리는 종종 이 게임을 했다. 일명 치카 찾기 게임. 치카가 현관문이 열리는 소리가 들리면 담요나 식탁 밑에 숨어버리는 바람에 나는 크게 외쳐야 했다. "치카는 어디 있을까? 우리가 치카를 잃어버렸어! 치카는 어디 있을까?" 그러다 우리 목소리에 공포와 경악이 느껴지기 시작하면 아이가 불쑥 튀어나와 이제 막 익히기 시작한 영어로 외쳤다. "나 여기 있어!" 그러고는 어깨를 젖히면서 사정없이 웃어댔다. 사람들이 자기를 찾아냈다고 그렇게 행복해하는 아이는 처음 봤다.

보아하니 그 게임을 다시 하게 된 모양이다.

치카는 어디 있을까? 내가 말했다. 치카는 어디 갔을까?

가끔 밤에 글을 쓰다가 돌아보면 잠을 잘 때 쓰는 요 위에 담요 한 장이 펼쳐져 있었다. 나는 그 담요를 잡으면서 장난스럽게 말했다.

치카가 여기 밑에 있나? 나는 그 담요를 홱 잡아당기며 말했다.

"아아아아니." 치카는 방 맞은편에서 대답했다.

나는 돌아섰다. 치카는 내 책상 옆에 서서 그 노란 종이를 읽고 있었다. 이제 게임이 끝난 모양이었다.

"이게 무슨 뜻이에요? 시간이 변하다니?"

그것이 네가 가르쳐준 두 번째 교훈이야. 네가 만들라고 했던 교훈 목록의 두 번째 항목이지.

치카가 내 의자를 끌어냈다.

"써요."

그러더니 그 의자에 털썩 앉아 웃었다.

내가 글을 쓰려면 거기 앉아야 하는 거 너도 알잖아.

"알아요." 치카는 그렇게 말하고 다시 웃었다.

치카는 의자를 빙글빙글 돌렸다. "우아아아! 우아아아!" 갑자기 요 위에 있던 담요를 치카가 들고 있다가 머리에 뒤집어썼다.

"치카 어딨을까?" 치카가 소리를 질렀다.

나는 한숨을 쉬었다.

두 번째 교훈

시간이 변한다

네가 우리 집에서 잠이 깬 첫날 아침을 기억하니? 난 벌써 내 사무실에 내려가 있었단다. 나는 아침에 글을 쓰거든. 갑자기 전화벨이 울렸어. 재닌 아줌마가 침실에서 한 전화였지. 방금 잠에서 깨서 쉰 목소리로 아줌마가 말했어. "미치, 치카가 배고파서 아침 먹고 싶대. 당신이 도와줄 수 있어?"

나는 2층으로 올라가서 널 부엌으로 데리고 갔다. 우리는 달걀 몇 개와 버터와 치즈와 토마토를 찾아냈지. 내가 너에게 프라이팬과 버너를 보여줬고, 너는 까치발로 서서 주걱으로 젓는 걸 도와줬어. 나는 컵에 주스를 따랐고, 우리는 같이 기도했어.

난 네가 먹는 모습을 지켜봤지.

그리고 좀 더 먹는 모습을 보고.

그 모습은 "느긋하게 먹는다"라는 표현으로는 부족했지. 넌 음식을 한 입 씹었어. 그리고 창밖을 내다보다 포크를 내려놓고, 하품하고, 다시 포크를 잡았어. 그러면서 네 머릿속의 리듬에 따라 몸을 앞뒤로 흔들었지. 아침을 다 먹기까지 무려 한 시간이나 걸렸어. 내가 아침을 먹는 속도와 네 속도를 비교할 수도 있겠지만 나는 아침을 안 먹어서 말이지.

하지만 다음 날 아침 7시에 네가 계단을 내려오는 소리가 들렸을 때 나는 책상에서 벌떡 일어나서 문 앞에서 널 만나 안아 올렸지. 그때 네가 말했어. "미치 아저씨, 나 배고파요!" 그래서 널 안고 부엌으로 갔단다.

아이는 우리의 인생에 있어 하나의 닻이자 날개이기도 해.

내가 일상을 살아가던 방식은 사라져버렸어.

시간이 변한다. 아이가 생기면 시간이 더는 내 것이 아니게 된다. 부모들은 모두 이런 말을 하지. 하지만 재닌 아줌마와 내게는 너무나 늦게 이런 변화가 찾아왔기 때문에 — 27년 동안 우리 둘만 살다가 — 그 차이는 정신이 번쩍 들 정도로 크더구나.

이 끔찍한 병과 싸워 이길 방법을 찾아내기 전까지는 널 아이티로 돌려보내지 않기로 했을 때, 우리는 동물 인형 두 개와 목에 붕대를 감은 너와 소박한 희망을 가득 채운 여행 가방 하나를 가지고 병원에서 집으로 돌아왔단다. 우리는 그때 이 일이 얼마나 거대한지, 우리가 아이를 돌보는 일뿐만 아니라 2주 전에는 거의 들어본 적도 없는 악성 질환에 대해 온종일 치료법을 찾아다녀야 하는 도전에 직면했다는 사실을 알아차리지 못했어.

너에겐 너만의 속도가 있었어. 그 질병엔 그만의 속도가 있었고. 그때부터 시간에 대해 우리가 알고 있던 모든 것이 변해버렸단다. 예전에 우리가 무심코 아무 생각 없이 시간을 보내던 방식에서 시간을 지극히 소중하게 여기는 방식으로.

내가 몇 살인지 아니, 치카? 네가 "서른 살!"이라고 찍어서 답했을 때 내가 아니라고 하면, 너는 "백 살!"이라고 했지. 자신의 나이를 반년씩 끊어서 계산하는("내 나이는 다섯 살 반이에요!") 아이들이 어른들의 나이를 맞히기란 정말 어렵지. 네가 우리랑 같이 살러 왔을 때 우리는 50대 후반이었단다. 우리의 일상을 계속 유지할 만큼 젊긴 하지만, 그걸 바꿔야 할 때는 무심코 발끈하게 될 만큼 늙은 나이이기도 하단다.

놀랄 것도 없지만 재닌 아줌마가 그렇게 바뀐 현실에 나보다 더 빨리 적응했단다. 내 생각에 아줌마는 항상 어떤 면에서 이런 날을 준비하고 있었던 것 같아.

그와 반대로 난 젊었을 때 아빠가 되길 두려워했단다. 아빠의 삶이 내 시간을 어떻게 먹어치우는지 봤거든. 난 아빠 노릇을 하는 데 써야 할 시간을 내지 못해서 결과적으로 나쁜 아빠가 될까 봐 걱정했다. 그리고 솔직하게 말하자면 그게 내 경력에 지장을 줄 거로 생각했어. 나는 출세가 빨랐는데 그 속도를 유지하고 싶었거든. 내가 너에게 야망에 대해 경고한 적이 한 번도 없어, 치카. 하지만 나는 그동안 살아오면서 야망이란 것이 서서히 자신을 장악할 수 있다는 점을 배웠단다. 마치 해를 가려버리는 먹구름처럼 야망을 좇다 그것에 소진돼 결국엔 반짝이지 못하는 인생에 적응하게 돼.

재닌 아줌마와 결혼했을 때 아줌마는 나의 이런 면들을 다 알고 있었단다. 하지만 아줌마는 그보다 더 나은 나, 더 관대한 나도 있다고 믿었고, 결혼 초에는 나도 그 기대에 부응하고 싶었어. 그랬는데도 계속 습관처럼 시간을 마냥 흘려보내고 있었어. 아줌마와 내가 아이를 가지려고 노력하고 있을 때 아이를 돌봐줄 오페어*를 고용하면 어떻겠냐는 아이디어를 내가 제안한 적이 있단다. 재닌 아줌마는 거절했어. 사실 아줌마는 화를 잘 내는 사람이 아닌데 그때는 크게 화

* 외국 가정에 입주해서 아이 돌보기 등의 집안일을 하고 약간의 보수를 받으며 언어를 배우는 젊은 여성.

를 냈단다. 나는 왜 그녀를 도우려는 내 마음을 반가워하지 않는지 이해할 수 없었다. 아이가 생기기도 전부터 남편이 벌써 아이와 떨어져 보낼 계획을 세워서 아줌마가 속상해하는 것도 모르고 말이야.

지난날을 돌아보면 난 참 여러모로 어리석었단다, 치카.

그런데 네가 나에게 왔단다. 너 특유의 그 여유만만한 태도와 같이 말이지. 넌 다섯 살이었지만 그때까지 네 인생의 페이지들이 한 번도 들춰보지 않은 채 그냥 닫혀 있었던 것처럼 호기심이 넘치는 다섯 살이었단다. 다람쥐들이 나무 위를 쪼르르 올라가는 모습을 보면 넌 "다람쥐다!"라고 소리를 지른 후에 그 다람쥐들이 어디 가는지 물었지. 그다음엔 다람쥐들이 널 볼 수 있는지 물었고. 넌 책들에 대해 질문했고, 음식에 대해, 구름과 천사들에 대해 질문했어. 옷을 입기 전에는 너에게 있는 모든 옷을 꼼꼼하게 살펴봤지.

"이 빨간 양말이 좋은데." 나는 점점 인내심을 잃어가면서 슬쩍 제안했지.

"난 저 초록색이 좋아요."

"초록색도 좋지."

"아니, 잠깐, 잠깐만. 저 파란색으로 할래요."

우리는 선택의 여지가 없이 너의 리듬에 맞춰 속도를 줄여갔다. 무릎을 꿇고 너의 시선에 맞춰 세상을 바라봤고. 나는 네가 종종 우리 뒤쪽 창문 옆 바닥에 앉아 마당을 바라보는 모습을 지켜보곤 했단다. 나의 노교수님이신 모리 교수님이 한번은 창문을 가리키며 나보다 더 창문의 진가를 잘 음미할 수 있다고 말씀하신 게 기억이 나. 당신이 앓고 계신 질환 때문에 저 창문은 교수님이 보는 세상이었던 반면, 내게는 그저 창문에 지나지 않는다고.

너도 나보다 창문과 거리로 보이는 모든 놀라운 것들의 진가를 훨씬 더 많이 알고 있었단다, 치카. 나는 네가 느끼는 그 경이로움을 이해하기 위해 속도를 줄였어. 내 삶의 브레이크를 밟으면서 네가 잘 시간에 맞춰 갈 수 있도록 어른들과 저녁 식사 자리에서 용서를 구하고 빠져나오고, 널 데려가야 할 곳들이 있었기 때문에 직장에 지각하고, 전보다 갑자기 느려진 마감에 대해 상사들과 편집자들에게 계속 사과를 해야 했지.

하지만 나는 그렇게 시간을 바꿨어. 재닌 아줌마도 그랬지. 우리는 너를 지켜보면서 너에게 점점 빠져들어 갔단다. 네가 영화를 보면서 손뼉을 칠 때나, 우리가 지켜보는 것도 모르고 테이블 주위를 빙빙 돌면서 춤을 출 때, 우리는 서로 팔꿈치로 쿡쿡 찌르면서 널 보라고 했지. 네가 내 품에서 꾸벅꾸벅 졸 때 오랫동안 내가 널 안고 있으면 재닌 아줌마는 너의 머리카락을 쓰다듬었어. 우리가 몇 시간 동안이나 그렇게 너를 지켜보고 있었는지 나도 모르겠다, 치카. 하지만 그런 시간이 아주 많았고, 보물처럼 소중한 시간이었어.

네가 오기 전에 우리는 침대에 누워 TV를 보다가 종종 그대로 켜놓고 잠이 들었단다. 하지만 네가 온 후로 우리는 방의 불을 다 끄고 어둠 속에서 발꿈치를 들고 네 주위를 돌아다녔지. 너는 한밤중에 종종 우리를 깨우곤 했어.

"미이이치 아저씨?"

"……응?"

"화장실 가고 싶어요."

나는 널 데리고 화장실에 간 후에, 문밖에서 하품하면서 기다리곤 했단다. 네가 변기의 물을 내리는 소리가 들리면 손 씻는 걸 도와준 후에 다시 침대로 데리고 왔지. 그 침대는 아주 푹신한 데다 네가 곧바로 뛰어들 수 있게 아주 낮았단다.

"아이는 괜찮아?" 내가 다시 옆으로 기어들어 오면 재닌 아줌마는 속삭이곤 했지.

"괜찮아. 아주 좋아." 나는 눈을 감으면서 중얼거렸지.

네가 다른 사람에게 줄 수 있는 가장 소중한 것은

시간이란다, 치카. 그건 되찾을 수 없기 때문이야. 뭔가를 돌려받아야 한다는 생각을 하지 않고 주는 것, 그것이 바로 사랑이지.

난 그걸 너에게서 배웠어.

그건 그렇고, 네 침대에 관해 이야기해볼게. 좀 웃기게 들릴지도 모르지만 네가 처음 왔을 때 널 어디에 재워야 할지 알 수 없었단다. 미리 계획을 세울 시간도 없었거든. 우리가 25년 가까이 살아온 집은 어떻게 개조할 수 있는 구조가 아니었어. 손님방들은 모두 아래층에 있었지. 우리에게서 멀리 떨어진 방에 널 재울 수도 없고. 널 유아용 침대에 재우긴 너무 컸고.

결국, 에어매트리스 하나를 사서 〈겨울왕국〉 시트를 씌우고 알록달록한 담요들을 놓은 후에 우리 침대 발치에 놓았다. 네가 우리와 같이 잔 첫날 밤, 나는 거기에 매트리스가 있다는 사실을 깜박했어. 그래서 화장실에 가려고 일어났다가, 발이 걸려서 바닥에 그대로 고꾸라졌지.

결국, 나는 그 매트리스에 익숙해졌단다. 어둠 속에서 왼쪽으로 돌기 전에 네 발자국을 더 가야 한다는 사실을 다시 떠올렸고, 화장실에 갔다 오는 길에는 반대로 걸어갔지. 또한, 매트리스 귀퉁이마다 서서 네 작은 모습을 살펴보는 습관이 생겼지. 베개들 사이에서 다리를 벌리고 누워서 나와 달리 너무나도 보드라운 숨소리를 내는 너를 지켜봤단다.

어느 날 내가 집에 왔다가 너와 재닌 아줌마가 장난기 어린 표정으로 웃고 있던 모습을 봤던 날을 기억하니? 재닌 아줌마가 말했지. "치카, 미치 아저씨가 잘 때 어떤 소리를 낸다고?" 그러자 넌 마치 사자가 헤어볼*을 토해내는 것같이 요란하게 코 고는 소리를 냈지. 나는 바보같이 씩 웃으면서 말했어. "잘됐네. 이제 내 코 고는 소리를 듣는 또 다른 귀가 생겼어."

흠, 그건 사실이었단다. 또 다른 귀, 또 다른 눈과 팔과 다리, 우리가 조심스럽게 빙 돌아 다녀야 하는 또 다른 침대. 이게 바로 우리의 일상에서 달라진 또 다른 거야.

공간.

치카, 네가 오기 전에 우리는 단둘이 살았단다. 그런데 이제 셋이 됐어. 우리 차는 부부 둘이 앞 좌석에서 타고 가던 차에서, 너와 재닌 아줌마가 뒤에 타고 나는 운전기사처럼 핸들을 잡아야 하는 차로 변했지. 식당에 가면 둘이 앉는 자리에서 네 명이 앉는 자리로 가

---

* 소나 양, 고양이가 삼킨 털 섬유가 위에서 뭉쳐 생긴 덩어리.

야 했고, 그에 더해 또 결정해야 할 일이 남아 있었지. 우리 둘 중 누가 네 옆에 앉아서 음식 자르는 걸 도와줄까? 우리의 공간은 모든 면에서 커졌고, 그게 신속하게 새로운 일상이 됐어.

갑자기 둘이 셋이 된 거지. 극장에 갈 때도 좌석을 세 개 잡아야 하고. 신발 가게나 대기실, 치과에서도 의자가 세 개 필요했지.

월요일 아침, 미시간의 로열 오크 병원에 있는 보몬트 방사선 병동에 갔을 때도 의자 세 개가 필요했어. 간호사가 와서 너에게 "특수 헬멧"을 쓸 준비가 됐냐고 물어보면 넌 어깨를 으쓱하면서 "네"라고 대답했지. 우리는 같이 걸어갔어. 우리 셋이서 손을 잡고 이제부터 싸우려고 긴 복도를 걸어갔지.

2015년 7월 어느 찌는 듯이 더운 날, 치카가 미국으로 떠나온 후 처음으로 보육원에 갔다. 우리 보육원에 있는 아이 중 미국에 온 아이는 치카가 유일해서, 내가 보육원 문을 들어선 지 30초도 못 돼서 아이들이 날 둘러싸고 질문 공세를 시작했다.

"치카가 아저씨와 같이 살고 있어요?"

"치카가 아저씨 집에서 자요?"

"치카 방이 따로 있어요?"

"치카에게 개가 있어요?"

아이들은 치카가 언제 돌아오는지 물었다. 그리고 치카 침대를 그대로 비워두고 있으며, 아무도 거기에선 자지 않는다고 말해줬다.

다음 날, 나는 보육원에서 운영하는 학교 사무실에 치카가 그린 그림을 걸었다. 거기엔 이렇게 적혀 있었다. "모두 안녕. 난 놀면서 재미있게 지내고 있어. 사랑해, 치카가. P. S, 너희들이 보고 싶어."

아이들은 그 그림을 물끄러미 바라봤다. 치카는 이제 그들과 다르다. 보육원을 나가서 내 보살핌을 받고 있다. 보육원의 여자아이 하나가 자기도 미국에 갈 수 있냐고 물어서 내가 당분간은 안 된다고 대답했다.

"하지만 왜요? 나도 엄마 없는데." 그 아이가 말했다.

우리

"미치 아저씨?"

응?

"왜 이걸 아직도 가지고 있어요?"

치카는 스테이플러, 커피잔들, 고무밴드들, 티슈 박스 사이로(내 책상은 사무용품 세일 현장에 있는 쓰레기통 같다) 손을 뻗어 액자 하나를 들어 올렸다. 그 안에 치카가 미국으로 오기 불과 2주 전 아이티 학교에서 작성한 설문지가 있다.

'이름' 칸에 치카는 '5'라고 썼다. 그리고 '나이' 칸에 '치카'라고 썼다.

제일 밑에 이 문장의 빈칸을 채워야 했다.

'나는 어른이 되면 ___하고 싶다.'

치카는 이렇게 썼다.

'커지고 싶다.'

"왜 이걸 아직도 가지고 있어요?" 치카는 다시 물었다.

거기에 내가 어떻게 대답할 수 있을까? 전에는 이걸 보며 재닌과 같이 웃음을 터뜨렸지만 지금은 이걸 보며 울음을 터뜨려서? 이제는 이걸 바라보며 이토록 간단한 소원 하나 왜 들어주시지 않았냐고 신과 논쟁을 벌이느라고?

나는 어른이 되면…… 커지고 싶다.

나도 모르겠구나, 치카. 어떤 건 그냥 가지고 있게 된단다.

"나도 컸어요." 치카가 말했다.

언제?

치카는 시선을 떨구었다.

"기억 안 나요?" 치카는 마치 풍선을 부는 것처럼 볼을 빵빵하게 부풀렸다.

나는 의자에 등을 기댔다.

기억나. 나는 대답했다.

덱사메타손은 염증을 줄여주는 목적으로 쓰는 코르티코스테로이드이다. 치카는 방사선 치료를 받기 전에 그걸 복용하기 시작했다. 애플 소스와 같이 작은 알약들을 삼켰다. 스포츠 기자인 나는 몸을 키우기 위해 스테로이드를 쓰는 운동선수들을 취재한 적이 있다. 그래서 의사들이 이 약을 제약회사 이름인 데카드론을 따서 "데크"라고 부르며 하는 이야기를("환자가 데크를 얼마나 복용하고 있지? 데크 복용량을 더 늘릴 수 있을까?") 처음 들었을 때 스포츠에 관한 대화를 나누고 있는 느낌이 들었다. 스테로이드를 쓰는 야구선수들은 그걸 "몸이 커지는 약"이라고 불렀다. 치카는 정말 커졌지만, 정상적인 성장은 아니었다.

스테로이드는 암 근처에 있는 세포 조직들을 줄여주지만 나머지는 모조리 부풀린다. 치카의 식욕이 엄청나게 늘었다. 아침으로 바나나 한 개를 먹던 치카가 달걀 세 개, 시리얼, 포도에다 아몬드버터를 바른 토스트를 두 개나 먹어치웠다. 저녁도 나만큼이나 많이 먹었다. 우리는 갑자기 식욕이 늘어난 치카에게 정크푸드를 먹이지 않으려고 조심했지만, 허기가 심해진 치카는 그런 걸 분간하지 않았다. 치카는 연어를 두 접시나 먹고, 미니 양배추를 먹고, 시저 샐러드를 먹었다. 내가 뭘 먹고 있는 모습을 보면 치카의 목소리가 커졌다. "미치 아저씨, 그게 뭐예에요?" 내가 "터키 샌드위치야"라고 대답하면 치카는 고개를 돌리고 중얼거렸다. "나도 터키 샌드위치 먹고 싶다."

스테로이드를 복용한 지 두 달도 못 돼서 치카는 딴 사람이 됐다. 턱은 두 겹이 됐고, 뺨은 너무 빵빵해서 입속에 호두를 물고 있는 것처럼 보였다. 나는 이런 증상에 대한 의학적 용어가 따로 있다는 것도 알았다. 달덩이 얼굴이라고 하는데, 심술궂은 아이가 이런 치카를 보면 소리를 지르며 놀려댈지도 몰랐다. 나는 다른 아이들이 치카에게 뭐라고 할까 봐 걱정됐다. 치카의 팔과 다리는 포동포동 살이 올라 보조개처럼 움푹 파였고, 배가 눈에 띄게 나왔다. 몸무게가 24킬로그램에서 36킬로그램으로 늘었다.

그래도 치카의 기쁨은 줄지 않았다. 치카의 미소는 여전히 눈부셨지만, 얼굴 전체로 활짝 퍼지는 미소가 아니라 두 뺨 사이가 옴폭 패는 미소였다. 치카의 왼쪽 입과 눈은 여전히 처졌고, 여전히 왼쪽 다리를 절면서 걸었지만, 의사들은 방사선 치료가 효과가 있으면 이런 증상들이 다 좋아질 거라고 말했다.

의사들은 인간의 뇌가 어마어마하게 복잡하긴 하지만, DIPG 같은 침입자들이 하는 일이란 뇌엽의 어느 한 부분을 눌러서 사람의 눈이 처지고, 다리가 휘어지고, 말을 어눌하게 하는 거라고 했다. 그러니 그 압력을 줄이면 그런 증상들도 사라진다. 이건 거의 기계적인 반응처럼 보였다. 마치 암에게 "썩 물러나!"라고 말하면 모든 것이 원래대로 돌아갈 것처럼.

방사선 치료는 바로 그 목적을 달성하기 위해 아주 좁은 범위를 겨냥해 폭탄처럼 파괴적인 아원자입자를 쏜다. 닷새 동안 치카는 매일 아침 헬멧을 쓴 채 거대한 기계 속으로 들어갔다. 그 원통형 기계 속에서 치카의 시선은 어쩔 수 없이 위를 향하게 된다. 치료 준비를 시키는 간호사들은 언제나 아주 긍정적으로 치카를 격려했다. "넌 놀라운 아이야, 치카! 넌 록스타야!" 그래도 나는 그 기계가 켜지기 전에 간호사들이 검사실을 나가야 할 때 그 록스타가 무슨 생각을 할지 궁금했다.

치카는 이 치료를 다 합쳐서 6주 동안 받았다. 우리는 이 치료를 좀 더 재미있게 받을 수 있도록 여러 가지 의식을 만들었다. 병원에 도착하면 접수 서류에 치카가 사인을 하고, 치료받을 동안 들을 음악을 치카가 고르는 식으로. 하지만 그러는 동안 치카의 몸은 혹독한 대가를 치렀다. 치카의 오른쪽 귀 뒤의 머리카락이 사라졌다. 방사선은 암세포뿐만 아니라 그 근처에 있는 건강한 세포까지 파괴하는데, 특히 머리카락 세포처럼 빠르게 자라는 세포들을 죽인다. 가끔 밤이면 치카는 땀을 뻘뻘 흘리면서 침대에 털썩 드러누워 크리올어로 소리를 질렀다. "의사 쌤! 의사 쌤!"

그래도 시간이 흐르면서 의사들이 기대했던 것보다 암의 크기가 훨씬 더 줄어들었다. 치카의 담당 방사선 종양학자인 피터 첸 박사가 커다란 컴퓨터 스크린으로

MRI 스캔한 이미지들을 보여줬다. 이거 보이세요? 치카가 처음 왔을 때 이 정도였는데, 이제 이걸 보세요. 가을이 시작될 무렵, 오리들에게 먹이를 주고 애플파이를 먹게 해주려고 치카를 사과 주스 공장에 데려갔을 때 치카의 암은 25퍼센트 정도 줄어들었다.

25퍼센트라고?

"어쩌면 30퍼센트 정도일지도 모릅니다." 첸 박사가 말했다.

우리는 힘이 불끈 솟았다. 치카는 첫 타석에서 3루타를 날렸다. "치카는 이겨낼 거야. 치카가 이 병을 최초로 이겨낸 사람이 될 수도 있잖아?" 재닌이 말했다.

시간이 흐르면서 치카에게 옷이 여러 벌 생겼다. 우리가 사준 옷도 있고, 우리 친구들이 갖다준 것도 있었다. 치카는 옷을 차려입길 좋아했는데, 특히 주름 장식이 많은 옷을 더 좋아했다. 치카는 재닌의 하이힐을 신고 우쭐거리며 걷고 목걸이를 몇 개씩 걸고 다녔다. 한 번에 모자를 두 개씩 쓰기도 했다.

"치카는 꾸미길 너무 좋아하는데." 재닌은 이런 농담을 하곤 했다.

어느 날 치카와 나는 외출 준비를 하고 있었다.

"잠깐만. 네 얼굴에 뭐가 묻었는데." 내가 말했다.

“뭔데요?” 치카가 물었다.

나는 냅킨을 가져와서 치카의 입술 주변을 닦았다.

“여기가 좀 촉촉한데. 어쩌다 이렇게 됐니?”

“미치 아저씨! 이거 립글로스 바른 거라고요!” 치카는 두 손을 번쩍 들어 올리며 말했다.

우리

여름이 가고 나서야 치카는 다시 나타났다. 나는 반바지에서 긴바지로 바꿔 입었고, 사무실 천장에 있는 선풍기를 껐다. 치카는 이 사무실을 좋아했다. 문을 열고 들어오면 항상 고개를 들어 높은 책장들을 보곤 했다. 치카는 여기서 내가 글을 쓰는 걸 알고 있었고, 그럴 때면 조용히 해야 한다는 것도 알고 있었다. 그래서 여길 들어오면 특별한 기분이 들었나 보다.

이번에 왔을 때 치카가 갑자기 뒤에서 날 톡톡 치는 바람에 깜짝 놀라 의자에서 떨어질 뻔했다. 치카는 와그르르 웃어댔다.

"뭐 하고 있어요?" 치카가 물었다.

글 쓰고 있어.

"나에 대해서?"

네가 그러면 좋겠다고 했잖아.

"흐으으음."

치카는 빙 돌아서서 우리 뒤에 있는 피아노로 갔다.

"뭐 좀 쳐봐요, 아저씨."

나는 예전에 음악가로 활동했기 때문에 사무실에 항상 피아노를 놔뒀다. 지금도 글을 쓰다 막히면 영감을 찾아 피아노를 치곤 한다. 치카는 건반을 탕탕 치면서 살아 있을 때처럼 시끄러운 불협화음을 만들고 있었다.

"그렇게 탕탕 치면 안 돼." 그럴 때마다 나는 야단을 쳤다. 그러다 어느 날, 재즈 음악가인 친구를 찾아가는 길에 치카를 데려갔다. 치카가 건반을 두드리는 동안 그는 침착하게 듣고 있더니 아이 옆에 서서 왼손으로 베이스를 잡고 오른손으로 화음을 만들어내서 치카의 방황하는 멜로디를 노련하면서도 아름답게 감싸주었다. 그 후로 다시는 치카에게 뭘 연주하고 뭘 하지 말라고 하지 않았다. 제대로 들을 수만 있다면 이 세상 모든 것이 음악이니까. 기쁨을 주는 소리를 만들라고 찬송가에도 나오지 않았던가.

우리는 같이 앉아서 〈징글벨〉을 쳤다. 한여름에도 크리스마스 노래는 언제나 반갑다.

나는 노래를 불렀다.

한 마리 말이 끄는 썰매를 타고, 눈 속을 달려나가면, 우리가 지나가는 들판마다…….

"들판으로." 치카가 가사를 고쳐줬다.

들판으로?

"응."

'들판마다'가 아니고?

"아니야. 들어봐요. 한 마리 말이 끄는 썰매를 타고, 눈 속을 달려나가면, 우리가 지나가는 들판으로……."

나는 치카와 같이 노래를 부르기 시작했지만, 치카가 내 입을 한 손으로 막더니 마지막 부분을 혼자서 불렀다. "끝까지 웃으면서 갈 거야, 하 — 하, 하!"

꼭 이렇게 해야 해? 나는 싱긋 웃으며 물었다.

치카는 생긋 웃었다. 우리가 노래할 때면 치카는 항상 손바닥으로 내 입을 가렸다. 이제부터는 자기 혼자 불러야 한다는 신호였다. 그때마다 나는 웃었다. 지금도 웃음이 난다.

"미치 아저씨? 왜 이런 말을 썼어요?"

어떤 말?

치카는 의자에서 쓱 내려와 책상으로 다가왔다. 그리고 노란 종이를 가리키며 거기 목록에 있는 3번을 가리켰다.

"이거." 치카가 말했다.

세 번째 교훈

경이로움

한번은 우리가 널 데리고 디즈니랜드에 간 적이 있단다, 치카. 기억나니? 방사선 치료를 받은 후였어. 넌 디즈니 영화가 시작될 때마다 나오는 잠자는 숲속의 공주의 성을 궁금해하고 있었지. "저 성이 진짜로 있어요?" 네가 물어보면 우린 그렇다고, 언젠가 거기 데려가서 보여주겠다고 했지. 어느 날 밤, 널 재우고 나서 재닌 아줌마와 나는 네 뒤 목 위쪽에 여기저기 머리카락이 빠져서 휑한 부분을 바라봤단다. 네 이마엔 땀이 고여 있었지. 우린 서로에게 말했어. "우린 대체 뭘 기다리고 있는 거야?"

그래서 예약하고 캘리포니아로 비행기를 타고 갔지. 우리는 사람들이 좀 덜 모이길 바라며 평일 표를 끊고 공원이 문을 열기도 전에 도착했단다.

거기서 내 기억에 가장 생생한 건 네가 제일 먼저 한 일이야. 우리는 기념품 가게들이 죽 늘어서 있는 중심

가로 들어왔지. 저 앞에 놀이기구들이 보였는데, 네가 어떤 걸 보며 기쁨의 환성을 지를지 궁금했어. "저거 타도 돼요?"

그러다 작은 연못을 하나 지나치는데, 거기서 회색 오리 한 마리가 물 밖으로 나와 돌아다니고 있더구나. 네 오른쪽에는 애스트로 오비터*가 있고, 왼쪽에는 썬더 마운틴**이 있고, 잠자는 숲속의 공주의 성이 바로 앞에 있는 상황에서 너는 그걸 가리키며 소리를 질렀지. "저거 봐요! 오리다!" 그러고 너는 오리를 쫓아가면서 큰 소리로 웃었어. "오리다! 오리!"

나는 재닌 아줌마를 힐끗 봤는데 아줌마도 웃고 있었어. 놀이공원의 온갖 명소와 놀이기구들이 널 유혹하고 있었는데 넌 고개를 숙여서 또 다른 생명을 보며 경이로워하고 있었지.

아이의 입에서 처음 나오는 말이 "엄마" 혹은 "아빠"라면 그다음에 나오는 말은 "이거 봐요!"일 거야. 어쨌든 난 그렇게 느꼈단다. 삼촌으로서 나는 조카들이 쓴 낙서를 치켜들며 이렇게 말하는 광경을 수도 없이 지켜봤거든. "엄마, 이거 봐!" 혹은 수영장으로 다이빙하기

* 위아래로 오르락내리락하면서 빙글빙글 도는 기구.

** 탄광 열차 모양의 롤러코스터.

전에 “아빠, 이거 봐!” 혹은 상점 선반에 있는 장난감을 집으면서 “미치 삼촌, 이거 봐!” 가족인 우리는 그럴 때마다 의무적으로 고개를 끄덕이며 말하지. “아주 좋은데.” 혹은 “와우.”

하지만 그럴 때마다 나는 솔직히 뭔지 모를 거리감이 느껴졌단다. 난 그 조카들처럼 그렇게 경이롭지 않았어.

그러다 네가 왔단다, 치카. 어쩌면 내가 나이 들어서인지 아니면 네 눈이 나보다 훨씬 크기 때문인지, 혹은 아이를 보살피고 있을 때는 세상이 단순히 달라지는 것인지 이유는 모르겠지만 그때부터 뭔가 느껴지더구나. 나는 고개를 숙여서 네가 보는 아주 작은 기적들을 너의 눈으로 보기 시작했단다. 새끼 오리들이 달려가는 모습, 수초 뒤에 숨어 있는 개구리들, 네가 막 움켜쥐려고 하는 나뭇잎을 바람이 휙 들어 올리는 모습. 아이가 어른을 위해 할 수 있는 아주 근사한 일 중 하나는 지구가 내는 목소리들을 좀 더 잘 들을 수 있게 땅에 더 가깝게 다가가도록 이끌어주는 거란다.

네가 날 위해 그렇게 해줬어, 치카. 우리는 나뭇잎에 몰두했어. 진입로에 있는 개미들을 연구했고, 눈 위에서 데굴데굴 굴렀단다. 눈을 처음 봤을 때 너는 깜짝 놀랐고, 생전 처음으로 눈사람을 만들었어. 넌 처음에는 돋보기로, 나중에는 장난감 망원경으로 날 봤는데, 그 렌즈들을 통해 네가 세상을 바라보는 방식에 나는 감탄했어. 너는 끝없는 잡념에 사로잡힌 어른들에게 언제나 마력을 발휘하는 해독제 같았단다.

네가 "이거 봐요!"라고 말하기만 하면 그 마법이 시작됐어.

이거 봐요. 그건 아마도 우리가 구사하는 문장 중에서 가장 짧은 문장 중 하나일 거야. 하지만 우린 사실 제대로 보지 않는단다, 치카. 어른들은 안 그래. 그냥 슬쩍 보고 지나쳐버리지. 힐끗 보고 갈 길을 가거나 하던 일을 마저 한단다.

하지만 너는 봤어. 네 눈은 호기심으로 반짝반짝 빛났지. 넌 반딧불이들을 잡고 거기에 건전지가 들어 있냐고 물었지. 동전 하나를 찾아내고 그게 정말 "보물"이냐고 묻기도 했어. 그리고 우리가 시키지 않았는데도 그렇게 찾아낸 건 나눠야 한다는 것도 알고 있었지.

"이거 향기 맡아봐요." 너는 향기로운 꽃 한 송이를 내밀며 말하곤 했다.

"이거 먹어봐요." 너는 초콜릿 캔디 하나를 내밀며 말하곤 했지.

그래서 나는 그렇게 했다. 네가 이끄는 대로 따라갔어. 네가 탄 눈썰매를 좇아 달려갔고, 회전목마를 탄 네 뒤에 나도 자리를 잡았지. 수영장에서 너랑 같이 물장구친 거 기억나니? 넌 수영장 한쪽은 미국이고 다른 쪽은 아이티라고 정하고, 쌀과 콩을 가지고 노를 저어서 이쪽저쪽 왔다 갔다 하는 게임을 만들어냈지. "여기 있어요! 이거 먹어요! 맛있다!" 대체 어떻게 그런 생각을 해냈는지 모르겠다, 치카. 그리고 그걸 하면서 네가 왜 그렇게 사정없이 웃어댔는지도 모르겠고. 하지만 나는 너와 같이 이 나라에서 저 나라로 헤엄을 쳤고, 너의 상상력은 정말이지 대단했단다.

아이들은 이 세상에 경이로워하지. 부모들은 그런 아이들의 경이로움에 경이로워하고. 그렇게 우리 모두 같이 성장하는 거야.

그렇게 네가 그걸 내게 가르쳐줬단다, 치카. 아니면 우리 모두의 마음속에 잠들어 있는 경이로움의 불씨를 다시 살려준 건지도 모르고. 네가 한 여러 가지 일엔 시간을 초월하는 매력이 있었어. 비밀 임무를 띠고 테이블 아래를 기어가거나, 상상 속의 다과회를 치르기 위해 아주 작은 컵들을 테이블에 세팅하거나 하는 일들 말이다. 그런 일들이 너에게 닥친 절박한 상황을 거의 잊게 해줄 뻔했어.

하지만 어른인 나는 그 절박한 상황을 무시할 수 없

었단다.

비교적 성공적인 방사선 치료 덕분에 우리의 희망은 커졌고, 심지어 네 입술과 왼쪽 눈까지도 정상에 가깝게 돌아왔다. 걸음걸이도 나아졌지. 넌 달리고 춤을 췄어. 그해 여름이 지나갈 무렵, 넌 그 어느 때보다 나아졌단다. 그러니까 좋아진 게 맞지, 안 그래?

그런데도 의사들은 여전히 이건 "밀월" 기간일 수도 있다고, 너의 뇌에 들어온 그 침입자가 "활동을 중단"하긴 했지만, 완전히 떠난 건 아니라고, 화산이 언제 다시 들썩일지 모른다고 경고했단다.

방심하지 말자. 경계의 눈을 늦추지 말자. 난 자신에게 그렇게 말했단다.

그걸 내가 절실하게 깨닫게 된 계기가 있단다. 하필 9월 중순에 거대한 미시간 경기장, 사람들이 애정을 담아 빅 하우스라고 부르는 곳에서 열린 대학 축구 시합에서였다.

그 토요일, 거기에는 십만이 넘는 관중이 있었고, 스포츠 칼럼을 쓰려고 기자석에 앉아 있다가 경기가 시작되기 시작했을 때 아래를 내려다보자 한 가족이 구장으로 들어오는 모습이 보였어. 장내 방송에서 아나운서가 우렁찬 소리로 말하더구나. "채드 카 어린이도 주장들과 같이 동전 던지기를 합니다. 카 가족에게 우리의 위로와 기도를 보냅니다."

나는 침을 꿀꺽 삼켰어. 카 가족이란 전 미시간 축구팀 코치인 로이드 카를 말하는데, 나는 그를 잘 알았거든. 그의 아들인 제이슨과 제이슨의 아내 타미 사이에 세 아이가 있는데, 그중 막내로 네 살인 채드가 있지. 지금 방송에서 말한 채드가 바로 그 아이야.

채드 카는 — 치카 너처럼 — DIPG를 앓고 있거든.

나는 채드가 아버지의 팔에 안겨 힘없이 들어오는 모습을 지켜봤어. 금발 머리가 텁수룩한 잘생긴 아이였단다. 그 아이의 병마와의 전쟁은 미시간에서는 유명한 이야기라 TV 뉴스 보도와 신문 기사의 주제로 종종 보도됐어. 나는 타미와 서너 번 이야기를 나눴어. 타미는 그 질병에 대해 알고 있는 걸 다 말해줬고, 나를 환자 가족들이 모인 공동체에 소개해줬지. DIPG라는 험난한 산을 오르면서, 어느 곳을 잡아야 하고, 어느 미끄러운 부분을 피해야 하는지에 대한 지식과 정보를 전 세계 환자 가족들이 공유하는 곳이었단다. 가끔은 그 산에서 떨어진 이들에 대한 고통스러운 소식이 들려오기도 했어. 이 가족들은 이 병이 아니었다면 생판 몰랐을 사람들이었지만 서로를 믿고 힘든 밤과 주말마다 서로에게 전화를 걸어 격려했지. 하지만 이 병과 싸워 이긴 역사가 단 하나도 없어서 그들 모두 어느 지점에 이르면 효과가 있을지 없을지 모르는 상태에서 선선택해야 했어.

나는 그들과 나누는 대화에서 이 부분이 가장 두려웠어. "그래서 앞으로 어떻게 하실 생각이에요?" 그건 마치 재난 영화처럼 느껴졌단다. 한 그룹은 지붕으로 올라가기로 하고, 다른 그룹은 계단으로 내려가기로 하는데, 둘 다 살아나가지 못할 거라는 걸 알고 있는 그런 영화 말이다.

카 가족에게 우리의 위로와 기도를 보냅니다. 그게 무슨 뜻일까? 아이의 상태가 나빠진 걸까? 나는 아이의 부모가 모든 수를 다 쓰고 있다는 걸 알고 있었어. 채드는 DIPG라는 진단을 받은 지 21개월이 된 시점이었지. 치카 너는 4개월째고.

밀월 기간. 활동을 중단했지만, 완전히 떠난 건 아니다. 의사가 한 경고는 단 한 번도 내 머릿속을 떠난 적이 없었어. 내가 그날 집에 왔을 때 너는 재닌 아줌마와 같이 밥을 먹고 있더구나.

"미치 아저씨? 우리 지금 주황색 생선 먹고 있어요!" 네가 소리를 질렀어. 연어를 먹고 있다는 말이었지. 나는 재닌 아줌마를 옆으로 불러내었지.

"치카는 오늘 잘 지냈어." 그녀가 말해주더구나.

"그런 거 같네."

그녀는 내 눈을 물끄러미 바라보았어. "무슨 일 있어?"

나는 잠시 망설였어.

"이 시간이 영원히 계속되진 않을 것 같아. 우린 좀 더 적극적으로 밀어붙여야 해." 그렇게 말했어.

어느 날 밤, 재닌이 치카에게 『야채 극장 베지테일』이란 책을 읽어주고 있었다. 그것은 신에 대한 믿음을 주제로 한 이야기였다.

"하느님에게 힘이 있나요?" 치카가 물었다.

"그럼." 우리가 대답했다.

"하느님은 용감해요?"

"그렇지."

"하느님이 말들을 보호해줘요?"

느닷없이 왜 이런 걸 물어보는지 모르겠지만.

"하느님은 모든 걸 보호하시지." 우리는 대답했다.

"하느님이 이 세상을 만드셨죠. 그리고 유니버시티도!" 치카는 노래를 부르듯 말했다.

"유니버스(우주) 말이니?"

"그래요, 맞아. 그 유니버스. 그게 뭐든 말이죠."

나

내 대학 동기 중 몇 명은 의사가 됐다. 에이즈가 창궐하던 1980년대에 그 친구 중 하나를 찾았던 기억이 난다. 나는 그 질병이 도저히 정복할 수 없을 것처럼 보인다고 말했다.

"사람들은 암 치료제보다 에이즈 치료제를 훨씬 더 빨리 찾아낼 거야." 내 친구가 그때 그렇게 말했다.

그 말에 나는 충격을 받았다. 몇 년 후 모리 교수님이 내게 루게릭병의 세계를 소개했을 때, 그와 비슷한 말을 들었다. "사람들은 암 치료제보다 루게릭병 치료제를 훨씬 더 빨리 찾아낼걸세."

암은 내 기억 속에서 언제나 금방이라도 나를 덮치고, 아무것도 통과시키지 않는 고압적인 먹구름처럼 보였다. 나는 삼촌이 마흔네 살에 췌장암으로 죽어가는 모습을 지켜봤다. 내 형은 불과 스물아홉 살에 암과 평생에 걸친 전쟁을 시작했다. 재닌의 언니 데비는 무려

15년이나 유방암과 싸우다가 마침내 굴복했다. 그녀는 쉰여섯 살에 세상을 떠났다.

하지만 아이가 암이라니? 그것도 4기 뇌종양이라니? 이것은 내가 준비한 싸움이 아니었다. 그 결과, 그 암에 대해 최대한 빨리 배워야 했는데, 그 과정에서 여러 번 놀라고 종종 화가 나기도 했다. 나는 이미 화학 치료 분야가 암과의 전쟁에서 믿을 수 없을 정도로 막대한 이익을 거두고 있고, 그래서 환자들에게 그 치료를 받으라고 설득하는 의사들의 영향력이 서서히 커지고 있다는 사실을 알고 있었다. 환자들이 화학 치료가 아닌 다른 방법을 제안하면 의사들은 잘난 척하면서 그런 대안들은 위험하고, 효과가 입증되지 않았고, 심지어 사기라고 일축해버린다고 한다.

재닌과 나는 의사는 아니다. 하지만 우리도 이 정도는 알고 있었다. DIPG와의 싸움에서 화학 치료로 성공을 거뒀다는 증거는 없다.

그러니 그 산을 오를 새로운 길을 찾아야 했다.

"그거 아셨나요?" 뉴욕에 있는 메모리얼 슬로안 케터링 병원에 있는 마크 스웨이던스라는 의사를 찾아갔을 때 그가 내게 물었다. "우리가 뇌종양을 치료하기 위해 혈관을 통해 화학물질을 넣으면, 그중 3퍼센트만 실제로 뇌에 들어간다는 사실을 아세요? 뇌에는 혈액 뇌 관문이라는 게 있는데, 그게 뇌 속에 어떤 물질이 들어오게 할지, 말지를 아주 까다롭게 관리하는 세포막이거든요. 단 3퍼센트라고요. 나머지는 그냥 혈류 속에 있는 거죠."

그건 나로서는 처음 듣는 이야기였고, 일반적인 화학 치료에 반대할 때 제시하는 강력한 논거이기도 했다. 왜 핀 하나를 맞추자고 여러 개의 화살을 쏴야 하는가?

머리를 짧게 깎은 스웨이던스는 키가 크고 배려심이 많은 사람으로 항상 어떤 일을 하건 더 나은 방식을 찾고자 하는 의지가 강한 사람이었다. 그는 미시간에서 여러 가지 물건을 수리하는 취미를 즐기며 성장했다. 의사로서 일을 시작한 초반에 그는 DIPG에 대해 연구하기 시작했다. 그는 "2년 동안" 한 연구가 수박 겉핥기 수준이었다고 생각했다.

그런데 25년이 지난 지금도 여전히 전투 계획을 짜고 있었다. 그는 "전도 촉진 투여(convection enhanced delivery), 줄여서 CED"라고 불리는 임상 시험을 시작했다. 간단히 말하면 CED 치료는 뇌간에 튜브를 꽂아 암을 죽이는 약들을 암에 직접 투여해 서서히 죽이는 식으로 그 문제에 접근한다. 간단히 말하면 뇌에 더 가까이 접근해 죽이는 것이다.

그 방법은 위험했다. 뇌에 뭔가를 그렇게 직접 주입하는 방법은 항상 위험하다. 그리고 시험이기 때문에 거기 참가하는 걸 동의하는 온갖 종류의 서류에 서명하고, 후속 치료를 위해 계속 그 병원에 다녀야 했다. 거기다 성공한다는 보장도 없었다.

하지만 여기에 DIPG와의 전쟁에 전적으로 집중하는 마음이 따뜻한 의사가 있고, 치카는 그의 시험 프로그램에 참여할 자격 요건이 됐다. 만약 우리가 그 산을 정말로 오른다면, 재닌이 말한 것처럼, "치카가 첫 번째가 못 될 것도 없지 않겠는가?" 우리는 새길을 개척해야 했다.

우리는 호텔 방을 예약했다.

짐을 꾸려서 뉴욕으로 날아갔다.

우리 모두 차에 있었다. 내가 운전하고 재닌과 치카는 뒷좌석에 타고 있었다.

치카가 노래를 부르기 시작했다.

"도는 하얀 도아지……."

"도아지가 아니라 도화지란다, 아가." 재닌이 말했다.

치카가 노래를 멈췄다.

"뭐라고요?"

"도화지라고, 도아지가 아니라. 도화지는 그림 그릴 때 쓰는 종이란 뜻이야."

치카는 잠시 생각하더니 팔짱을 끼었다.

"아니야!"

"아니라고?"

"이건 내 입이야. 그러니까 내 맘대로 부를 거야!"

너

네 목소리에 관해 쓰고 싶구나, 치카. 난 그걸 종종 생각하는 데다 항상 내 귓가에 들리거든.

아이들을 처음 만나면 눈에 띄는 특징이 하나씩 있단다. 곱슬머리가 긴 아이, 웃음소리가 특이한 아이. 넌 목소리가 인상적이었어. 네 성격이 그대로 드러난 목소리였지. 카멜레온처럼 낮에는 아주 높고 컸다가 밤에는 리드미컬하면서 부드럽게 변했단다. 아침에는 달콤하면서도 사포를 문지르는 것 같은 소리가 나서 재닌 아줌마와 나는 이렇게 농담하곤 했지. "치카가 담배를 피우는 건 아니겠지?"

우리 말에 네가 어쩔 수 없이 동의할 때 너는 "네에에에에에"라고 대답했지. 네 뜻대로 되지 않으면 대포를 쏘는 것처럼 큰 소리로 "왜요?"라고 했고. 네가 "죄송해요"라고 말할 땐 요정이 흐느끼는 소리 같았고, 네가 게임에 이겼을 땐 공작새가 꽥꽥거리는 것 같았어.

(우리와 같이 3목 두기 게임을 하다가 네가 이기면 킥킥거리며 웃었지. 참 건방진 다섯 살이었어.)

네 목소리는 음악을 하기에 아주 잘 어울리는 목소리였어, 치카. 너는 아주 높은 음까지 올라갔고, 밤이면 종종 혼자서 조용히 노래를 부르곤 했지. 내키면 훌륭한 뮤지컬 가수처럼 우렁차게 부를 수도 있었고. 한번은 네가 잠옷 입는 걸 재닌 아줌마가 도와주고 있었는데, 네가 소매에 팔을 끼워 넣으면서 냇 킹 콜이 부른 〈L-O-V-E〉를 부르고 있었어. 그 노래는 영화 〈페어런트 트랩〉의 주제가였지. 노래 끝부분에 "사랑은 나와 당시이이이이인"을 위한 거라는 가사를 너는 두 팔을 벌리고 머리를 뒤로 휙 젖히며 불렀지. 마치 콘서트에서 엄청난 관객들이 널 위해 손뼉 치고 있는 것처럼 말이야. 그 얼마나 기쁨이 넘치는 공연이었던지!

너의 목소리는 풍향계처럼 그날 너의 바람이 어디로 불어갈지 알려줬지. 우리가 비행기를 타고 뉴욕에 갔을 때 넌 특히 말을 많이 했단다. 너는 내게 질문도 많이 하고, 승무원과 장난을 쳤고, 비행기 바퀴들이 활주로를 달려가는 동안 스물부터 시작해서 거꾸로 세기도 했지. 도착해서 우리가 내리려고 일어났을 때 우리 뒤에 앉아 있던 한 남자가 이렇게 말했어. "실례지만 이 말씀은 해야겠군요. 따님 목소리가 정말 사랑스러워요."

난 그 말에 아주 크게 감동했단다. '따님'이란 말이 내게 어떤 영향을 미쳤는지는 언급하지 않고 네가 그 아저씨에게 감사하다는 인사를 하게 시켰지.

사람들의 영혼은 눈에 비친다는 말이 있어, 치카. 하지만 너의 목소리는 네 영혼의 메아리와 같았어. 우린 매일 그 목소리를 그리워하고 있단다. 그 목소리에는 너의 모든 것이 깃들어 있고, 있었고, 아직도 어딘가에 있을지 모르겠다. 아침에 네가 나와 같이 여기 갈색 카펫 위에서 데굴데굴 구르고 있지 않을 때 말이야.

우리

"미치 아저씨?"

응?

"난 뉴욕이 별로 안 좋았어요."

넌 뉴욕을 끔찍이 싫어했지. 그때 내게 그렇게 말했잖니.

"이젠 그렇게 싫진 않아요."

치카는 이제 카펫에 똑바로 누웠다.

흠, 처음에는 좋아했잖아.

"거기 있는 큰 장난감 가게가 좋았어요."

넌 정말 그랬지.

"하지만 병원은 아니야."

사람들은 대부분 병원을 좋아하지 않지.

"그런데 왜 날 거기로 데려갔어요?"

뉴욕 말이니?

"네."

나는 의자에 등을 기댄 채 한동안 생각했다.

희망 때문이지, 나는 말했다. 내 말이 무슨 뜻인지 아니? 그게 뭔가를 할 좋은 이유일까?

"그럼요. 좋은 이유예요." 치카는 한숨을 쉬면서 다시 몸을 굴려 바닥에 엎드리며 말했다.

우리가 비행기를 타고 뉴욕에 갔을 때쯤 치카는 비행기 여행에 꽤 익숙해져 있었다. 치카는 비행기 표를 공항의 보안 검색 요원에게 건넸고, 밝은색 운동화를 신은 채 금속 탐지기를 걸어서 통과했다. 치카는 종종 화장실에 가야 했는데, 재닌 없이 우리 둘만 여행할 때는 내가 여자 화장실까지 데려간 후에 밖에 서서 충실하게 기다렸다.

한번은 화장실에 들어간 치카가 오랫동안 나오지 않아서 걱정되기 시작했다. 긴 코트를 입은 중년 여성이 내가 문밖에서 서성거리는 모습을 보고 물었다. "뭘 도와드릴까요?" 내가 상황을 설명하자 그녀는 친절하게 안에 들어가 소리쳤다. "이 안에 치카가 있니?"

그러자 긴 침묵이 흐른 후에 목소리가 들렸다.

"누가 날 부르는 거죠?"

나는 웃음이 나오려는 걸 참았다.

"밖에 어떤 남자분이 널 기다리고 계셔." 그 여자가 말했다.

"나도 알아요. 안다고요! 미치 아저씨예요!" 치카가 큰 소리로 대답했다.

치카는 나와서 작은 손으로 내 손을 잡았다. 손을 씻어서 촉촉했다. "나 똥 누느라 좀 오래 걸렸어요." 우리는 계속 걸어갔다.

이 글을 읽다 보니 가끔 치카의 성격 덕분에 치카가 아프다는 사실을 잊기 쉬웠음을 깨달았다. 치카와 보냈던 첫해에는 가끔 우리도 그걸 잊어버릴 뻔한 순간들도 있었다. 치카는 자주 농담을 하고, 춤을 추고, 활력이 넘쳐서 모르는 사람이 보기엔 치카에게 뭔가 문제가 있다는 짐작은 하지 못했다. 자신의 얼굴과 몸이 변했을 때도 치카는 거울에 비친 모습을 보고 놀라면서 커다래진 엉덩이를 흔들어보곤 했다. 자기 몸이 왜 이렇게 커지는지, 적어도 물어보기라도 하는 아이들도 많았을 것이다. 하지만 치카는 자존감이 너무나 강해서 거울에 비친 그 어떤 모습에도 흔들리지 않았다.

그래도 내 마음속에서 절대 떠나지 않는 말이 있었다. 밀월. 활동을 중지했지만 절대 떠나진 않았다. 애초에 그 말 때문에 우리가 뉴욕에 가게 된 것이다. 우리는 암을 저지하는 데 그치지 않고 박멸하고 싶었다.

치카가 CED 치료를 받기 전날 밤, 재닌과 나는 치

카와 같이 사람들로 북적거리는 타임스 광장을 걸었다. 치카는 고층 빌딩의 옥외광고판들과 네온 불빛들을 보며 경이로워했다. 스파이더맨, 올라프, 버즈 라이트이어와 같은 캐릭터들을 코스프레하는 사람들이 거리낌 없이 돌아다니자, 치카는 그들과 이야기를 해보고 싶어서 쫓아갔다. 멈추려고 하는 순간 캐릭터 하나가 거대한 모자를 벗더니 땀이 나는 머리를 손으로 쓸어내렸다. 치카가 꺅 소리를 질렀다. "우아! 저기 미키 마우스 안에 남자가 들어 있어요!"

나중에 우리는 거대한 토이저러스 매장에 갔다. 그곳은 4층 건물로, 실내에 작은 대회전 관람차가 있었다. 우리 셋은 분홍색 카트 하나에 비집고 들어가서 앉았다. 치카는 그것이 움직이기 시작하자 웃음을 터트렸지만, 그것이 올라가기 시작하자 재닌과 팔짱을 꼭 끼면서 무서워서 소리를 질렀다.

우리는 우리대로 불안해하고 있었다. 나는 그날 치카가 받게 될 수술의 위험성을 인지했음을 알리는 여러 장의 서류에 다시 서명했다. 이번에는 수술의 잠정적 결과 중에 "마비"와 "사망"도 있었다. 스웨이던스 박사는 이 시험에 대해 대단한 열의를 보이면서 이 치료 방법이 대단히 '우아하다'는 표현을 썼다. 박사도 그 서류에 서명했다.

그러고 나서 내게 물어보고 싶은 게 있다고 해서 그러라고 했다. 그는 항상 사람들이 어떤 동기로 행동하는지 궁금하다고 설명하면서, 내가 왜 이 수술을 받기로 했는지 말해줄 수 있느냐고 물었다. 치카를 아이티에서 데려와서, 병원비를 다 내고(처음에는 건강보험이 없었기 때문에 치카가 받는 치료비 대부분을 우리가 내야 했다) 이런 다양한 치료 방법들을 알아보는 이유가 뭐냐고 했다. 치카는 우리 자식도 아닌데.

나는 깜짝 놀랐다. "왜?"라는 질문은 처음 받았기 때문이었다. 난 단 한 번도 이 일이 내가 선택할 수 있는 문제라고 생각해본 적이 없다고 대답했다. 그리고 치카가 누구 자식인지는 사실 아무 상관 없었고.

하지만 나도 그에게 물어볼 것이 있었다. 암과 싸우는 데 있어서 이렇게 하라고 조언하는 의료 전문가들이 있는 반면, 왜 나머지는 또 그렇게 하지 말라고 조언하는데 이유가 뭔지 말이다.

박사는 마치 내가 방금 너무나도 적절한 질문을 한 것처럼 고개를 끄덕이며 다리를 꼬았다. "사실은 우리도 모르기 때문입니다. 이 시험에서도 제가 사용하는 약물이 맞는 약물인지 저도 몰라요. 아무도 모릅니다. 하지만 지난 몇십 년 동안 그랬던 것처럼 같은 치료만 반복하면서 이대로 가만히 있을 수는 없으니까요."

그날 밤, 호텔 방에서 잘 준비를 하는 동안 내가 치카를 보며 최악의 경우를 생각하고 있다는 사실을 깨달았다. 뭔가 잘못되면 어쩌지? 만약 이 밤이 우리가 치카와 이야기할 수 있는 마지막 밤이라면 어쩌지? 스웨이던스 박사는 분명하게 말했다. 도관 하나만 엉뚱한 위치에 삽입해도 우리가 아는 치카는 영영 사라져버릴 수 있다고.

"미치 아저씨? 왜 그렇게 나를 봐요?" 치카가 마침내 물었다. 나는 진실을 말할 수 없었다. 내가 지금 너를 기억하려 애를 쓰고 있다는 걸. 인간이 상상할 수 있는 최악의 상황에서 세계 최고의 아이를 보살피는 축복을 받았다는 생각을 하고 있다는 걸.

대신 나는 어깨를 으쓱하며 중얼거렸다. "미안."

치카는 마치 보이지 않는 레몬 맛을 보는 것처럼 얼굴을 찡그린 채 고개를 흔들었다.

"괜찮아요. 봐도 돼요."

다음 날 아침, 치카는 이동식 침대에 누워 수술실로 들어갔다. 그날 뉴욕 하늘은 좀처럼 해가 보이지 않았다. 재닌과 나는 대기실에 있는 의자에 앉아서 미지근한 커피와 반쯤 먹은 간식을 가지고 시간을 보냈다. 우리는 책을 읽기도 하고, 시계를 확인하기도 하고, 일어나서 마냥 걸어 다니기도 했다. CED 치료 과정은 마치 우주 비행을 계획하는 것 같았다. 뇌에 꽂는 도관의 경로를 정하기 위해 컴퓨터 모델의 프로그램을 짜는 데 몇 시간씩 걸렸다. 치료 과정이 극히 정밀해야 했기 때문에 아무도 서두르지 않았다.

마침내 해가 서쪽으로 설핏 기울어졌을 때 스웨이던스 박사가 수술실에서 나왔다. 그는 지금까지는 순조롭게 진행됐다고 안도하며 보고했다. 우리는 치카를 볼 수 있었다. 치카는 침대에서 자고 있었고, 이마 위쪽 머리가 아주 넓게 면도되어 있었다. 치카의 두개골에 고정된 튜브 하나가 밖으로 튀어나와 있었다. 그 튜브가 그 자리에 최대한 열두 시간까지 꽂혀 있을 거라는 말을 들었다. 거기를 통해 항체가 들어 있는 방사성 요오드가 천천히 흘러서 바로 암세포로 들어가고 있다고 했다.

그 화학물질의 강력한 독성을 고려해볼 때, 우리가 치카와 같이 밤을 보내고 싶다면, 방사능에 노출되지 않도록 납이 들어간 반 벽 뒤에서 잠을 자야 한다고 했다.

우리는 또한 그 유독 물질의 노출 여부를 모니터할 수 있는 작은 장치들을 차야 했다. 그리고 치카 옆에 너무 가까이 다가가지 말아야 하며, 가더라도 몇 초 이상 있어선 안 된다는 경고를 받았다. 마치 우리가 지금 원자력 발전소 안에 있고, 치카는 방사능에 노출된 것 같은 그런 느낌이었다.

병원에선 다른 곳에서 자라고 권했지만 재닌이나 나나 치카만 혼자 자게 놔두고 싶지 않았다. 치카는 지금 싸우고 있다. 그래서 우리는 그 납 처리된 벽 뒤에 있는 의자에 주저앉아서 만약 우리 몸에서 빛이 나면 서로 말해주기로 약속했다. 밤이 왔고, 그 밤은 오랫동안 끝나지 않았다.

4장

우리 보육원에서는 저녁 기도를 드린 후에 곧바로 잠자리에 든다. 아이들은 흩어져서 각자 방으로 돌아간다. 낮 동안의 더위에 지친 꼬마들은 종종 유모의 품에서 잠이 든다. 좀 더 큰 아이들은 자지 않고 밖에 있으려고 온갖 핑계를 다 대가며 모여서 돌아다닌다. 달리 할 것도 없는데. 거기엔 텔레비전도 없고, 컴퓨터도 없으니까. 전화도 없다. 시내의 전기가 나가면, 매일 밤 그러는데, 우리는 누군가 발전기를 돌릴 때까지 완벽한 어둠 속에서 지낸다.

나는 방마다 다니면서 아이들에게 잠자리에서 하는 이야기를 들려준다. 꼬마들에겐 공주와 유니콘에 관한 이야기, 좀 더 나이가 많은 아이들에겐 초능력이 있는 고등학생들에 관한 이야기를 해준다. 이야기가 끝나면 아이들에게 잘 자라고 키스를 해준다. 가끔 어린 여자아이들이 노래를 불러달라고 해서 해주면 배를 깔고 엎드린 채 조용히 집중해서 듣는다. 어딘가에서 읽었는데, 세계 최초로 만들어진 음악은 자장가일 거라고 했다. 어쨌든 자장가를 들으면 아이들이 잠을 잘 잤다.

치카가 미국에 왔을 때 나는 불을 끄기 전에 치카에게 자장가를 불러줄까, 하고 물었다. 치카가 좋다고 해서 하나 불러줬고, 다음 날 밤도, 또 그다음 날 밤도 불렀다. 그건 마침내 우리의 작은 의식이 됐다. 내가 치카의 침대에 앉아 치카가 잠이 들 때까지 머리를 쓰다듬으며 〈브람스의 자장가〉 멜로디에 맞춰 노래를 부르는 의식. 가사는 내가 지어서 불렀다.

자장가와 좋은 밤
잘 자라, 치카야
자장가와 좋은 밤
넌 자러 가야지
자장가와 좋은 밤
잘 자라, 우리 아가
자장가와 좋은 밤
꿈나라로 가거라

치카가 이 가사를 듣고 있었는지는 의문이다. 치카는 자장가를 듣다 잠이 들었고 그걸로 좋았으니까. 하지만 몇 달 후에 재닌과 내가 다른 도시로 다녀와야 할 일이 있어서 치카는 우리 친구인 제프와 패티 부부와 같이 있었다. 그날 밤 영상 메시지를 하나 받았다.

"치카가 당신에게 하고 싶은 말이 있대요." 패티가 이렇게 썼다.

어두운 침실에서 잠옷을 입은 치카가 카메라 렌즈를 보며 노래를 부르기 시작했다.

자장가와 좋은 밤
잘 자라, 우리 아가
자장가와 좋은 밤
우리처럼 자러 가라

그러더니 치카는 이렇게 덧붙였다. "잘 자요, 미치 아저씨!" 그리고 키스를 불어 보냈다.

지금도 그 영상을 볼 때면 눈물이 난다.

나

내가 생각하는 아버지란 어떤 사람인지에 대해 너에게 들려줄게, 치카.

우리 아버지는 좋은 분이셨단다. 아버지는 여든여덟 살까지 사셨지. 너도 그분을 한 번 뵌 적이 있어. 그때는 머리가 하얗게 세고 구부정한 허리로 휠체어에 앉아 계셨지. 하지만 젊으셨을 땐 지금 나와 아주 많이 닮았단다. 다만 구레나룻이 훨씬 진하고, 그 시대 유행했던 스타일로 머리를 빗어서 뒤로 넘기고 다니셨지.

아버지의 성함은 아이라로, 브루클린에서 성장하셨어. 나처럼 둘째로 누나와 남동생이 있었지. 할아버지의 아버지, 그러니까 나의 할아버지는 폴란드에서 이민 온 배관공이셨어. 할아버지는 아버지에게 손을 써서 일하는 법을 가르치셨다. 그러다 아버지는 머리로도 일하는 법을 익히셨지. 아버지는 고등학교를 거쳐 대학을 졸업하고 공군에 갔다가 제대해서 회계사가 되셨어. 자신의 길을 찾아 방황하는 사람이 아니었지.

우리 할아버지는 말수가 없는 분이셨는데, 아버지도 그런 면을 닮으셨어. 아버지의 자식인 우리 삼 남매는 항상 아버지가 꼭 필요한 말만 하는 분이라고 생각하면서 자랐단다. 할아버지가 수다를 떠시는 모습은 한 번도 본 적이 없어. 할아버지는 항상 해야 할 말만 하고 그걸로 끝내셨지. 할아버지의 목소리는 아주 굵은 바리톤이었지(한때 오페라 가수가 되는 게 꿈이셨단다). 그래서 몇 마디만 해도 아주 심각하게 들렸어. 사실 전반적으로 진지한 분이셨고.

아버지는 항상 일찍 일어나셨고, 커피와 대형 밴드 음악을 좋아하셨고, 신문을 챙겨 읽었고, 인내심이 대단한 데다 부지런하고 아주 깔끔한 멋쟁이셨지. 양복은 늘 다려 입었고, 셔츠는 주말에도 항상 바지 속에 넣어서 입으셨어. 아버지는 종종 우리에게 살라미 소시지가 들어간 스크램블드에그를 만들어주셨는데, 우린 그걸 아주 좋아했단다. 가끔 다랑어와 참치를 넣은 샐러드도 만들어주셨는데, 그 생선들을 얼마나 야무지게 다지셨는지 마치 버터처럼 빵에 발라 먹을 수 있었단다. 아버지는 절대 남의 관심을 바라는 분이 아니셨어. 그리고 취미 생활을 하려고 우리를 집에 놔두고 외출하는 분도 아니셨고. 골프도 치지 않고, 카드 게임도 안 하셨지. 아버지는 대대로 내려온 가치, 그러니까 가장이라면 가족을 먹여 살려야 한다는 가치를 중요하게 여기셨고, 그 의무를 다하는 데서 만족을 느끼셨지.

할아버지는 겉보기에는 효율을 추구하는 분처럼 보였지만 속은 따뜻하고 다정해서 누구나 의지할 수 있었단다. 우리 외할아버지가 심장마비로 돌아가셨을 때 — 그때 우리 엄마는 열여섯 살이었다 — 열일곱 살밖에 안 된 우리 아버지가 나서서 엄마네 집안일을 맡아서 해줬단다. 두 분이 사귄 지 1년도 안 됐는데도 아버지가 우리 어머니의 가족을 위해 아침 식사를 하고, 오후에 집안일을 하고, 어머니의 어린 남동생에게 아빠 역할을 했다고 해. 그건 고등학생에겐 대단히 큰 책임이었지만, 네가 우리 아버지를 잘 알고 있다면, 어울린다고 그랬을 거야. 내가 아주 어렸을 때부터 사람들이 조언이나 도움이나 돈을 빌리러 아버지를 찾아오곤 했단다. 그런 부탁을 받을 때 아버지는 피하지 않았지만, 세월이 흐르면서 아버지가 평생 단 한 번이라도 아무 걱정 없이 젊은이답게 멋대로 살아보고 싶었던 적이 없었을까, 궁금해졌단다. 가끔은 네가 달릴 준비가 되기도 전에 인생이 너의 등에 안장을 얹을 때도 있단다. 아버지는 어쨌든 절대로 불평하지 않으셨어.

아버지와 같이 있을 때면 난 항상 안전하다고 느꼈단다. 내가 여섯 살 무렵에 우리 지역에 있는 호수에 아버지랑 같이 수영하러 갔던 기억이 있어. 우리는 다들 그렇듯 날이 더울 때 거기 자주 갔어. 나는 다른 아이들처럼 헤엄을 쳐서 탐험하러 가곤 했지.

"너무 멀리 가진 마라." 아버진 그렇게 말씀하셨지만 난 마치 외국에 온 것처럼 느껴질 때까지 멀리 가버렸단다. 그때 갑자기 나보다 큰 아이들이 나타나서 날 손으로 가리키며 소리를 질렀어. "저 자식을 잡자!" 대체 그 아이들이 왜 그런 생각을 하게 됐는지, 얼마나 진지하게 그럴 셈이었는지 모르겠다만 무서웠던 기억이 나. 그리고 내가 아버지에게서 멀리 떨어져 있다는 것도 알고 있었고. 나는 미친 듯이 물을 튀기면서, 그러다 물도 마셔가면서 헤엄을 쳤어. 저 형들이 내 다리를 잡아서 물속에 숨겨진 감옥으로 끌고 갈 것 같아 너무나 무서웠거든. 마침내 아버지에게 도착했을 때 나는 아버지의 배를 꽉 끌어안은 채 헉헉 숨을 몰아쉬었지. 그러고 나서 고개를 들어 바라보니 그 소년들은 다 사라지고 없었어.

아버지는 꿈쩍도 안 하셨어. 무슨 일이 있었냐고 묻지도 않으셨지. 하지만 지금까지도 여전히 내 젖은 팔에 안긴 아버지의 허리와 그때 느꼈던 그 안도감이 느껴져. 그것이 바로 오랫동안 내가 생각하는 아버지였어. 옆에 있으면 안전하다고 느낄 수 있는 사람. 아마도 그래서 내가 그 보육원을 맡았던 것 같아. 아마 나도 그런 식으로 아버지와 같은 사람으로 성장하게 됐나 봐.

내가 아까 말했던 것처럼 넌 내 아버지를 한 번 만난 적이 있단다, 치카. 우리가 캘리포니아에 있는 아버지의 작은 단층집에 여행 갔을 때야. 그때는 우리 어머니가 돌아가신 지 1년도 안 됐을 때였는데, 아버지는 그 일 때문에 더 작아지신 느낌이었어. 설사 그전에 뇌졸중을 일으키셔서 걸을 수도 없었고, 말도 어눌해지셨다고 해도 말이지.

우리 부모님은 64년 동안 같이 사셨으니 어머니가 없는 아버지의 슬픔은 이루 말할 수 없었지. 나는 아버지가 치카 널 보면 기운이 좀 나시지 않을까, 하고 바랐단다.

우리가 도착했을 때 내가 말했다. "치카, 이분은 내 아버지셔." 그러자 넌 잠시 머뭇거렸어. 아마도 내게 아버지가 있다는 사실에 놀랐던 모양이야. 하지만 넌 우리 아버지를 안고 "파파"라고 불렀지. 아버지는 너의 꽃무늬 머리띠를 눈여겨보시고 힘없는 목소리로 말씀하셨지. "그거 정말 예쁘구나."

나중에 넌 방 맞은편에 있는 소파에 앉아서 할아버지의 간호사들과 농담하고 있었지. 네가 장난치면서 시끄럽게 굴고 있을 때 아버지가 내게 고개를 돌리고 말씀하셨어. "좀 요란한 아이구나." 나는 아버지에게 너의 배경, 네가 앓고 있는 병, 우리가 시도하고 있는 모든 치료에 대해 다시 일깨워드리려고 했단다. 아버지와 전화로 이 이야기를 여러 번 했지만 기억하고 계시는지 알 수 없었거든. 아버지는 옛날엔 항상 사려 깊게 그런 이야기에 대답하셨지만 돌아가실 무렵엔 그저 어깨만 으쓱하셨어. 노화는 참 많은 걸 앗아간단다.

네가 장난치면서 돌아다니는 걸 아버지와 같이 지켜보면서, 나는 아버지에게 네가 미국에 온 지도 벌써 반년이나 됐다고 말했어.

"아이를 보살피는 데 얼마나 많은 공을 들여야 하는지 그때는 몰랐어요." 내가 말했다.

아버지는 기침하시더니 휠체어에서 허리를 쭉 펴고 앉으셨어. 방금 한 말을 들으셨는지도 알 수 없었지. 그때 아버지가 가냘픈 목소리로 말씀하셨어. "원래 아이를 키우는 게 그런 거다."

아버지가 돌아가셨을 때 나는 갑자기 이 세상에서 어디로 가야 할지 알 수 없어 헤매는 기분이 들더구나.

그리고 이젠 찾을 수 없는 안전하고 안심이 되는 피난처가 너무나 그리웠고. 상상했던 것보다 아버지가 훨씬 더 그리웠는데 우리 누나와 남동생도 그렇다고 했지. 아버지가 돌아가셨을 때 그분의 진가를 더 많이 알 수 있었다. 아버지는 누구나 당연하게 여기던 일들을 생전에 다 해내셨는데 그걸 모두 뒤늦게야 깨달은 거야.

사람들은 나이 들수록 점점 부모를 닮아가게 된다는 말이 있는데, 아마 그건 사실일지도 몰라. 만약 그렇다면, 우리 아버지가 나에게 그랬듯 내가 너에게 안전하다는 느낌을 줬다면 기쁘겠어. 나도 많이 노력했거든. 어느 날 너랑 나랑 둘이 걷고 있을 때 시키지도 않았는데 갑자기 네가 손을 뻗어서 내 손을 잡았지. 너의 작은 손가락들이 내 손안으로 쏙 들어왔던 때가 기억나. 그때 어떤 느낌이었는지 말하고 싶었지만 도저히 말로 다 표현할 수 없었어.

그저 그때 내가 아버지처럼 느껴졌단다. 내가 아버지란 역할에 대해 배운 모든 것, 날 키워주신 아버지에게서 배운 모든 것, 그리고 내가 너에게서 배운 모든 것을 다 합친 아버지가 된 것 같은 기분이었어. 아버지의 장례식을 치르던 날 네가 다시 돌아온 건 우연이 아니었을 거야. 난 그 점에 대해 많이 생각한단다.

그건 그렇고, 내가 그 머리띠 이야기를 했지. 너에겐

머리띠가 많았단다. 파스텔색 머리띠들, 물방울무늬 머리띠들. 머리띠마다 커다란 꽃이 달려 있었지. 우린 의사들이 머리카락을 밀어버린 너의 이마 왼쪽을 그 꽃으로 가릴 수 있게 머리띠를 꽂아줬단다. 넌 슬로얀 케터링 병원에서 CED 수술을 받은 다음 날 머리를 면도한 부분을 우연히 발견했어.

스웨이던스 박사는 수술이 잘됐다고 했어. 그 방사성 물질이 암 속으로 넓게 퍼져서 들어갔다고. 이제 그 효과가 나타날지 기다리기만 하면 되는 거라고 했단다. 재닌 아줌마와 나는 병원 의자 위에 축 늘어져 있었지. 그런데 네가 화장실에 가고 싶다고 했어. 재닌 아줌마가 천천히 일어나서 아직도 잠이 덜 깬 채 널 데려갔단다.

갑자기 비명이 들렸다.

"어? 내 머리가 어떻게 된 거야?"

우리는 화장실에 거울이 있다는 사실을 깜박 잊어버리고 있었던 거야.

"저기요! 저기, 여러분!" 넌 계속 소리를 지르고 있었어.

넌 화가 났다기보단 곤혹스러워했지. 두피를 문지르면서 느낌이 이상하다고 했어. 우리가 너에게 모직 모자를 하나 주니까 좋아하더구나. 그리고 병원에서 입는 파자마에다 그 모자를 같이 썼지. 그러다 우리가 그

꽃이 달린 머리띠들을 주니까 더 좋아했고. 그 후 몇 달 동안 외출할 때마다 너는 그 머리띠를 썼지. 머리띠에다 꽃 핀을 하나, 둘, 가끔은 셋까지 달았고, 주름 장식이 주렁주렁 달린 원피스에, 알록달록한 스타킹을 신고, 털이 달린 코트를 입고, 반짝이는 신발을 신었지. 너의 머리 한쪽이 민머리라는 사실을 알아차린 사람은 하나도 없었어. 넌 보기만 해도 눈이 부신 아이였거든.

우리

그로부터 두 달이 지나 다시 치카를 만났다. 나는 사진들을 정리하고 치카가 나온 비디오들을 봤다. 하지만 여러 날이 지나도록 치카는 오지 않고 그저 치카의 얼굴과 목소리가 담긴 디지털 이미지들만 남아 있었다.

그동안 치카에 대해 쓴 글이 점점 늘어나면서 나는 너무나도 당연한 생각을 하게 됐다. 치카가 나타난 건 순전히 나의 상상이 아닐까. 하지만 만약 그게 사실이라면 왜 내 마음대로 치카를 불러낼 수 없지? 그러려고 시도할 때마다 마치 눈을 뜬 채로 꿈을 꾸려고 하는 것처럼 불가능했다.

10월이 지나갔다. 11월도 거의 다 가고 있었다. 추수감사절이 됐다. 우리 집에서는 그 명절을 사흘 동안 지내는 전통이 있어서 목요일 아침에 내 조카 몇 명이 아침 일찍 현관문을 두드렸다. 음식 준비를 하려고 온 것이다. 나는 잠옷 바람으로 문을 열어주고, 우리 집이 사람들로 가득 차기 전에 마지막으로 나만의 시간을 보내러 사무실로 갔다.

나는 서류 몇 장을 치우고 컴퓨터를 껐다.

"어디 가요, 미치 아저씨?"

치카가 책장에 기대어 있었다. 잘 때 입는 긴 분홍 셔츠에, 파란 타이츠를 신고, 토끼 모양의 슬리퍼를 신고 있었다. 아이는 두 무릎을 접어서 두 팔로 감싸고 있었다.

좋은 아침이다, 예쁜아.

"어디 가요?"

아침 인사도 안 하기야?

"좋은 아침이에요, 미치 아저씨."

2층에 가던 중이었다.

"왜요?"

거기 사람들이 있으니까. 그리고 더 많이 올 거니까. 오늘은 추수감사절이거든.

"오렌지 포테이토 먹는 날?"

스위트 포테이토지. 맞아.

치카는 잠시 생각에 잠겼다.

"우린 숨을 수 있어요."

가족을 피해서?

"그래요."

하지만 난 가족들이 좋은데.

"좋아하는 사람들을 피해 숨을 수도 있어요."

왜 그러는데?

"그래야 사람들이 아저씨를 찾을 수 있잖아요! 사람들이 와서 아저씨를 찾지 않았으면 좋겠어요?" 치카의 작은 입이 쩍 벌어지면서 믿을 수 없다는 듯이 눈을 크게 떴다.

나는 웃었다. 굉장히 익숙한 말투였으니까. 치카가 살아 있을 때는 우리가 자기의 논리를 이해하지 못하면 종종 아연실색했다. 어느 날 아침, 치카가 내 책상 앞에 앉아서 뭔가를 끼적이면서 노래를 부르던 때가 기억난다. 치카는 "슈퍼칼리프라글리세팔리도시어스"라고 흥얼흥얼 노래를 부르고 있었다. 그러다 갑자기 멈추더니 종이를 '탁' 쳤다.

"이제 아저씨가 불러요." 갑자기 치카가 우겼다.

내가?

"응. 아저씨가 불러요."

가사가 어떻게 되는데?

치카는 숨을 크게 내쉬더니 방금 짓고 있는 그 표정을 똑같이 지었다. 격노한 꼬맹이의 표정이었다. "아저씨는 메리 포핀스도 안 봤어요? 어떻게 그걸 모를 수 있어요?" 치카는 냅다 소리를 질렀다.

나는 웃음이 나오려는 걸 참으면서 미안하다고 말했다.

"다시 보면 돼요. 별일 아니에요." 치카는 이렇게 중얼거리면서 다시 그림을 그렸다.

치카가 소리를 지른 건 화가 나서가 아니라 인생을 아주 열정적으로 살아가고 있어서였다. 그럴 때면 나는 마치 치카가 가진 마법의 카펫에 매달려 있는 느낌이 들었다. 치카의 마음이 어디로 날아갈지 전혀 알 수 없는 상황에서.

"아저씨는 나랑 여기에 숨을 수 있어요. 담요 밑에 들어갈 수 있잖아요." 치카는 이제 무릎을 더 가까이 모으면서 말했다.

그다음엔 뭐 해?

"그럼, 사람들이 아저씨를 찾으러 오겠죠. 그리고 '미치 아저씨는 어디 있지?' 하고 물으면 아저씨가 팍 뛰쳐나와서 말하는 거죠. '나 여기 있다!' 그럼, 사람들이 그러겠죠. '아, 그러네. 아저씨 여기 있네!'"

사람들이 너도 보게 될까?

치카는 입술을 핥았다. "아니, 아니야. 사람들은 날 못 봐요."

왜?

치카는 대답하지 않았다.

대신 이렇게 말했다. "난 아이티에 갈 거예요." 그리고 소파에서 담요를 끌어와서는 머리에 둘러쓰고 사라졌다.

미국에서 6개월 동안 지낸 후에 우리는 치카를 데리고 크리스마스를 보내기 위해 아이티로 갔다. 보육원에서 크리스마스는 아주 큰 행사로 수많은 전통이 있다. 예수 탄생 연극을 하고, 공동 침실에 아이 수대로 양말을 걸어놓고, 1년에 한 번 염소 고기, 튀긴 플랜테인과 피클리즈*와 식초에 절여서 맛이 강한 양배추 요리를 먹는다.

치카는 들뜨고 흥분해서 어쩔 줄 몰랐다. 여행을 떠나기 전날 밤, 치카는 침대에 기어 올라와서 내가 그만하라고 애원할 때까지 날 간질였다. 그리고 여행 가서 어떤 일이 일어날지 하나하나 물었다.

내 설명을 듣는 동안 치카의 시선은 허공을 맴돌았다. 치카는 아이티를 떠날 때와 비교해서 외모가 사뭇 달라졌다. 머리가 빠졌고, 이빨도 빠졌다. 수술을 여러 번 받았고, 스테로이드도 복용했다. 난 치카에게 돌아가기 두려운지 물었다.

"조금 겁나요." 치카는 손가락 두 개로 아주 작은 틈을 만들어 보이면서 말했다. "그래도 지금 흘리는 건 기쁨의 눈물

---

* 양배추, 당근, 벨 후추와 식초로 절인 아이티 음식.

이에요."

치카가 그 말을 한 건 처음이었다. 기쁨의 눈물이라니. 치카가 어디서 그런 통찰력을 얻었는지 궁금했다.

다음 날은 아주 중요한 날이기 때문에 치카는 아침에 흰색 타이츠에 운동화를 신고, 민소매 윗도리에 노란빛이 감도는 녹색 후드티를 입었다. 비행기를 타자 치카는 창문에 찰싹 달라붙었다. 승객들 대부분이 아이티 사람이어서 치카는 가끔 고개를 돌려서 이렇게 말했다. "와, 이 사람들은 나와 똑같은 말을 해요!"

포르토프랭스 공항에 도착하자마자, 치카는 나를 놔두고 이동식 탑승교로 달려갔다. 밴조, 아코디언, 기타, 봉고 드럼으로 구성된 공항 밴드가 공항 홀에서 연주하기 시작했다. 치카는 온몸을 흔들며 그 음악에 맞춰 춤을 췄다. 그걸 보자 그녀가 집에 온 걸 알 수 있었다. 그런 기쁨은 오직 집에서만 느낄 수 있으니까.

알랭이 수화물 찾는 곳에서 우리를 맞아줬다. 그의 차에 짐을 싣고 보육원 문 안으로 들어가는 동안 치카는 알랭의 좌석 뒤에 숨어 있었다. 아이들은 치카가 온다는 소식을 이미 들어서 차가 들어오자 모두 "치카! 치카!" 소리를 지르고 있었다. 알랭은 놀라서 뒤를 돌아보며 말했다. "저 소리가 들리니?"

"나 보지 말아요, 알랭 아저씨! 딴 데 봐요!" 치카가 작은 소리로 쏘아붙였다.

차 문이 열렸을 때 아이들이 와르르 몰려왔다. 유모들이 소리를 지르고 있었고 꼬마들이 펄쩍펄쩍 뛰고 수많은 손이 치카에게 뻗어와 그녀를 들어 올렸다. 그리고 치카의 얼굴에 키스를 퍼부었다. 그들이 마침내 치카를 내려놨을 때 치카는 신고 있던 작고 검은 신발을 흙 속에서 꼼지락댔다. 그러더니 후드티를 벗어 던지고 그네로 달려가서 펄쩍 뛰어올라 높이 올라갔다. 그동안 다른 아이들은 치카 주위에 몰려와서 그 모습을 지켜봤다. 만약 내가 어떤 순간이건 정지시켜서 치카에게 선물로 줄 수 있다면 바로 그 순간이었을 것이다. 돌아온 그녀를 감탄하며 바라보는 언니들과 오빠들의 행복한 얼굴 위로 날아오르는 치카의 모습. 나는 눈을 문질렀다. 기쁨의 눈물이 나와서.

너

우리 집 부엌에는 바닥에서 천장까지 닿는 지지대가 하나 있다. 우리는 언젠가부터 그걸 가족들 키를 재는 지표로 삼았다. 우리는 조카들의 생일마다 거기서 키를 잰 후 연필로 그해 연도를 적어놨다.

네가 처음 우리 집에 왔을 때, 치카, 너도 거기 세워 놓고 정수리가 닿는 부분에 표시를 해뒀단다. 그리고 네가 직접 거기다 치카라고 쓰게 했지. 너는 몇 달마다 키를 새로 재고 싶어 했어. 그때 네가 썼던 그 연필이 아직도 남아 있단다.

아이란 존재는 공처럼 똘똘 뭉친 시간이 조금씩 풀어지면서 성장하는 것 같아. 하지만 네가 성장하면서 네 시간이 앞으로 나아갈수록 네 침입자도 커졌지. 그래서 흐르는 시간은 우리의 친구이자 동시에 적이었어. 넌 키가 커졌어. 머리를 밀었던 곳도 머리가 새로 났고. 유치가 하나씩 빠지면서 이빨 요정에게서 돈도 여러 번 받았지. 넌 대문자와 소문자를 배웠어. 네 영어 실력은 아주 많이 향상됐단다. 내가 너에게 크리올어로 말하면 넌 눈동자를 대굴대굴 굴리면서 이렇게 말하곤 했지. "미치 아저씨, 우린 지금 미국에 있잖아요."

하지만 우린 계속 규칙적으로 병원에 가서 혈액검사를 받고 계속 너의 뇌를 MRI로 찍어야 했어. 병원에 너무 자주 가는 바람에 한번은 내가 너에게 MRI 기계 안에서 똑바로 누워 있어야 한다고 잔소리를 하니까, 네가 투덜거리면서 이렇게 말했지. "나도 알아요, 안다고요." 그러더니 그 말을 입증하기 위해 뻣뻣하게 자세를 잡고 누워 있더구나.

우리는 마치 의료의 정글에서 이 덩굴을 타고 다음 덩굴로 넘어가는 것처럼 이번 달을 넘기면 부디 다음 달도 넘길 수 있기를 바라고 있었지. DIPG에 관한 아주 끔찍한 예언이 있다 해도 — 생존자가 한 명도 없다는 — 언제든 기가 막힌 치료법이 개발될 가능성도 있고, 새로운 레이저 치료나 우연히 신약이 나올 가능성도 있는 거니까. 스탠퍼드에 있는 박사 하나가 파노비노스탓이란 화학 약품으로 시험 초반에 성공을 거두고 있다는 소식이 있었단다. 멕시코에 혁신적인 암 치료 병원이 있다는 소문도 있었지. 런던에 있는 의료 그룹이 슬로언 케터링 병원에 있는 스웨이던스 박사처럼 다중 포트로 CED 약물 주입 치료를 시도하고 있다는 말도 있었고. 다만 이들의 경우엔 한 번에 도관을 네 개만 꽂는다고 하더구나.

매일 밤 네가 자기 전에 기도를 올리고 나면 우리는 나중에 우리만의 기도를 올렸단다. 우리는 어쩌면 지구 반대편에 있을지도 모르는 실험실의 누군가가 현미경을 들여다보고 이렇게 속삭이길 기도했지. "이거 봐. 효과가 있어." 무적의 적을 이길 수 있는 무기가 필요할 때 사람들은 종종 이런 환상에 다가간단다. 너는 6월에 암 수술을 받았고, 7월과 8월에 방사선 치료로 암 크기를 줄였지만 9월에서 다음 해 3월까지는 그 어떤 치료를 받아도 아무 효과가 없었어.

우리에겐 좋은 소식도, 나쁜 소식도 있었다. 아무리 노력해도, CED 치료를 포함해서 — 몇 달 뒤에 뉴욕에 가서 그 치료를 다시 받았다 — 마치 동굴 속에 있는 곰 한 마리가 으르렁거리진 않지만 아무 데도 가지 않는 것처럼 암은 그 자리에 버티고 서서 꿈쩍도 하지 않았어. 스웨이던스 박사가 너의 뇌간 속에 직접 넣은 그 화학물질은 — 그것은 컴퓨터 화면으로 보면 초록색으로 빛나면서 아주 훌륭하게 주입됐다는 점이 입증됐는데 — 사실상 아무 효과가 없었단다. 나는 그와 나눈 대화가 기억났고("이게 맞는 물질인지도 우리는 알 수 없습니다.") 이 병에 맞서 싸우고 있는 의사들이 흰 가운을 입고 실험실에서 실험하지만 대체로 깜깜한 어둠 속에서 방황하고 있다는 느낌을 지울 수 없었지.

그래서 그동안, 치카, 우리는 좋은 추억을 만드는 데 집중했단다. 아이티를 다녀온 후 1월에 우리는 동물을 테마로 한 열대우림 카페라는 아주 시끌시끌한 레스토랑에서 너의 여섯 번째 생일 파티를 열었어. 넌 아이들에게 — 우리 조카들과 우리 친구들의 자식들 — 둘러싸였고, 촛불 모양의 머리띠를 한 채 테이블들 주위를 뛰어다녔어. 케이크가 나왔을 때 우리는 환호했고, 재닌 아줌마와 나는 손을 잡고 속삭였지. "8개월이야." 네가 넉 달을 넘기지 못할 거라고 한 가튼 박사의 끔찍한 예측을 기억하고 한 말이었단다.

2월에 나는 널 생전 처음으로 눈썰매 타는 데 데려갔어. 넌 언덕 꼭대기에서 온몸을 움츠린 채 눈을 질끈 감고 있었지만, 내려가는 내내 즐거워서 소리를 꺅꺅 질렀지. 내가 널 따라잡았을 때 너의 뺨은 눈발이 날려서 젖어 있었고, 너무 심하게 웃어서 말도 제대로 하지 못했지. "우리 다시 탈 수 있어요?"

3월에 우리는 수영 수업을 준비했단다. 넌 수영을 아주 좋아했거든. 수영 모자와 고글을 쓴 너는 마치 1920년대 꼬마 비행사처럼 보였어. 넌 물을 튀기면서 소리를 질렀고 물속으로 들어갔다가 다시 나왔을 때 이렇게 소리를 질렀다. "재닌 아줌마! 아줌마도 들어와요! 들어와요!"

그러던 4월의 어느 날, 너를 수영장에 데려다주고 난 차를 타고 일하러 갔지. 10분 후에 내 핸드폰이 울렸어. 재닌 아줌마였는데, 아침과 목소리가 달랐어. 당황해서 허둥거리는 목소리였지.

"빨리 집에 와. 치카가 방금 수영장에서 토했어."

불행에는 뿔이 없다.

— 아이티 속담

네 번째 교훈

강한 아이

채드 카가 죽었다.

아버지가 안고 미시간 축구 경기장에 들어왔던 그 천사 같던 금발 머리 사내아이는 DIPG 진단을 받고 정확히 14개월 후에 세상을 떠났다. 그 소식을 들었을 때 나는 몸서리를 쳤고, 재닌은 울기 시작했다.

할아버지가 유명한 코치였기 때문에 채드의 죽음은 뉴스에 나왔고, 이 희소병에 관심이 쏟아졌다. 사람들은 닐 암스트롱이 달에 가서 걷기 전인 1962년에 두 살 된 딸을 같은 병으로 잃었다는 사실을 다시 생각해냈다. 그때부터 지금까지 변한 건 거의 없었다. DIPG는 아이들을 노리며, 그 가족들의 현재와 미래까지 강탈해가는, 분노에 미쳐 날뛰는 도적과 같았다.

채드의 가족은 아들을 추모하는 재단을 설립했다. 그들은 그 재단 이름을 '강한 채드'라고 지었다. 이 글을 읽어줄 네가 이 자리에 없지만, 치카, 강하다는 말에 대해 내가 배운 바를 너에게 말해주고 싶어. 아이들, 특히 아픈 아이들은 어린 영혼에만 있는 독특한 강인함, 주위에서 걱정하며 안달복달하는 어른들을 위로해줄 수 있는 그런 강인함을 지니고 있단다.

그게 바로 네가 나에게 가르쳐준 거야.

그게 나의 목록에 있는 네 번째 교훈이야.

예를 하나 들어볼게. 슬로언 케터링 병원에서 두 번째 CED 치료를 받으러 갔던 날 밤에 일어난 일이야. 다시 방사성 요오드 항체가 네 뇌에 주입되고 있었지. 커다란 상자 속에 있는 그 화학물질이 긴 튜브를 거쳐서 네 머리에 꽂은 도관으로 들어가는 거야.

그때가 새벽 3시쯤이었어. 난 네 침대 뒤에 있는 납이 들어간 낮은 벽 뒤 의자에서 자고 있었다. 그런데 왜 그랬는지 갑자기 내 눈이 퍼뜩 떠졌고, 어둠 속에서 네가 바로 내 앞에 서 있는 모습이 보였어. 넌 마치 공포영화에 나온 아이처럼 고개를 한쪽으로 기울이고 있었지. 너의 두개골에서 도관이 툭 튀어나와 있었고, 거기 달린 줄이 마치 밧줄처럼 팽팽하게 당겨져 있었어.

"치카!" 난 소리를 질렀어.

"장난감 가게에 가고 싶어." 네가 쉰 목소리로 말했지.

나는 허겁지겁 너를 침대로 다시 데려가면서 네가

여기까지 오느라 그 도관을 잡아당겨서 느슨해진 건 아니길 빌었단다. 내가 큰 소리로 간호사들을 부르자 다들 달려와서 경악했단다. 다음 한 시간 동안 우리가 초조하게 기다리는 사이에 스웨이던스 박사가 병원에 도착했어. 박사도 경악했지. 그의 환자 중에 그 치료를 받다가 침대에서 일어나는 건 고사하고 방 맞은편으로 걸어온 사람은 지금까지 하나도 없었거든.

다행히 넌 무사했고, 우리 모두 안도해서 주저앉았지. 아침이 됐을 때 넌 그 일을 기억도 못 했단다.

아이들은 강하단다. 난 아동 병원을 많이 찾아가 봤는데, 그때마다 회복탄력성이란 말 그 자체를 내 눈으로 직접 목격할 수 있었어. 아이들은 자신의 몸에 화학물질을 주입받는 동안 보드게임을 하거나, 정맥 주사 스탠드를 들고 미술 공예 교실로 가려고 복도를 뛰어다녔지.

너에게도 그런 회복탄력성이 있었어, 치카. 병원에서도 그랬고, 보육원에서도 그랬다. 사실 넌 태어났을 때부터 그랬어. 지진이 일어나서 엄마와 언니들과 같이 들판에서 잤던 그때부터 말이야. 심지어는 우리 보육원에 있던 아이들이 거의 다 모기가 퍼뜨리는 고통스러운 치쿤구니야 바이러스에 걸렸을 때도, 넌 머리에 찬 수건을 얹고 정자에 누워 고통을 참아냈지.

네가 수영장에서 토했던 그날, 서둘러 집에 달려가자 재닌 아줌마가 널 안고 있더구나. 네 몸은 수건에 돌돌 말려 있었고, 눈은 축 처지고, 몸에서 염소 냄새가 났어. 그런데도 넌 불평하지 않았어. 그저 수영을 계속할 수 없어서 속상해할 뿐이었지.

우리는 모트 병원에 얼른 예약했어. 네가 첫 수술을 받았던 병원 말이야. 거기에 네 사례를 계속 지켜보는 의사들이 있었는데, 그중에서도 특히 두 사람이 그랬어. 소아 신경 종양 전문의인 패트리샤 로버트슨(넌 그 선생님을 "팻 박사님"이라고 불렀지)과 아주 유명한 연구자인 칼 코쉬만("칼 박사님")인데, 특히 칼 박사는 의사 가운을 벗고 티셔츠를 입으면 열혈 록 콘서트 팬처럼 보이는 사람이었지.

두 사람은 아주 흥미로운 한 쌍이었어. 경험에 있어 적어도 30년이란 세월의 차이가 났거든. 너는 그 두 박사 앞에서 걷고, 그들과 이야기를 하고, 너의 반사 작용과 눈을 검사받았단다. 그런 검사에 너무 익숙해져서 나중엔 하품하면서 할 때도 있었지. 하지만 그들은 그들만의 독특한 종류의 성장 차트로 널 측정했어. 우리 집에 있는 연필로 표시한 그 지지대에 있는 성장 차트와는 다른 종류였지.

수영장 사건이 있고 얼마 후, 네가 아이티에서 처음

으로 MRI 검사를 받은 지 11개월이 지난 후, 의사들은 우리가 절대 듣지 않기를 바랐던 소식을 전했어.

그 침입자가 움직이기 시작했다고 말이야.

최근에 찍은 스캔에서 그 암이 커지고 있는 모습이 보였단다. 우리가 눈치챈 작은 변화들이 — 너의 왼쪽 눈이 전보다 반응 속도가 느려지고, 너의 걸음걸이가 조금 이상해지고 — 다 이것 때문이었어. 암으로 인한 불균형과 뇌의 압력 때문에 네가 토하게 된 것 같아.

팻 박사는 약물치료를 다시 하길 권했어. 우리는 그 문제를 놓고 논의했지. 이 적을 상대로 한 약이라면 대개 화학 요법을 뜻해. 그런데 DIPG의 경우 화학 요법으로 나은 사람은 한 명도 없었어. 우리는 그 병에 관해 우리가 아는 사람들에게 다 전화해보면서 대안을 찾았단다. 하지만 시간은 점점 흐르는데, 네 상태는 계속 나빠지고 있었지.

그래서 끔찍이도 싫었지만 어쩔 수 없이 너를 약물치료의 세계로 밀어 넣었어. 우린 계속 싸워야 했고, 다음 덩굴을 찾아 몸을 날려야 했으니까. 재닌 아줌마는 뇌종양에 대한 자료들을 닥치는 대로 읽고 암 치료 전문가들에게 상담을 받았어. 그래서 의사들이 처방한 약들에 더해서 네가 기운을 잃지 않도록 비타민과 영양제와 프로바이오틱스를 먹였지. 아줌마는 매일 너에게 여러 개의 영양제를 섞은 거대한 셰이크 ― 초콜릿, 바닐라, 혹은 딸기 맛이 나는 ― 를 먹였어. 넌 처음에는 그 셰이크를 좋아했지만, 나중엔 지겨워해서 계속 달래서 먹여야 했지.

고맙게도 넌 알약은 아주 잘 삼켰어. 넌 종종 그걸 게임을 하듯 삼켰지. 한번은 차 뒤에 있을 때 내가 애플 소스를 뜬 숟가락 위에 알약 하나를 얹으니까 네가 이렇게 자랑했어. "난 두 개도 삼킬 수 있어요." 내가 "정말?"이라고 물으니까 네가 이렇게 대답했지. "봐요. 보라고요!"

그러더니 애플 소스 속에 알약을 두 개 넣고, 입속에 밀어 넣은 후에, 혀를 내밀어 보였지.

"이럴 수가!" 나는 감탄했단다.

"이럴 수가…… 야호!" 넌 기쁜 목소리로 말했지.

넌 단 한 번도 그게 어떤 약이냐고 묻지 않았어. 대신 굉장히 힘든 상황에서도 계속 웃을 이유를 찾았지. 네 걸음걸이가 점점 악화해서 가끔은 비틀거릴 때도 있었어. 하지만 넌 그럴 때마다 싱긋 웃으면서 소리쳤지. "나 엉덩방아 찧었어요!" 네 발이 따끔따끔 쑤시기 시작했을 때(신경 문제 때문에) 너는 발을 구르며 이렇게 말했지. "발이 간지러워요." 눈과 입이 처졌을 때 넌 거울을 보며 웃긴 표정을 지어 보였지. 마치 네 얼굴에 나타난 새로운 표정에 도전장을 내미는 것처럼.

그렇게 분투하는 널 지켜보기란 아주 힘들었단다, 치카. 그리고 무슨 말을 해야 할지도 알 수 없었고. 어느 날, 네가 장난감들이 놓여 있는 선반으로 비틀비틀 걸어가는 모습을 봤어. 넌 인형 하나를 집다가 그만 뒤로 넘어지고 말았어. 그때 마치 걸을 만한 가치가 없다고 결정한 것처럼 너는 그 인형을 가슴에 안고 기어서 부엌에 있는 식탁 밑에 들어가 거기서 놀기 시작했지. 세상을 네 발치에 놓게 된 거야.

그 모습을 보자 눈물이 솟구쳤지만 네가 볼 수 없게 고개를 돌려버렸단다. 네가 바닥에서 놀면서 너를 덮친 새로운 규칙들을 받아들였을 때 너는 나보다 훨씬 강했어. 그래서 우리가 널 위로하려고 애쓰는 상황에서 오히려 네가 우리를 위로했지.

우리

"미치 아저씨?"

응?

"크리스마스가 다가오고 있어요."

치카는 파란 원피스를 입고, 슬리퍼를 신고, 분홍색 귀마개가 달린 모자를 쓰고 작은 의자에 앉아 있었다. 귀마개를 내려서 뺨을 덮은 채였다. 치카는 추수감사절 아침에 사라진 후 몇 번 나타났지만, 전보다 머무는 시간이 짧아졌고, 올 때마다 다른 옷을 입고 있었다.

"네가 보낸 크리스마스들을 다 기억하니?" 내가 물었다.

"몇 번이나 되는데요?"

흠, 넌 엄마랑 두 번을 보냈고.

"하지만 그땐 너무 어렸잖아요!"

그리고 대모랑 한 번 보냈고.

"보육원에선 몇 번이었어요?"

세 번.

"아저씨 집에서는?"

한 번.

"언제요?"

작년이지.

치카는 잡고 있던 귀마개를 놨다.

"나도 알아요, 안다고요." 치카는 한숨을 쉬었다.

뭐를?

"그건 어린아이가 보낸 크리스마스치고는 너무 짧잖아요."

나는 아무 말도 하지 않았다.

치카는 자신의 머리를 톡톡 쳤다. "아저씨는 여기라고 말했죠."

너

어느 날 집에 왔다가 네가 우리 친구 니콜과 같이 카드 게임을 하는 모습을 봤어. 네가 카드 한 장을 뽑자 니콜이 한 장 뽑았지. 니콜이 농담을 하자 네가 웃었어. 니콜이 너보다 서른여덟 살이나 더 많다는 점만 빼면 아주 완벽하게 평범해 보이는 광경이었지.

니콜은 그나마 네가 미국에 와서 만난 놀이 친구 중에서 젊은 축에 속하는 편이었어.

넌 우리 친구 제프와 패티 부부와 캠핑을 간 적이 있는데, 그들에게는 이미 손자와 손녀가 있었어. 재닌의 자매들인 케이시와 트리샤는 50대인데 널 데리고 손톱에 매니큐어를 칠하러 갔지. 우리 친구인 발 박사는 60대인데 자기가 키우는 개와 같이 놀게 해주려고 널 자기 집에 자주 데려갔고.

너에겐 너보다 스무 살에서 쉰 살까지 나이가 많은 친구들이 있었어. 그들은 대체로 우리 부부의 직장 동료거나 친척이었지만 넌 그들을 '내 친구들'이라고 불렀어. 너에겐 누구든 만나면 친구로 만드는 놀라운 재주가 있었지. 그들은 항상 널 다시 만나게 해달라고 우리에게 부탁했어. 아이티 출신으로 네 사회복지 담당자인 마거릿이 그랬고, 여자 안마사인 린과 카멜라도 그랬어. 내 형수인 앤 마리도 그랬고, 나랑 같이 일하는 프랭크, 마크, 마르크, 조던도 그랬지. 또 요가 교사들, 식료품점 주인들, 음악가들, 간호사들. 넌 어른들의 피리 부는 사나이와 같은 존재였지. 그들 중 많은 사람이 이미 자식들이 다 커서 분가한 상태라, 너와의 짧은 만남을 통해 다시 어린 영혼의 경이로운 세계를 접할 수 있었어.

물론 넌 네 또래 아이들이 더 좋았을 거야. 그리고 재닌 아줌마와 내가 정상적으로 육아를 하는 나이였더라면 우리 조카들이 너와 같이 놀 수 있었겠지. 하지만 이젠 우리 조카들도 성인이 됐으니까. 우린 네가 다른 아이들과 같이 놀 수 있는 곳에 데려가려고 애를 썼어. 축제, 교회 행사, 지역 헬스클럽에서 하는 휴가 기념행사들 같은 그런 곳 말이다. 하지만 다른 아이들은 가끔 너와 네 건강상의 문제들에 대해 어떻게 대해야 할지 몰랐단다. 넌 다시 우리에게 돌아와서 이렇게 말하곤 했어. "아이들이 나랑 놀기 싫대요."

넌 굉장히 열심히 노력했어. 넌 핼러윈 댄스에서 아이들이 춤을 추는 줄에 들어갔지. 다른 여자아이들에게 소꿉놀이 세트를 내놓고 같이 놀자고 초대하기도 하고. 하지만 새로운 아이들을 만나면 넌 말문이 막히곤 했어. 다른 사람도 아니고 바로 네가 말문이 막혀서 뭐든 가지고 있던 걸 내밀면 어떤 아이들은 그걸 받고 그대로 가버렸지. 난 너의 멍한 표정을 보면서 그 아이들이 다시 돌아오길 바랐어. 네 그 표정을 보면 마음이 갈기갈기 찢어졌단다.

넌 학교에 다니던 시절을 그리워했어. 우린 널 학교에 보내고 싶었지만 계속 병원에 다녀야 해서 집에서 널 가르칠 수밖에 없었지. 수업 내용은 우리 보육원에서 학교를 운영하는 내 누나인 카라가 보내줬지. 그리고 은퇴한 교사인 디안 씨가 너랑 같이 몇 시간씩 앉아서 철자법과 수학을 가르쳐줬고. 우린 심지어 너에게 아이티 학교에서 입던 교복을 입혔어. 보라색 셔츠와 감청색 치마에 하얀 양말과 검은 구두였지. 네가 보육원에 있는 것처럼 느끼게 하려고.

하지만 거긴 보육원이 아니었지. 보육원이라면 수십 명의 아이가 모여서 같이 웃고 소리를 지르고 자기 교실로 달려가지, 우리 마당이 내다보이는 식탁 앞에서 혼자 앉아 수업하진 않겠지.

물론 네가 미국에 와서 사귄 아이들도 몇 명 있었지. 그중 하나가 바로 우리 조카 에이단이었어. 네가 도착했을 때 에이단은 여덟 살이었는데, 널 만나자마자 좋아했지. 말도 부드럽게 하고 태도도 다정하고, 숱이 많고 빳빳한 갈색 머리카락이 매력적인 에이단은 네가 원하는 건 뭐든 같이 놀았고, 네가 보고 싶은 걸 같이 봤어. 몇 달이 지난 후 우리 할머니가 즐겨 말씀하시던 것처럼 네가 에이단에게 "반한 게" 눈에 보이더구나. 넌 에이단이 놀러 온다고 하면 옷을 차려입었어. 에이단이 도착하면 수줍어했고. 넌 전보다 말수가 적어지고 공손해지기까지 했지.

한번은 너희 둘을 데리고 우리 집 근처에 있는 쇼핑몰에 가서 10달러 지폐를 동전으로 바꿔서 그걸 작은 종이컵들에 담았단다. 그때 나와 둘만 있었다면 넌 장난으로 내 컵까지 뺏으려 했을 거야. 대신 너는 에이단을 보고 말했어. "내 동전이 너무 많네." 그러더니 네 컵에 있는 동전의 절반을 에이단의 컵에 부어줬어.

너와 에이단은 같이 보트를 타러 갔고 다음엔 수족관에 같이 갔지. 한번은 에이단의 집에서 차차 슬라이드 비디오에 맞춰 같이 춤을 췄는데, 에이단이 넘어지자 네가 그의 엉덩이를 찰싹 때린 적도 있었지.

네가 커서 결혼하는 이야기를 할 때면(넌 항상 그랬는

데) 우리가 널 놀리면서 에이단을 입에 올리면 넌 빙긋 웃거나 이렇게 말했지. "나도 몰라요……." 혹은 "아마도……."

그러다 어느 여름밤, 네가 우리와 같이 지낸 지 1년이 넘었을 때, 네 걸음걸이가 더 심하게 비틀거리고, 왼쪽 눈이 더는 깜박이지 않고, 몇 시간씩 팔에 주삿바늘을 꽂은 채 앉아 있어야 하는 시간이 길어졌을 때, 넌 침대에 누워 공주가 나오는 영화를 봤어. 영화가 끝나자 너는 언젠가 왕자와 결혼할 수 있느냐고 물었지.

재닌 아줌마가 말했어. "에이단은 어때? 걔는 왕자는 아니지만 정말 착한 아이잖아. 에이단이랑 결혼하고 싶지 않아?"

넌 얼굴을 찡그렸어. "에이단은 나 같은 아이랑 결혼하지 않을 거예요."

우린 서로 마주 봤지.

"왜 그런 말을 하니, 치카?"

"에이단은 걷지도 못하는 여자와 결혼하진 않을 테니까요."

네가 그 말을 너무나 순수하면서도 너무나 사무적으로 말해서 순간 우리는 숨이 턱 막혔단다. 그러다 곧 정신을 차려서 어른들이 하는 전형적인 대답, 그러니까 사랑하면 상대가 아프거나 건강하거나 그런 건 상관하지 않는다고 했지만, 마음속으로 우리는 떨고 있었단다. 우리는 두려워서 도저히 보지 못했던 걸 네 속에서 봤거든.

그건 네 병을 받아들인 네 마음이었어.

치카는 거의 모든 치료를 용감하게 받았지만 주사는 여전히 무서워했다. 치카는 주사를 "뾰족 바늘"이라고 불렀다. 치카는 MRI, 방사선 치료, 심지어 뇌에 도관을 꽂는 것까지 참을 수 있었다. 하지만 간호사가 아무리 감추려 해도, 내가 아무리 치카의 머리를 감싸 안고 날 보라고 말해도 아이의 시선은 여전히 주삿바늘을 따라다녔다. 치카도 그런 자신을 어쩌지 못하는 것 같았다.

설상가상으로 치카 몸에서 피를 뽑는 일은 아주 힘들었다. 혈관이 가늘었기 때문이다. 치카는 굉장히 힘든 사례라고 간호사들이 말했다. 그래서 주삿바늘을 그토록 싫어하는데도 계속 찔러야 했다.

치카의 치료는 암세포를 굶겨 죽이는 약인 아바스틴부터 시작했다. 그걸 몸에 주입하려면 팔에 정맥 내 투여기를 꽂아야 했다. 그게 항상 힘들었다. 하지만 암 진단을 받은 지 1년이 넘은 2016년 6월이 되자 불가능해졌다. 더는 바늘을 꽂을 수 있는 정맥이 보이지 않았다.

어느 날, 간호사들은 치카의 왼쪽 팔에 겨자색 압박대를 감고, 알코올 솜으로 문지른 후에 두 번이나 찔렀다. 하지만 소용이 없었다. 치카는 아파서 비명을 질렀다. 간호사들은 오른팔로 바꿔서 다시 압박대를 감고, 주사 놓을 자리를 찾아서, 알코올 솜을 문지른 후에 다시 찔렀다.

"안 돼요." 간호사 하나가 중얼거렸다.

그들은 정맥 주사 전문가를 데려왔다. 그녀는 치카의 손 주위를 따뜻한 압박붕대로 감았다. 그리고 피부를 톡톡 쳐 봤지만 놓을 자리를 찾을 수 없었다. 그래서 다른 팔에 그 과정을 다시 반복했다. "네 번 이상은 할 수 없는데." 그녀가 말했다.

그녀는 마침내 치카의 허리에서 1인치 떨어진 곳에 주삿바늘을 찔러넣었다. 치카는 울부짖었다.

"그만하라고 해요!" 치카가 소리를 질렀다.

"거의 다 했어, 아가. 거의 다 끝났어."

"그만하라고 해요, 미치 아저씨!"

내 심장이 쿵쿵 뛰고 있었다. 나는 간호사들에게 어서 끝내달라고 애원했다. 마침내 정맥 주사를 놨다. 하지만 몇 초 후에 튜브에 피가 찼다. 전문가가 얼굴을 찡그렸다.

"뭐죠?" 내가 물었다.

"우리가 정맥을 찢어놨어요."

그들은 도구들을 챙기고 굳은 미소를 지어 보이면서 나갔다. 그걸로 끝이었다. 오늘 치료는 할 수 없었다. 간호사가 내게 치카의 가슴속에 포트를 설치하자는 이야기를 할 전문가를 보냈다. 그 전문가는 이렇게 말했다. "이 상황이 앞으로 나아지지 않을 테니까요."

간호사들이 치카를 달래려고 만화 스티커 하나를 줬지만 치카는 본척만척했다. 나는 축 늘어진 치카를 안았다. 아이의 뺨은 눈물로 얼룩져 있었다. 치카는 코를 닦느라 척척해진 손을 내밀면서 훌쩍이며 한 번도 하지 않았던 말을 했다.

"아이티로 돌아가고 싶어요."

나

음식보다 치카를 더 행복하게 만드는 건 없었다. 치카는 거의 모든 음식을 먹어봤다. 어느 따뜻한 여름밤에 밖에 앉아서 레바논 음식을 실컷 먹고 있는데, 치카가 노래를 부르던 기억이 났다. "바바 가누쉬!*" 치카는 그 말에 반했다. 그러더니 웃고 나서 그걸 또 먹으면서 다시 말했다. "바바 가누쉬!"

치카는 그때 여섯 살이었다.

재닌은 치카가 건강에 이로운 음식만 먹고, 나쁜 음식은 피해야 한다는 점에 있어 단호했다. 그런 음식엔 설탕도 포함됐다. 그게 암세포를 키우기 때문이었다. 마찬가지로 감자 칩과 과자 같은 가공식품도 안 좋았다.

하지만 치카는 아직 아이라 그런 간식이 너무 먹고 싶었다. 한번은 가족 파티에서 내가 소파에 앉아 있는

* 가지를 주재료로 한 중동의 대표적 소스.

데, 치카가 우리 사이에 쿠션 하나를 둔 채 쓱 다가와 앉았다.

"지금 쿠션으로 날 막으려는 거야?" 내가 빙긋 웃으며 말했다.

"아저씨가 화내는 게 싫으니까." 치카가 중얼거렸다.

"치카, 내가 왜 화를 내겠니?"

치카는 천천히 쿠션을 들었다.

그 밑에 치토스를 숨기고 있었다.

또 한번은 웨딩 샤워*에 갔다가 친구 니콜과 같이 차를 타고 집에 오는 길이었다. 니콜이 백미러를 봤을 때 치카는 곤히 자고 있었다. 마침내 집에 도착했을 때 니콜은 차 안에 있던 허쉬 초콜릿 포장지들이 사방에 널려 있는 걸 발견했다. 치카가 선물 바구니를 풀어서 그 안에 있는 초콜릿을 다 먹어치운 것이다.

나중에 재닌이 내게 그 이야기를 하려 했을 때, 치카가 내 귀에 두 손을 대고 막았다.

"안 돼. 안 돼. 안 돼. 안 된다고." 치카가 항의했다.

"뭐야, 치카? 나도 좀 들어보자."

"좋아요. 하지만 뚜껑 열리면 안 돼요."

뚜껑이 열린다고?

* 결혼을 앞둔 여자에게 신접살림 용품을 선물하는 파티.

물론 우리는 그런 일로 화를 낸 적은 없었다. 반대로 치카에게서 뭔가를 뺏는 게 너무나도 싫었다. 어린 치카에게 자신이 아프다는 사실을 일깨워주는 행동은 뭐든 하고 싶지 않았다. 재닌은 병원에서 어쩔 수 없이 치카의 가슴 속에 그 포트를 넣어야 한다는 말을 들었을 때 울었다. 무엇보다 치카가 이제부터 매일 자신의 피부 속에 불룩 튀어나온 플라스틱을 보게 될 테니까.

"그런 거 넣었다간 감염된다고." 재닌이 말했다.

"다른 방법이 없잖아?"

"난 그 방법은 못 믿겠어."

"믿지 않는다면 다른 대안이 있어?" 나는 한숨을 쉬며 말했다.

간호사들이 그 포트를 처음 썼던 다음 날, 나는 매달 가는 아이티 출장에 치카를 데려갔다. 치카가 아주 용감하게 참아낸 상이었다.

그때는 1년 중 가장 더운 7월 중순이었다. 재닌은 치카에게 흰 반바지와 녹색 티셔츠를 입히고 커다란 초록색 꽃이 달린 흰색 머리띠를 쓰게 했다. 치카는 아이들이 잔 후에 도착해서 몰래 자기 침대로 들어가 아이들이 아침에 깨면 모두 "이것 봐! 치카야!"라고 말하길 원했다. 우리가 탄 비행기가 착륙하는 동안 치카는 마치 군사 계획처럼 이 계획을 정밀하게 검토했다.

치카는 유달리 이번 여행에 대해 들뜨고 흥분한 것 같았다. 아마 미국, 병원, 치료에 다 지쳐가는 중이라서 그랬을지도 모른다. 치카는 이제 아주 힘들게 걸었고, 왼쪽 눈은 잘 때도 다 감기질 않았다. 목 뒤쪽 머리카락은 다 빠졌고, 허벅지엔 혹독한 체중 증가와 감소의 반복으로 튼 자국이 무성했다. 입은 한쪽으로 축 처졌다.

그리고 전보다 참을성이 줄어든 게 느껴졌고, 좀 더 반항적으로 행동했다. 치카는 종종 "싫어!"라고 소리를 지르면서 테이블 아래에 숨었다. 그렇게 행동할 때는 벌을 줬다. 우리는 아이를 불쌍해하느라 훈육하지 못하는 걸 경계했다. 우리는 치카의 남은 긴 생을 위해 제대로 가르치고 싶었다.

한번은 영양제가 들어 있는 셰이크를 마시지 않겠다고 했을 때 재닌이 말했다. "치카, 우린 그저 널 돌봐주려고 하는 거야." 그러자 치카가 홱 돌아서서 소리를 질렀다. "아줌마는 날 돌봐주려고 그러는 게 아니야! 아줌마는 나를 벌주고 내 것들을 빼앗아가려고 그러는 거야!"

내가 개입하려고 했다.

"치카, 에이단네 집에 가고 싶으면 이 셰이크 다 마셔야 해."

"아저씨 말은 여기 계속 있고 싶으면 이 셰이크를 다 마셔야 한다는 거겠죠!" 치카가 쏘아붙였다.

이런 말다툼에 우리가 아무 영향도 받지 않았다는 말은 못 하겠다. 가끔은 우리도 상처받았다. 하지만 우리는 치카가 그럴 만하다는 사실을 알고 있었다. 치카는 자러 가라거나 채소를 다 먹으라고 할 때는 화를 내지 않았다. 영양제가 가득 든 밀크셰이크를 먹기 싫다거나 MRI를 찍으러 가기 싫다는 아이를 탓할 수 있을까? 우리와 치카 사이에는 항상 보이지 않는 벽이 있었다. 치카에게 자신의 병에 대해 너무 자세하게 설명하고 싶지도 않았고, 아이를 무섭게 하거나 더 많은 짐을 지우고 싶지도 않았기 때문이다.

우리는 또한 치카의 고통이 어느 정도인지 알 수 없었다. 치카는 어마어마하게 큰 고통을 겪고 있으면서도 투덜대는 법이 거의 없었다. 가끔 치카는 이렇게 말했다. "미치 아저씨, 머리가 아파요." 그래서 나는 "내가 문질러줄게."라고 하거나 혹은 소아용 아스피린을 주면서 마음속으로 두려워했다. 이게 그냥 지나가는 두통이 아니면 어쩌지, 하는 마음에.

그래서 어떤 면으론 치카와 말다툼을 할 때 마음이 놓이기도 했다. 치카가 우리와 싸우려 할 때 이 시련을 이겨내기 위해 싸워야 한다는 걸 알고 있었으니까. 그래서 괜찮다고 나는 생각했다. 필요하다면 우리와 싸워도 된다. 소리 지르고 악을 써도 돼. 순순히 지지만 마.

우리는 아이티에 늦게 도착했고, 알랭의 차가 보육원 문으로 들어왔을 때 아이들은 자고 있었다. 치카는 상태가 안 좋아 보였다. 피곤해 보이는 데다 땀을 흘리고 있었다. 나는 치카에게 아침까지 내 방에 있으라고 제안했다.

치카는 거부하지 않았다. 나는 치카의 옷을 갈아입히고, 같이 기도를 올렸다. 치카는 작은 매트리스 위에 누운 지 몇 분 후에 내 침대에서 같이 자도 되느냐고 물었다.

내가 아이의 머리를 안고 말했다. "치카, 왜 그래?"

그러자 치카가 내 몸에 대고 토했다.

내 턱과 어깨와 셔츠가 토사물로 범벅이 됐다. 나는 치카를 안고 얼른 화장실로 달려갔지만 치카는 이미 다 토해버렸다. 치카는 울고 있었고 나는 계속 괜찮다고 말해줬다. 치카는 잠옷이 흠뻑 젖도록 땀을 흘리고 있었지만 계속 춥다고 말했다. 나는 치카를 씻기고 젖은 수건을 이마에 올려준 후에 열이 내리도록 타이레놀을 먹였다. 치카는 아주 힘들게 잠이 들었고, 나는 뜬눈으로 밤을 지새웠다.

우리

크리스마스 이틀 전에 치카가 다시 찾아왔다.

"이거 봐요, 미치 아저씨!"

내가 책상 앞에 앉아 있다가 몸을 돌리자 문간에 서 있는 치카가 보였다. 치카는 겹겹의 스커트 위에, 새틴 직물에다 소매에 주름 장식이 달린 노란 드레스를 입고 있었다. 슬로안 케터링 병원에서 치료가 끝난 후에 뉴욕에서 우리가 이 드레스를 사줬던 기억이 났다. 우리는 치카를 디즈니 매장에 데려가 원하는 걸 하나 고르라고 했다. 치카는 인형들과 물병들을 손으로 쓸어내리다 드레스들 앞에서 멈췄다.

"이거 벨의 드레스다! 〈미녀와 야수〉에 나온 그 드레스!" 치카는 그 드레스를 보며 감탄했다.

나는 그 드레스가 걸린 옷걸이를 들어 올렸다.

"이거 사도 돼요, 미치 아저씨? 네?"

어떻게 안 된다고 할 수 있겠는가.

우리는 그 드레스를 입고 거기 어울리는 왕관을 쓴 치카의 사진을 찍었다. 치카는 전신 거울 앞에 서서 거울에 비친 자신의 모습을 뿌듯한 표정으로 보고 있었다. 나는 그 사진이 아주 마음에 들었다. 치카가 자신의 모습을 보며 웃고 있는 사진은 그게 유일했다.

치카, 너, 어디 갈 데 있나 봐? 내가 농담했다.

"내가 어딜 가겠어요?" 치카가 물었다.

이건 그저 누군가가 예쁘게 차려입었을 때 흔히 하는 말이야.

"미치 아저씨?"

응?

"아저씨 눈엔 정말 내가 보여요?"

그럼. 왜?

"지금도 보여요?"

치카는 갑자기 구석에 있었다.

아직도 보여, 내가 말했다.

"진짜?"

그럼.

치카는 드레스 자락을 잡아당겼다.

"이 드레스 예뻐요."

〈미녀와 야수〉 기억나니? 내가 물었다.

"그럼요. 아버지를 구하는 소녀 이야기잖아요."

나는 치카의 대답을 고쳐주려고 했다. 하지만 사실 그게 맞는 말이었다.

너 왜 네가 보이느냐고 물었어? 내가 말했다.

치카는 어디서 났는지 손에 마술사의 지팡이를 하나 들고 있었다.

"난 안 물어봤는데. 아저씨가 물었는데." 치카가 속삭였다.

그러고는 지팡이를 휘둘렀다.

"비비비비 바비디 부!" 치카는 그렇게 외치고 사라져 버렸다.

치카의 아버지는 살아 있었다.

그는 보육원에서 차로 40분 거리에 있는 타바레에 살고 있었다. 전에 치카 아버지가 죽었다고 들었는데, 이제는 다른 말을 들었다. 치카의 대모가 그를 어떻게 찾아야 하는지 안다고 했다.

아이티 고아의 세계에서 이런 일은 흔했다. 아이들을 데려오는 어른들은 보육원에서 아이를 받아줄 확률을 높이기 위해 부모가 죽었다고 말하기도 한다. 가끔 그 부모들이 다른 사람들에게 자기 자식들을 보육원에 데려가서 그렇게 거짓말을 하라고 시키기도 하고. 우리는 모든 사실을 입증하려고 노력하지만 디지털 기록도 없고, 그런 서류들을 기록

하고 보관하는 기관도 없다. 보육원에선 여러 가지 질문을 하고 서류를 요구하지만 결국 사람들이 하는 말을 받아들이거나 그렇지 않거나 둘 중 하나일 뿐이다.

치카의 구토로 시작된 그 여행에서 나는 알랭에게 치카의 아버지 집에 태워다 달라고 부탁했다. 차로 꽉 찬 도로를 달려서 농사짓는 시골 풍경이 나오는 곳으로 갔던 기억이 난다. 우리는 흙길에 차를 주차하고 목재 문을 밀고 들어갔다. 거기에 사각형의 작은 땅과 커다란 빵나무 한 그루가 있었다. 여기서 치카가 태어났다.

치카의 아버지 페드너 쥔이 그 집에서 나와 내 앞에 섰다.

그는 키가 작고 다부진 체구의 사나이였다. 167센티미터 정도 되는 키에 콧수염을 기르고, 머리숱도 많고, 눈 밑에는 다크서클이 짙게 깔려 있었다. 벌겋게 충혈된 눈은 나와 좀처럼 마주치지 않았다.

알랭이 우리를 소개하고 우리의 대화를 통역했다. 나는 페드너가 한 양육에 관해 물었고, 치카가 갓난아기 때 어땠는지 물었다. 그는 아주 짧게 대답했다.

그는 치카가 태어날 때 그 자리에 있었지만, 지진이 일어났을 땐 집에 없었다고 했다. 그는 몇 달 동안 치카 어머니와 떨어져 살면서 이 콘크리트 집을 지었다고 했다. 그는 아내가 죽은 후 그녀와 낳은 자식 넷은 다 다른 사람들과 살고 있다는 사실을 확인해줬다. 하지만 그 이유는 말하지 않았다.

그 집은 문은 없고, 방 하나에 조명기구는 백열전구 하나뿐이었다. 집 근처 땅바닥에 콩과 바나나가 드문드문 심겨 있었다. 물은 펌프로 길어 쓰고, 화장실도 없어서 이웃집에 있는 걸 쓰고 있었다.

여자 하나와 조그만 아이 하나가 나무 밑에 앉아서 놀고 있었다. 알랭이 페드너에게 같이 사는 여자냐고 묻자 그가 "그래요."라고 대답했다.

치카가 저기서 놀았나요? 내가 물었다.

"저기서." 그는 손으로 가리키며 말했다.

치카가 지진이 일어난 후에 저 들판에서 잤나요?

"저기." 그는 다시 손으로 가리켰다.

나는 치카가 세 살 때 우리 보육원에 들어온 사실을 알고 있느냐고 물었다.

"그래요, 알고 있어요."

치카의 대모가 그러라고 부탁했는지 아니면 그 후에 말해줬는지도 물었다.

"그녀가 말해줬어요."

당신은 그래도 괜찮았나요? 내가 물었다.

"괜찮았어요."

나는 그가 왜 치카를 다시 찾지 않았는지 묻지 않았다. 그러고 싶은 마음은 굴뚝같았지만. 나는 그의 인생이나 그가 겪은 고난에 대해 절대 알 수 없다는 사실을 다시 떠올렸다. 나는 그가 아내이자 자기 자식들을 낳은 엄마를 잃었다는 사실을 다시 떠올렸다. 그의 세계가 어떻게 뒤집혔을지 그 누가 알겠는가?

대신 내가 여기 온 이유를 설명했다. 치카의 병에 관해서도 설명했다. 그는 가끔 고개를 끄덕였지만, 내 말을 이해하는지는 알 수 없었다. "뭐든 당신이 최선이라고 생각하는 걸 해주세요." 그가 말했다.

나는 치카의 목숨이 위험할 수 있다는 점을 설명했다.

"그건 하느님이 결정하실 겁니다." 그가 말했다.

나는 좀 어려운 질문을 하겠다고 말했다. 만약 치카가 이 뇌종양을 이겨내지 못한다면, 치카가 여기 아이티에 묻히는 게 그로서는 중요한 일인지를 물었다. 이 말을 하는 것조차 너무 싫었고, 그 말을 할 때 실제로 몸서리가 쳐졌지만, 반드시 해야 할 질문 같았다. 아마 그도 치카의 무덤을 찾아가고 싶을 테니까.

"상관없어요. 어디든 당신이 알아서 결정하세요."

나는 부녀간의 애틋한 감정을 돋우어주고 싶었다. 적어도 시도라도 해야 할 것처럼 느껴졌다. 치카는 아주 어렸을 때 아버지가 자길 데리고 아이스크림을 사러 간 기억이 있다는 말을 한 적이 있었다. 그래서 행복했다고.

그거 기억나요? 내가 페드너에게 물었다.

"난 치카를 데리고 가서 아이스크림을 사준 적이 없는데요."

여기 근처에 아이스크림을 파는 데가 있나요?

"아뇨."

나는 계속 대화를 이어가 보려고 안간힘을 썼다. 그는 나쁜 사람은 아니었다. 그저 마음이 텅 빈 사람 같았다. 집 근처에 아이스크림 가게가 없다는 말을 들으면 치카가 얼마나 슬퍼할지, 그 생각만 계속 떠올랐다.

그래도 그에게 보육원에 한번 오라고 초대했다. 와서 딸을 보고, 치카도 아빠를 볼 수 있기를. 아마도 내 마음 깊은 곳에서 두 사람에게 또 다른 기회가 있을지도 모른다고 생각했기 때문일 것이다. 우리는 치카 아버지와 같이 차를 타고 보육원으로 갔고, 우리가 탄 차가 문에 다가갔을 때, 갑자기 내가 그림 밖으로 밀려난 것처럼, 내가 치카에게 아무도 아닌 것 같은 느낌이 들었다. 재닌과 내가 치카를 위해 많은 일을 했지만, 이 남자에겐 우리는 절대 주장할 수 없는 권리가 있다. 이건 그녀의 엄마와는 경우가 다르다. 그 엄마는 죽으면서 우리가 마침내 움켜쥐게 된 횃불을 건네줬다. 하지만 페드너 쥔은 아직도 아이티에 이렇게 살아 있다. 나는 그걸 무시하려고 안간힘을 썼지만, 한편으로 내가 그의 대체물처럼 느껴지는 마음도 있었다.

우리가 도착했을 때 치카는 땀을 뻘뻘 흘리면서 정자에

서 놀고 있었다.

"치카, 이 사람이 누군지 아니?" 내가 물었다.

치카는 고개를 들어서 봤다.

"네 아버지셔. 아버지 안아드릴 수 있어?"(나는 그가 난처하지 않도록 영어로 말했다)

내가 말한 대로 치카는 아버지를 안았다. 나는 두 사람을 놔두고 갔다.

그는 벤치에 앉아 있었다. 날이 몹시 더운데도 긴 소매 셔츠를 입고 있었고 치카는 그 옆에 앉았다. 가끔 내가 밖을 내다봤을 때 두 사람은 아무 말도 하지 않았다. 치카는 인형을 가지고 놀고 있었고, 그는 마당만 멀거니 바라보고 있었다. 해가 이글이글 타오르고 있었다. 보육원 아이 하나가 막대기와 비닐봉지로 만든 '연'을 가지고 그들 옆을 달려갔지만 바람이 불지 않아서 연은 날아오르지 않았다.

두 시간이 지난 후에 페드너가 와서 나와 악수하고 떠났다.

다섯 번째 교훈

아이들이 우리 아이들이기도 하고 아니기도 할 때

우리 보육원에서 한 남자아이가 3년 동안 지낸 적이 있었다. 그 아이는 귀엽고 이곳 생활에 적응도 잘했다. 어느 날, 그 아이의 아빠라고 주장하는 남자가 보육원 문 앞에 왔다. 그는 당장 아들을 찾아가고 싶다고 했다. 우리가 그 아이의 엄마에게 연락했을 때 그녀는 우리에게 그를 무시해달라고 애원했다. 그는 폭력적인 남자로, 이제 막 다시 나타나서 그저 엄마인 자기보다 힘이 있다는 걸 입증하기 위해 아들을 데려가려는 것뿐이라고 했다. 만약 우리가 그의 요구를 묵인하면 아들은 결코 학교도 못 가고, 잘 먹지도 못할 것이고, 제대로 된 집에서 생활하지도 못할 거라고 했다. 제발, 그 아이를 포기하지 말아주세요, 그녀는 애원했다.

일주일 정도 지난 후에 그녀는 찾아와서 처음에 했던 이야기를 취소했다. 우리가 그의 뜻대로 해주지 않으면 그 남자가 자기를 죽일지도 모른다고 두려워하고 있었다.

나는 알랭에게 그 아이를 내줘선 안 된다고 했다. 그럴 수 없었다. 아이와 아이 엄마가 위험해질 것이다. 나는 소리를 지르면서 서성거리다 재차 소리를 질렀다.

하지만 결국 우리에겐 선택의 여지가 없었다. 아이티엔 학대 상담전화 서비스 같은 게 없었다. 우리에게 유리한 판결을 내릴 법원도 없었다. 모든 권리는 생물학적 아버지에게 있었다. 그들이 가진 패가 우리가 가진 패를 능가했다. 그 아이가 이제부터 자신의 인생이 어떻게 뿌리째 뽑혀나갈지 모른 채 다른 아이들과 노는 모습을 지켜보는 우리는 참담하기 그지없었다. 우리는 아이를 내주는 날짜를 미룰 수 있을 때까지 미루다가 어쩔 수 없이 아이의 소지품을 챙겼다. 유모들이 아이를 꼭 안아줬다. 아이는 울기 시작했다. 아이를 사무실로 데려가자 잔뜩 성이 난 아버지가 한마디 말도 없이 아이 팔을 홱 움켜쥔 채 나가버렸다.

그 후로 다시는 그 부자를 만나지 못했다.

지난 3년 동안 우리 보육원의 직원들이 그 아이를 먹이고, 옷을 입히고, 목욕을 시키고, 가르치고, 보살폈다. 하지만 항상 부재중이었던 아이 아빠의 권리가 더 컸고, 우리는 물러나야 했다. 그 후로 우리는 아이를 받을 때 양쪽 부모가 입양에 동의한 서류나 사망 진단서를 요구했다. 하지만 지금까지도 그 어린 사내아이가 잘 지내고 있을지 생각만 하면 마음이 아팠다.

우리 아이지만 우리 아이가 아니다. 우리는 이 문제로 수도 없이 고민했단다. 네가 예전에 했던 질문 기억나니? 날 어떻게 찾았어요? 난 네가 다시는 잃어버린 아이라는 기분을 느끼지 않게 하겠다고 맹세했어. 네가 — 혹은 우리 보육원의 그 누구든 — 자기가 남들이 원하지 않는 아이라고 느낄 거라는 생각이 너무도 싫었거든.

하지만 그날 네 아버지를 보자 신경이 매우 거슬렸단다. 우리가 그를 애써 찾아내야 했던 건 사실이야. 그리고 그가 보육원에 와서 얼마 있지도 않고 가버렸던 것도 사실이지. 하지만 만약 그러지 않았다면? 만약 그가 "이제부터는 제가 아이를 맡겠습니다"라고 말했다면? 그랬다면 너의 몸 상태를 고려하건대 너를 순순히 그 사람에게 넘겨줄 수 있었을까? 네 인생에서 그렇게 오랫동안 없었던 그 남자가 갑자기 널 구하려고 애를 쓴다는 걸 믿을 수 있었을까? 너에게 공정한 결정을 내릴 수 있었을까? 그에게 공정한 결정은 또 어떻고?

이건 교황 요한 13세가 한 말과 같은 상황이었어. 교황님은 아이가 진정한 아버지를 갖는 것보다 아버지가 아이들을 갖는 게 훨씬 쉽다는 말씀을 하셨지. 누가 물러나야 할까? 이건 입양한 부모들이 정기적으로 맞닥뜨리는 문제고, 그래서 입양 기관들이 친권에 대해 그토록 엄격한 규칙을 내세우는 이유이기도 해. 하지만 우리는 그 둘 다 아니었지. 우리는 전에도 그랬고 지금도 선택권이 거의 없는 아이티 아이들을 사랑하고 보호하는 곳이야. 그리고 널 미국에 데려왔을 때, 네가 그 작은 몸에 튜브와 모니터를 달고, 그 작은 머리에 흰 붕대를 감고 병원 침대 위에 누워 있을 때, 너에 대한 권리가 누구에게 있는지 우리는 상관하지 않았어.

그러니까 이게 바로 네가 우리에게 가르쳐준 또 다른 교훈이야, 치카. 아이들이 "우리" 아이이자 우리 아이가 아니라는 말의 의미 말이야. 이건 중요한 교훈이었고, 그래서 이 목록에 적어 놓은 거야.

아주 가끔, 심지어 친구들까지 "네 아이"란 말을 쓴단다. "네 아이도 아닌데, 그런 일을 하다니 참 훌륭해." 그 말을 들을 때마다 마음이 쓰라리고, 네가 우리의 유전자를 물려받았다면 널 낫게 하려는 우리의 노력에 어떤 차이가 있었을까, 의아해지곤 한단다. 한번은 우리가 거울 옆에 나란히 서서 우리의 모습을 바라봤던 기억이 난다. 네가 팔을 들어 올려서 내 팔 옆에 댔지. 그때 네가 우리의 피부색을 비교해보고 있다고 생각했어. 그런데 넌 내 손목 근처에 난 점을 가리키더니 이렇게 말했지. "미치 아저씨, 거기가 왜 그렇게 볼록해요?" 네가 관심이 있었던 건 바로 그 점뿐이었던 거야.

내 아이지만 내 아이가 아니다. 보육원의 서류는 내가 서명한다. 우리는 의무적으로 아이들을 보살피고, 먹이고, 가르치고, 보호해야 해. 다 엄마와 아빠라면 당연히 해야 하는 일들이지. 하지만 결국 그건 우리의 책임을 명시한 서류일 뿐이지, 우리가 부모임을 증명하는 서류는 아니야. 우리의 아이들에게 난 그저 미치 아저씨이자 그들의 "법적인 보호자"일 뿐이지. 내가 처음에 널 병원에 데려갔을 때 말했던 것처럼 말이야. 가끔은 그게 다가 아니란 생각이 들 때도 있어. 주위를 돌아보면 나나 재닌 아줌마나 보육원에 있는 인정이 넘치는 직원들이 아이들에게 잘 자라고 키스하고, 매일 아침 아이들을 깨우고, 아이들의 운동화 끈을 묶어주고, 샌드위치를 잘라주고, 책을 읽어주고, 무슨 일이 생기면 얼른 데리고 의사에게 달려간단다.

우리가 그 아이들을 낳진 않았지. 그 사실은 결코 달라질 수 없어. 하지만 최근에 우리 보육원에서 큰 아이 하나가(그 아이가 미국 대학의 장학금을 받을 수 있도록 우리가 주선했단다) 한 번 만나 달라는 친부의 부탁을 들어줬단다. 아이티에 사는 그 친부는 재빨리 아들을 친구들에게 데려가 자랑했지. "내 아들을 봐! 이 아이는 어찌나 똑똑한지 미국 대학에 가게 됐어!" 그 청년은 평생 자기를 돌본 적이 없는 이 남자가 그를 키워낸 공을 친구들에게 자랑하는 것 같아 화가 났다고 내게 말했단다.

치카, 나는 하느님을 제외하고는 세상 그 누구에게도 아이를 무조건 데려갈 권리가 있는가, 하는 의문이 든단다. 나는 전에 양어머니와 그녀가 키운 아이들 간에 존재하는 아주 돈독한 유대 관계를 본 적이 있단다. 아이를 낳은 부모들이 의지할 곳 없이 무력한 갓난아기들을 피하는 광경도 본 적이 있고. 또 그 반대의 상황도 일어나고 말이야. 시간이 좀 흐르면 넌 그런 현실과 화해하게 된다. 우리의 관계를 결정하는 건 사랑이야. 항상 결론은 사랑이란다.

네 아버지가 타바레에 있는 자기 집으로 돌아간 날, 넌 열이 많이 나고 다시 토했단다. 그날 밤, 그가 자신의 콘크리트 집에서 자는 동안 넌 보육원에서 아파서 울면서 잠이 들었지. 다음 날, 넌 너무나 힘이 없어서, 떠날 때가 됐을 때 아이들에게 작별 인사조차 하지 못했어. 넌 그저 내 손을 잡고 차에 탔어.

포르토프랭스 공항에서 네가 걷기 힘들다고 불평해서 내가 널 안고 줄을 서서 갔단다. 한 손으로 너를 안고, 다른 손으로 트렁크를 밀면서 갔지. 비행기에 탔을 때 나는 팔걸이 위에 베개를 올렸어.

"잘 자라, 아가야." 나는 부드럽게 말했지.

넌 거기에 머리를 대더니 몇 초 후에 중얼거렸다.

"내가 자는 동안 아저씨는 뭐 할 거예요?"

"책을 읽을 거야. 그리고 내가 널 얼마나 사랑하는지 생각할 거고." 내가 대답했다.

고개를 끄덕이는 너의 눈은 게슴츠레했다.

"나도 그럴 거예요."

바로 그 순간, 나는 누가 누구의 아이인지 신경 쓰지 않았다. 넌 내 것이 아니라 해도 난 너의 것이니까. 그리고 내가 뜨거운 너의 이마를 쓰다듬는 동안 항상 네가 나의 것이란 걸 알았단다.

5장

우리

—

치카가 찾아오지 않은 채 새해가 지나갔다. 나는 항상 그렇듯 신년맞이 휴가를 보내기 위해 아이티에 갔다. 우리는 폭죽에 불을 붙이고 〈올드 랭 사인〉을 부르면서 새해를 맞이했고, 아이들이 노트에 쓴 새해 결심을 내가 봉투에 넣었다("내가 마당을 청소하겠습니다." "수업 중에 떠들지 않겠습니다."). 우리는 그 쪽지를 12개월 후에 열어보고 그동안 얼마나 그 결심을 잘 지켰는지 볼 것이다.

새해 첫날에는 특별 요리가 나온다. 호박, 감자, 갖은 채소, 양파, 마늘, 소고기 몇 점이 들어간 '주무 수프'라고 하는 요리다. 그 수프는 1700년대 후반까지 노예들은 먹지 못하는 금기의 음식이었다가 1804년 1월 1일 일어난 아이티의 독립 혁명을 기념하는 의미에서 그때부터 먹기 시작했다. 전국에 있는 가족들이 아무리 가난하더라도 자랑스러운 전통이자 글자 그대로 자유의 맛을 보기 위해 이 수프를 먹었다. 우리 보육원 아이 중에서도 그 역사를 이해할 만큼 큰 아이들도 있었다. 어린아이들은 그냥 그 수프를 먹어서 행복해했고.

매일 밤 기도가 끝나면 우리는 치카를 추모하기 위해 노래를 불렀다. 그것은 냇 킹 콜이 부른 〈L-O-V-E〉로 치카가 우리 집에서 자주 목청껏 부르곤 했다. 아이들도 큰 소리로, 러브의 철자를 하나하나 부르면서 V자가 나오는 부분에선 손뼉을 짝 치곤 했다! 노래가 끝나면 모두 같이 소리를 질렀다. "하나 — 둘 — 셋, 잘 자, 치카!"

그날 밤, 나는 꼬마 여자아이들이 자는 방에 들어갔다. 치카의 침대는 여전히 비어 있었다. 아이들이 치카를 마지막으로 봤을 때 치카가 열이 나고 토하는 바람에 아무것도 할 수 없어서 일찍 미국으로 돌아가야 했다. 치카는 다시는 돌아오지 못했다. 어쩌면 다행인지도 모른다. 아이들과 작별은 잘 어울리지 않는다.

내가 미시간으로 돌아갔을 때 밖에는 눈이 내리고 있었다. 아침에 벽난로에 불을 피우고 몸을 돌렸을 때 치카가 내 책상 밑에서 기어 나오는 모습이 보였다. 치카는 파란 반바지와 붉은색과 흰색 줄무늬가 섞인 티셔츠를 입고 있었다.

"아아아아악!" 치카는 두 손을 호랑이 발톱처럼 오

그려 보이며 소리를 질렀다.

좋은 아침이다, 예쁜아. 내가 말했다.

"아저씨를 깜짝 놀라게 하려고 했는데!"

깜짝 놀랐어.

"그럼 왜 소리를 지르지 않았어요?"

미안. 내가 말했다. 그 밑에서 뭘 하고 있었던 거니, 치카?

"아, 있잖아요. 보고 있었어요." 치카는 자신의 손가락을 보면서 말했다.

뭘 찾고 있었어?

치카는 숨을 내쉬더니 눈썹을 치켜세웠다.

"요정의 문이요! 그거 말고 뭐가 있겠어요?"

모트 병원에는 요정의 문이 있었다. 우리가 아이티에서 돌아온 다음 날 치카와 가야 했던 경우까지 포함해서 그 병원을 많이 다녀서 잘 알고 있었다. 치카는 그날 온몸이 뜨겁고, 힘이 없이 축 늘어져 있고, 밭은 숨을 쉬어서 집 근처에 있는 병원의 응급실로 데려갔다. 하지만 거기 의사가 치카의 혈구 수치와 몇 가지 다른 검사를 해보더니 치카가 복용하는 약들은 자기도 잘 모르겠다고 고백하면서 치카의 병을 잘 알고 있는 모트 병원으로 얼른 가보라고 했다.

"이건 심각한 증상일 수도 있거든요." 응급실 의사가

말했다.

재닌이 구급차에 치카와 같이 타고 가면서 우는 동안 나는 차를 타고 앤 아버까지 그 차를 쫓아갔다. 가면서 내내 핸드폰으로 통화했다. "패혈증일 수도 있다고 그러네." 재닌이 속삭였다.

"그건 아직 잘 모르는 거잖아." 나는 침착하려고 애를 쓰면서 대꾸했다.

알고 보니, 문제는, 그리고 치카가 아이티에서 그토록 아팠던 이유는 패혈증 때문이었고, 그것도 병원 의료팀이 치카의 몸속에 넣자고 주장했던 그 포트 때문에 생긴 것이었다. 치카가 그 포트로 딱 한 번 약물을 주입받았을 때 어떻게 된 일인지 박테리아 감염이 된 것이다.

그래서 치카는 병원 침대에서 9일 내내 누워 있으면서 무시무시하게 치솟는 열과 싸우며 수막염에서 결핵 검사까지 온갖 검사를 다 받았다. 의사들은 패혈색전증일까 봐 걱정했다. 그래서 항생제를 바꾸고 또 바꿨다. 그리고 배양 조직을 길러서 연구했다. 그게 다 재닌이 영원히 "그 멍청한 포트"라고 부르게 될 상자를 통해 치카의 혈류로 들어간 박테리아 때문이었다. 물론 그 포트는 즉시 치카의 몸속에서 제거됐다.

"난 진짜 그거 너무 싫었어." 재닌이 투덜거렸다.

어쩐지 재닌이 내 탓을 하는 것처럼 느껴졌다.

"그럼 우리가 어떻게 해야 했겠어?" 내가 말했다.

"치카가 9일이나 입원했어. 치카가 얼마나 약해졌는지 보라고."

"하지만 간호사들이 치카의 정맥을 찾을 수가 없었다니까."

재닌은 고개를 돌려버렸다.

"다른 방법이 없었잖아!" 나는 소리를 질렀다.

치카의 상태가 점점 악화하면서 재닌과 나의 말다툼이 늘어갔다. 놀랄 일도 아니다. 아픈 아이의 문제를 해결하려고 애를 쓰면서 지금 내가 맞는 결정을 내리고 있는지 궁금해하는 것은 스트레스가 아주 심한 일이다. 그럴 땐 길을 잃은 느낌이고, 모든 게 불확실하게 느껴진다. 내가 자신감을 느낄 때 배우자가 그렇지 않을 수도 있는데, 그 차이 때문에 화가 나게 된다. 우리는 자주 희망이 있다는 걸 믿으려고 말다툼을 했다.

치카에 관련된 사소한 문제로 우리는 종종 다퉜다. 나는 어떤 건 치카가 해도 안전하다고 생각하는데 재닌은 아니라고 했다. 나는 TV는 봐도 된다고 생각하지만 재닌은 아니라고 했다. 우리는 항생제와 영양 문제를 놓고도 다퉜다. 재닌은 이렇게 말했다. "치카가 그걸 하는 건 싫어." 그러면 나는 이렇게 말하곤 했다. "그럼 우리가 뭘 해야 하는데, 아무것도 안 해?" 나는 이 문제의 본질은 결국 이거라고 생각했다. 우리 둘 다 잘못된 결정을 내릴까 봐, 혹은 옳은 선택이 있는데 그걸 보지 못하고 지나칠까 봐 두려운 것이다. 그리고 그로 인해 일어날 일이 두렵고.

우리가 그렇게 다투는 모습을 지켜보는 것이 치카에게는 너무 고통스러웠다. 치카는 그저 우리 모두 사이좋게 지내기만을 바랐다. 우리가 다투면 치카는 이렇게 소리를 지르며 끼어들었다. "오케이, 오케이, 오케이!" 그러면서 마치 심판처럼 두 손을 흔들어댔다.

그러다 치카가 병원에 있던 어느 날 밤, 나와 재닌은 어떤 일로 인해 둘 다 화가 나 있었다. 나는 고개를 흔들면서 화난 목소리로 계속 이렇게 말했다. "정말 믿을 수가 없군."

그때 치카가 침대에서 소리쳤다. "지금 무슨 이야기 하고 있어요?"

"아무것도 아니야, 치카. 걱정하지 마." 내가 말했다.

"하지만 슬프게 들리는데."

나는 치카에게 걸어갔다. "그래, 가끔은 우리 인생에서 슬픈 일이 일어나기도 하고, 또 가끔은 행복한 일이 일어나기도 해. 너처럼 말이야. 넌 행복한 아이지. 넌 우릴 행복하게 만들어줘."

치카는 내 좌절한 표정을 보고 눈에 눈물이 고이기 시작했다.

"왜 울어, 치카?"

"방법을 몰라서요." 치카가 속삭였다.

"무슨 방법을 모른다는 거야?"

"지금 아저씨를 행복하게 만드는 방법."

그 후로 다시는 치카 앞에서 다투지 않았다. 그리고 결국 우리에겐 서로밖에 없다는 사실을 깨닫기 시작한 때이기도 했다. 우린 아이를 떠나보낸 후에 결국 헤어지는 부부들이 많다는 자료를 읽었다. 우리는 절대 그 길은 가지 않겠다고 결심했다. 그래서 우리는 너무 심하게 감정을 다치기 전에 논쟁을 끝내게 됐다. 우리 중 하나가 미안하다고 중얼거리면 남은 하나가 나도 미안하다고 말했다. 그리고 둘 다 크게 숨을 내쉬면서 그다음에 닥칠 일에 대비해 마음을 단단히 먹곤 했다.

모트 병원에서 퇴원한 치카를 집에 데려왔을 때 감염과 싸우느라 전력을 다했던 치카의 건강이 큰 타격을 입었다. 걸음걸이는 더 심하게 비틀거렸고, 말도 더 느려졌다. 그리고 치카에겐 새로운 파트너가 생겼다. 오른팔에 PICC*를 꽂고 있었다. 우리는 그 도관을 통해

하루에 세 번 항생제를 주입해야 했다. 그것은 작은 천으로 만든 슬리브로 덮여 있었고, 절대 젖으면 안 됐다. 그래서 샤워도 아주 조심스럽게 해야 했고, 치카가 그토록 좋아하는 수영은 금지였다. 그때는 여름이라 수영장에서 실컷 놀 수 있는 계절이었는데, 치카에게 너무나 불공평한 일이었다.

치카는 집에 와서 안도했다. 아이는 우리 침대 앞에 있는 자신의 침대로 돌아왔다. 집에 돌아와서 처음 맞은 아침에 재닌이 일어나서 치카 옆에 누워 둘이 속삭이기 시작했다. 곧 그들은 치카가 좋아하는 주제인 결혼 이야기를 하기 시작했다. 재닌은 치카에게 어디서 결혼할 남자를 만날 것 같으냐고 물었다.

"레스토랑이요." 치카가 대답했다.

난 치카의 상상력에 빙그레 웃었다. 그러다 재닌과 내가 레스토랑에서 만났다는 사실을 깨달았다. 치카에게 전에 그 이야기를 한 번 해준 적이 있었다. 정말이지, 치카는 모든 걸 기억하고 있었다.

다시 요정의 문으로 돌아가 보자. 그것은 작은 나무로 만든 포털이다. 6인치 정도 되는 높이로, 모트 병원

---

* 말초삽입형 중심정맥 카테터.

의 다양한 벽 모서리 하단에 설치돼 있었다. 그 문을 열면 안에 팅커벨과 공주 같은 만화가 그려져 있었다. 어린 환자들이 그 요정 문의 작은 손잡이를 잡아당겼을 때 깜짝 놀라면서 기뻐할 수 있도록 거기에 동전을 놓아두라고 병원에서 어른들에게 권했다.

치카는 그런 문들을 찾는 데 사로잡혔다. 팔에 정맥주사가 연결된 상태에서도 그걸 찾겠다고 고집을 부렸다. 그 문들이 어디 있는지 알아낸 나는 내가 먼저 가서 요정들을 찾고 있다고 치카에게 말한 후 문마다 뒤에 1달러 지폐를 놔뒀다.

"이거 봐요, 천 달러예요!" 치카는 그 문을 열고 그렇게 말하곤 했다(우린 치카에게 돈에 대해 가르치지 않았다). 치카는 그렇게 찾은 돈을 내 손에 올려놓고, 다른 문을 찾기 시작했다.

그렇게 낙관적인 마음으로 동전을 찾아다니는 모습을 보면서, 그런 와중에 여러 병실을 거치다가 머리를 두 손으로 감싸 쥐고 있는 환자들을 얼핏 봤다. 그러면서 중요한 사실을 깨달았다. 희망은 대단히 중요하다는 걸. 힘든 시기에 굴하지 않고 나아가려면 희망이 반드시 있어야 했다. 역으로 절망보다 더한 고통도 없다. 절망은 인간에게 닥치는 그 어떤 고통보다 더 끔찍하다.

우리는 치카를 암이나, 고통이나, 심지어 죽음으로부

터 보호할 수 없다. 하지만 우리는 긍정적인 분위기를 발산하려고 애를 썼다. 우리들은 — 의사들과 간호사들 — 모두 우리가 해야 할 일을 잘 알고 있었고, 삶은 여전히 우리가 아직 찾아내지 못한 보물들로 가득 차 있다는 걸 알고 있었다. 절망은 전염될 수 있다. 하지만 희망 역시 그렇고, 희망보다 더 강력한 약은 없다. 우리에 대한 치카의 믿음 덕분에 우리도 자신을 믿을 수 있었다.

분명 우리에겐 미래가 있고, 희망은 끊기지 않을 것이라는 믿음. 이건 속담에 나온 말이지만, 우린 필사적으로 그렇게 살려고, 치카가 열어준 그 모든 작은 문 뒤에 뭔가 좋은 것이 있을 거라고 믿으려 애를 썼다.

"미치 아저씨?"

응?

"아저씨의 요정 문은 어디 있어요?"

여기엔 없는데. 그건 병원에만 있어.

"아닌데."

그럼 여기 어딘가에서 봤어?

"여기저기서 아주 많이 봤어요."

예를 들어 어디?

치카는 내 무릎에 두 팔꿈치를 대고 검지로 자신의

빰을 톡톡 쳤다. 지금 생각 중이라는 이 자세는 분명 영화에서 봤을 것이다.

"독일에서." 치카가 말했다.

"아이들은 더 중요한 일을 못 하게
방해하는 존재가 아니다.
아이들이 바로 가장 중요한 일이다."

— 존 트레이너 박사

너

흠, 기왕지사 네가 먼저 그 이야기를 꺼냈으니까, 네 의학적 여정에 대해 우리는 네게 이야기를 많이 하진 않았단다, 치카. 연구, 전화 통화들, 화상회의들. 우리는 널 그 늪으로부터 지켜주자고 굳게 결심했지만, 아픈 아이를 돌보는 사람이라면 누구나 말하듯, 치료제를 찾는 것이 그 사람의 모든 생각을 사로잡지. 밤에도 자지 않고 늦게까지 깨어서 또 어딜 찾아봐야 할지 고민하고, 뭔가 놓친 게 없는지 자신의 머릿속을 샅샅이 뒤지며 괴로워한단다.

그런 이유로 인터넷은 최고이자 최악의 발명품이야. 그것은 심각한 질병과 싸우는 사람들에게 유혹적이면서도, 혼란스럽고, 종종 사람을 환장하게 만드는 곳이자 희망과 공포가 뒤범벅된 시끌벅적한 시장과 같은 곳이란다. 검색어를 잘못 입력하면 읽고 싶지 않은 사이트들과 사연들, 터무니없는 주장들, 가슴이 미어지는 사연들, 사기성이 농후한 약들에 대한 비난들이 뜬단다. 그리고 계속 "뭐"라는 말로 시작되는 글들이 수도 없이 보이지. 원인이 뭐고, 치료법은 뭐고, 징후는 뭐고……. 내가 찾는 건 치료제가 뭐냐는 건데 말이야. 하지만 그렇게 간단한 해결책은 절대 나오지 않지.

나는 몇 년 전에 미국의 원주민 치유자들이 자신의 지식에 대해 말하는 법이 거의 없거나, 어떤 경우엔 자신의 정체까지도 밝히지 않는다는 글을 읽은 적이 있어. 자신의 기술을 아주 소중하게 여겨서 그런 거지. 인터넷은 그 반대야. 우리는 거기서 천 개의 사연들을 찾아낼 수 있고, 천 명의 의사들과 연락할 수 있고, 그러면서도 내가 엉뚱한 길로 가고 있는 게 아니란 자신감은 결코 느낄 수 없어.

네 치료제를 찾는 여정을 시작했을 때, 치카, 나는 바로 이런 이유로 인터넷을 멀리했단다. 하지만 네가 패혈증에 걸린 후 우리는 좀 더 정신 바짝 차리면서 전통적인 영역 너머까지도 찾아봐야 했어. 넌 그때 이미 파노비노스탓을 복용 중이었어. 스탠퍼드의 의사 하나가 생쥐들에게 그 약을 실험했다가 효과가 있을지도 모른다는 가능성을 봤거든. 넌 두 번째 방사선 치료를 견뎌냈어. 그 위험한 치료를 감행했던 건 그게 눈에 보이는 결과를 낼 수 있는 유일한 치료법이었거든. 우리는 네 식단을 엄격하게 제한했어. 넌 얼굴을 찡그리면서도 매일 영양제들로 만든 셰이크를 마셨지.

하지만 우리가 매달릴 수 있는 덩굴들이 계속 사라지고 있었어. 그쯤 됐을 때 우리는 DIPG에 대한 많은 사례를 알게 됐지. 그것들은 슬프게도 대개 같은 길을 갔단다. 방사선 치료, 화학 요법, 상태가 점점 나빠지다가 마침내 장례식.

우리는 내키지 않았지만, 대안이 될 만한 정보를 찾아 인터넷 세계에 뛰어들었단다. 난 모든 자료를 읽었어. 임상 시험들, 페이스북에 올라온 포스팅들. 해외에 전화도 여러 번 걸었다.

런던에 있는 한 프로그램이 널 시험 대상으로 고려했다가 네 병의 진행 상태와 과거에 받았던 치료들을 보더니 넌 "실격"이라고 하더구나. "실격"이라니 참 끔찍한 단어지. 마치 네가 어떤 규칙을 어겨서 치료받을 수 없다는 말 같잖아.

하지만 그들이 독일에서 일하는 한 벨기에 의사가 어떻겠냐고 제안했어. 그는 너 같은 사례를 열린 마음으로 대한다고 말이야. 그는 면역학을 전공하고 DIPG을 집중적으로 연구하고 있었지.

그의 이름은 스테판 반 굴이었어. 내가 이메일로 연락했더니 곧바로 답장을 보내더구나. 재닌 아줌마와 나는 그와 스카이프로 오랫동안 대화를 나눴는데, 그가 아주 많은 질문에 답해줬어. 그는 아주 똑똑해 보였고, 상냥하고 친절하며 딸이 넷 있는 아버지로 그 딸들과 함께 클래식 콘서트에서 바이올린을 연주한다고 했어. 무엇보다도 그는 미국에서는 한 번도 들어본 적이 없는 치료법들에 대해 말해줬어. 환자 자신의 백혈구와 종양 항원으로 백신을 만들어서 암을 공격하는 면역 시스템 반응을 일으키는 방법이지. 미시간 병원 박사들은 그의 치료 방법에 대해선 모르고 있더구나.

"하지만 그게 치카에게 도움이 된다면 가셔야죠." 그들은 그렇게 말했다.

그래서 가을이 시작될 무렵, 아이티 보육원 아이들이 개학해서 다시 학교로 돌아갔을 때, 우리는 비행기표를 예약하고 독일의 쾰른에 있는 아파트를 한 채 빌렸어. 우리 집에서 4천 마일이나 떨어진 곳이었지. 네가 진단을 받은 지 16개월 됐고, 네가 살 거라고 의사가 생각한 시간보다 거의 1년이나 더 살아낸 시점에서 너는 나와 재닌 아줌마와 같이 또 다른 기이하고 낯선 나라로 떠났단다.

나는 기쁨에 대해 말하고 싶구나.

우리의 여정을 돌아봤을 때 기쁨을 중시하지 않았

던 때도 있었어. 나중엔 네가 일상적으로 해야 할 일들이 아주 크게 다가왔지. 너에게 옷을 입히는 것도 전보다 훨씬 더 오래 걸렸고, 널 목욕시키려면 아주 조심스럽고 꼼꼼하게 해야 했어. 너의 PICC 라인은 깨끗이 헹구고 소독해야 했지. 널 안고 가려면 항상 나나 누군가가 옆에 있어야 했고.

바로 이런 점 때문에 우리는 너에게 가끔 육체적인 문제들이 발생하더라도 네 마음은 계속 성장하고 있다는 사실을 간과했단다. 생각도 깊어졌지. 네가 아주 독특한 방식으로 그걸 드러내지 않았다면 우리는 네가 아기에서 어린이로 성장해가는 기쁨을 놓쳤을지도 몰라.

한번은 내가 긴 이메일을 읽고 있다가 한숨을 쉬면서 중얼거렸다.

"오, 보이."

"왜 '오, 보이?'라고 해요. 여긴 보이라곤 없는데." 네가 물었지.

"이건 그냥 사람들이 쓰는 표현이야, 치카."

"그럼 왜 '오, 걸'이라고 안 해요?"

또 한번은 네가 물을 한 잔 달라고 했다. 난 물이 차다고 너에게 경고했지.

"물은 차지만, 마음은 따뜻해요." 네가 그렇게 대꾸했지.

(대체 그런 표현은 어디서 나온 거니?)

한번은 네가 재닌 아줌마에게 물었지. “나, 남편을 둘 가질 수 있어요?” 그래서 재닌 아줌마가 “아이는 몇 명이나 낳고 싶은데?”라고 하자 네가 소리쳤지. “하나!”

“왜 하나뿐이야?”

“내가 안고 다닐 수 있는 아이가 하나뿐이니까!”

방사선 치료가 끝나고 차를 타고 집에 돌아오는 길에 네가 물었지.

“미치 아저씨, 우리 어디 가요?”

내가 말했다. “아무 데도 안 가.”

“오늘 아무 데도 안 갈 수 있어요?” 네가 그렇게 대꾸했지.

또 어느 날은 아침에 사무실에 있는데 전화벨이 울렸어. 네가 다른 전화기로 건 전화였지.

“미치 아저씨, 와서 푹신하고 편안한 침대 캠프 놀이 할래요?”

내가 침실로 가보니 너와 재닌 아줌마가 이불을 뒤집어쓰고 누워 있었지. 내가 그 밑으로 기어들어 가니까 네가 말했어. “푹신하고 편한 침대 캠프의 규칙들이 있어요. 대장은 나예요. 재닌 아줌마는 두 번째 대장, 아저씨는 세 번째 대장을 할 수 있어요. 자, 이제 놀아요.”

만약 내가 그런 순간들을 조금이라도 바꿀 수 있다

면, 치카, 거기 조금 더 머물러 있는 거란다. 절대 잊지 않도록 그 순간에 완전히 몰두하는 거지. 난 일상에서 '기쁨'이라는 말을 잘 안 쓰지만, 여기선 그렇게 하고 싶구나. 기쁨. 재미있는 걸 하며 한껏 즐기는 거 말이야. 그 시절에 찍은 사진들을 보면 기분이 참 좋아진단다. 미니 골프를 할 때 네가 항상 짓던 그 삐딱한 미소를 보면 말이야. 넌 클럽을 제대로 휘두르지도 못했지만. 또 너는 카트에 앉아 있어야 했지만 같이 슈퍼마켓에 장을 보러 갔던 일, 내가 널 계속 안고 다녀야 했지만 주 박람회에 갔던 일처럼 말이야.

우리가 아무리 의학적으로 힘겨운 싸움에 분투하고 있었다 해도 넌 항상 재미있는 일은 포기하지 않았어.

에밀리 디킨슨의 말을 바꾸어 표현해보면, 우리가 멈춰서 기쁨을 느낄 수 없었기 때문에 네가 친절하게도 대신 멈춰준 거지.

넌 환희에 찬 영혼으로 우리를 감탄하게 했단다.

치카는 식탁 앞에 앉아 나를 보고 있었다.

"뭐 하고 있어요?"

"책을 읽고 있었어."

"어떤 책이요?"

"아이티에 관한 책."

"그 노란 건 왜 쓰고 있어요?"

"중요한 부분에 표시하고 있단다."

"미치 아저씨?"

"응?"

"다음에 우리가 아이티에 가면, 난 거기에 계속 있을 수 있어요?"

"넌 우리랑 같이 돌아와야 해."

"왜요?"

"계속 의사 선생님들을 만나야 해. 넌 아직도 좀 아프니까."

난 무심코 그 말을 했다. 그 아이가 아프다는 말을 한 것이 이번이 처음이란 걸 깨닫지 못했다.

"난 아프지 않다고! 아프지 않아!"

"그래."

"난 그저 걷는 게 힘들 뿐이야!"

너

독일에 도착했을 때, 넌 새로운 동반자를 만났지.

휠체어.

넌 손잡이를 꽉 잡았어. "이거 내가 탈 거예요?" 네가 물었지. 난 고개를 돌려야 했어. 모리 교수님은 죽음이 가까워졌을 때 휠체어에서 일어나지 못하셨어. 우리 어머니도 뇌졸중을 일으킨 후에 그랬고. 아버지가 1년 동안 어머니가 탄 휠체어를 밀고 다니시다가 아버지도 뇌졸중이 왔지. 그래서 두 분이 다니실 땐 휠체어 두 대가 다닐 수 있는 아주 넓은 길로만 가야 했지.

한동안 우리는 부모님의 일상적인 활동들을 유지하려고 했어. 극장에 가고, 레스토랑에 모셔다드리는 그런 일 말이야. 휠체어를 타고 차에서 내리거나 올라가는 일은 집으로 찾아오는 의료 서비스 노동자들에게 의지하면서 말이야. 하지만 부모님의 생활은 점점 느려지고 쇠퇴했지. 휠체어가 들어갈 수 있는 장소들이 그리 많지 않았어. 난 가끔 부모님이 그런 상황에 지쳐서 체념한 채, 한때는 활력이 넘쳤던 자신의 그림자를 보며 넌더리를 내는 모습을 보았지. 그런데 널 휠체어에 앉히자니 가슴이 미어졌어.

하지만 넌 항상 그렇듯 우리와는 다른 시각으로 세상을 봤지. 넌 휠체어가 네가 원하는 목적지에 갈 수 있는 훨씬 더 빠른 방법이자 내가 그런 일을 해낼 수 있다고 생각했어. 우린 그 휠체어를 조작해서 쾰른 공항을 나와 주차장으로 나갔단다. 차들이 쌩쌩 소리를 내며 우리 옆을 홱홱 지나쳐 가자 네가 말했지.

"빨리요, 미치 아저씨! 저 차들에 치이면 안 돼요!"

우리가 임대한 아파트에 도착했을 때 나는 너를 안고, 거리를 건너, 버스 정류장 하나를 지나 현관문으로 들어갔지. 실내로 들어갔을 때 두 가지 놀라운 일과 마주치게 됐어.

안토니에타라는 이름의 활력이 넘치는 이탈리아 집주인 아줌마가 우리를 맞아줬고, 아주 긴 계단이 보였단다.

"우리 집엔 엘리베이터가 없어요. 미안해요." 안토니에타는 내 품에 안겨 있는 널 보며 말했다.

그래서 휠체어에 더해, 내가 널 업고 기나긴 계단을 오르락내리락하는 것이 우리의 새 일상에 추가됐다.

그 층계는 19개의 단이 있었고, 넌 35킬로그램 나갔다. 그래서 계단 꼭대기에 도착할 즈음이면 나는 숨을 헐떡이고 있었지. 넌 물론 이것도 재미있다고 생각해서 떠들어댔지. “미치 아저씨, 아저씬 자야 해요! 아저씬 피곤해요!” 나는 널 업고 얼른 침실로 올라간 후에, 침대에 내려놓고, 숨을 몰아쉬었단다. 미국에 있는 집에 돌아왔을 때 나는 탈장이라는 진단을 받았지.

하지만 넌 그건 알 수 없었단다. 대신 마치 이 여행 자체가 하나의 모험인 것처럼 웃었어. 그래서 우리는 거기 간 이유를 거의 잊을 뻔했단다.

쾰른에 있는 그 병원은 다용도 사무용 건물 5층에 있었어. 그 아래에는 헬스클럽이 있었고, 옆에는 슈퍼마켓이 있었지. 미시간에 있는 병원과 달리, 그 병원에는 화려한 로비도, 높은 통유리도, 그림이나 슈퍼맨 피규어도 없었단다. 단지 복도 벽에는 패널을 두르고, 검사실들은 좁고, 목제 책상들이 있었고, 벽은 얇았지. 네가 탄 휠체어를 이동시키기 위해 여러 번 돌려야 했어.

그래도 거기 직원들은 친절했고, 흰 가운을 입은 반 굴 박사는 직접 보니 아주 인상 깊었다. 명성이 높은 벨기에 면역학자인 그가 독일에 온 이유는 그곳의 의사—환자 법이 그가 환자를 돕기에 더 쉽기 때문이라고 말했어. 그는 여러 개 언어를 구사했고, 학구적인 영어를 써서 가끔은 이해하기가 쉽지 않았단다. 하지만 마음은 아주 따뜻한 사람이었어. 그는 키가 작고 땅딸막한 체격에 밀짚 색깔의 머리카락에 이마가 높고 뺨은 불그스름했지. 아주 쾌활한 표정에 활짝 미소를 짓고 있었고. 넌 그 선생님을 보자마자 좋아했단다.

"자, 이것이 우리가 하는 치료입니다." 그는 매번 자, 라는 말로 문장을 시작했어.

그 병원에서 하는 치료는 아이디어 자체는 아주 훌륭해 보였어. 먼저 그들은 연구소에서 작업하기 위해 환자의 혈액 표본을 아주 많이 뽑아. 다음에 너에게 뉴캐슬 바이러스라고 하는 걸 주입하지. 그건 닭에겐 아주 치명적이지만 인간에겐 그렇지 않다고 해. 몸속에 들어온 바이러스 때문에 몸의 면역 체계가 반응하게 되는데, 5일이 지난 후 그 병원에서 너의 세포들을 떼어내서 연구한단다. 네 몸에서 어떤 방어를 했건, 전에 떼어낸 세포 대신 그들이 바꾼 세포들 수백만 개를 그 자리에 주입해서 백신의 형태로 네 몸에 주사로 집어넣는 거지. 이론상으로는 그 바뀐 세포들이 네 면역 체계를 자극해서 DIPG 암을 공격한다는 거야.

그건 마치 너 스스로 군대를 훈련해서 네가 만들어낸 적과 싸우게 하는 것과 비슷했단다. 사실 암이란 네가 만들어낸 적이나 다름없으니까.

물론, 치카 너에게 이건 우리가 매일 5층에서 하는 일에 지나지 않았지. 네가 분홍색 재킷을 벗으면 우리가 너를 안아서 진찰대 위에 올려놓았어. 그 백신을 주입하는 동안, 병원에서 조절한 전기 발열 요법으로 그 과정을 활성화하지. 즉 네 이마에 동그란 패드를 붙이고 암이 있는 부분에 전계를 전송시키는 거야.

넌 단 한 번도 불평하지 않았어. 왜 이런 걸 하느냐고 묻지도 않았고. 넌 그 치료가 끝날 때까지 아이패드로 〈101마리의 달마시안〉을 (넌 그 영화를 아주 좋아했지) 봤어.

한번은 병원을 나가는데 휠체어에 앉아 있던 네가 누구에게랄 것 없이 "안녀어어어어엉!"이라고 소리를 질렀어. 그리고 우리가 그곳을 나올 때 내가 엘리베이터 버튼을 누르자 네가 노래를 불렀지. "태양은 나올 거예요, 내일!"

그 면역 치료 과정에 대해 더 자세히 덧붙일 수도 있겠지만, 지금 이 글을 쓰면서 내 기억 속에 남아 있는 건 네가 독일에 있을 때 얼마나 행복해했는지야. 그 아파트는 미시간에 있는 우리 집과는 아주 달랐지. 거긴 철저하게 기능 위주로 지어진 공간이었어. 작은 부엌 하나, 거실 하나, 침실 하나, 그리고 한가운데 욕실이 있었어. 넌 그 집을 좋아했지. 그건 새집이었고, 네가 매직펜으로 그림을 그릴 수 있게 텅 빈 하얀 벽들도 많았거든. 그건 네 집이었어. 무엇보다 우리가 너의 것이었지. 독일에선 우리를 찾는 전화벨이 울리지 않았어. 아무도 우리 집에 찾아오지 않았지. 난 출근하러 가지 않았고. 우리가 걸어서 했던 모든 여행 — 병원에 가고, 시장에 가고 — 그런 일들을 다 같이 했어. 계단을 내려갈 땐 내가 널 안고 간 후에, 널 휠체어에 앉히고, 발판을 고정하고, 안전띠를 채우고, 출발했지.

쾰른은 상당히 아름다운 곳이고, 9월 후반이 되자 하늘은 파랗고 투명하게 빛났단다. 우리는 거리와 쇼핑센터들을 걸어 다녔고, 네가 큰 소리로 노래를 불러서 지나가는 사람들이 쳐다봤지. 넌 뭐든 생각나는 대로 불렀어. 엘라 피츠제럴드가 부른 〈파란 방〉이나 〈산타할아버지가 오신다네〉를 불렀지. 아파트에 있을 때면 우리는 너에게 항상 '마음속의 목소리'로 부르라고 했지만, 차들이 많은 거리에선 마음대로 크게 부를 수 있었어.

우리는 보행자용 도로를 걸어서 수 세기가 넘은 쾰른의 유명한 성당인 쾰른 대성당에 갔단다. 첨탑들이 마치 천국으로 향하는 화살들처럼 하늘을 찌르고 있었지.

“와, 안 돼!” 우리가 그 성당에 도착했을 때 네가 소리를 질렀지.

“뭐가 안 된다는 거야?”

“난 한 번도 저런 걸 본 적이 없다는 뜻이에요.”

우리 둘 다 고개를 들어 그 성당을 올려봤을 때 네가 햇빛에 눈이 부셔서 한쪽 팔을 들어 올렸지. 넌 그때 프레첼을 먹고 있었어.

“너, 저게 뭔지 아니, 치카?”

“공주님이 사는 성?”

“아니, 교회야. 사람들이 기도하는 곳이지.”

“사람들이 뭐를 위해 기도를 하는데요?”

“뭐든 다. 가족을 위해 기도하고, 아픈 사람이 있으면 낫게 해달라고 기도하고. 어쩌면 널 위해 기도하고 있을지도 몰라.”

“그들은 날 위해 기도하지 않아요. 난 그들의 아이가 아닌걸.”

“흠, 그거야 모르는 일이지.”

“하지만 사람들은 날 아예 모르잖아요!”

“사람들이 널 위해 기도하기 위해 널 알 필요는 없단다, 아가야. 그저 네가 예쁜 아이여서 네가 건강해지길 바라면서 기도하는 거야, 알겠니? 너도 그 사람들을 위해 기도할 수 있고.”

넌 내가 한 말을 곰곰이 생각해보는 것처럼 천천히 고개를 끄덕이더니 프레첼을 삼키고 그 거대한 첨탑들을 올려다보더구나.

"와우." 나는 중얼거렸어.

"와우." 너도 날 따라 했지.

기도 이야기를 하나 할게.

우리에게 딱 한 장 있는 네 갓난아기 때 사진은 목사님이 너에게 세례를 주느라고 너를 높이 쳐들고 있을 때 찍은 거란다. 넌 활짝 웃고 있었고, 너의 눈은 하늘을 향해 있었지. 아마도 그것이 네가 앞으로 기쁨에 찬 믿음을 갖게 되리란 조짐이었나 봐.

넌 어렸을 때부터 기도로 가득 찬 인생을 살아왔단다. 내가 듣기로 네 어머니는 라디오에 나오는 기도를 따라 했고, 너의 대모는 끊임없이 기도했어. 보육원에서 너와 아이들은 매일 아침과 매일 밤, 그리고 일요일마다 교회에서 예배를 드리며 기도했지. 넌 밥을 먹기 전에도 항상 기도했어. "하느님, 이 음식을 주셔서 감사합니다……." 그리고 자기 전에도 '주기도문'을 외웠지.

네가 어딜 가건 거기엔 항상 기도가 있었어. 하지만 그건 대체로 의식을 드릴 때 하는 기도이자 감사의 기도였지.

하지만 우리에게 남은 건 필사적인 기도였지.

독일에서 어느 날 밤, 식전 기도를 드릴 때 너는 두 손을 모으고 눈을 감았지만, 왼쪽 눈이 감기질 않았어. 마침내 밤마다 우리는 네 눈에 안약을 넣은 후에 눈에 테이프를 붙였어. 네 눈동자가 마르지 않도록 말이야.

우리가 그렇게 해야 한다고, 그건 중요한 일이라고 해서 넌 받아들였지. 하지만 그런 일을 할 때마다 내 무릎에 힘이 풀리곤 했단다. 눈에 하얀 테이프를 붙이고 자는 네 모습을 볼 때마다, 네가 진찰대에 누워 있는 동안 간호사들이 피를 수도 없이 뽑을 때마다, 내 기도는 기도라기보다는 애원에 가까웠지. 제발, 하느님. 이 아이가 왜 이런 시련을 겪어야 합니까? 제발, 하느님. 이 아이는 너무나 어려요.

네가 우리와 같이 지내던 내내 사람들이 "신의 뜻"이고 "신이 원하시는 것"이라고 하는 말을 들었단다. 난 그런 말들을 거부하지 않고 받아들이고 싶었어. 하지만 그 말이 사실이라면 우리는 절대 수술을 받으러 널 미국에 데려오지 않았을지도 모르고, 혹은 전통적인 치료에 반대해서 싸우지 않았을지도 모르고, 널 독일에 데려가지 않았을지도 몰라. 네가 아이티에서 병이 난 것이 신의 뜻이었을까? 아니면 타국에서 네가 낫는 것이 신의 뜻이었을까?

이런 면에서 재닌 아줌마는 나보다 나았단다. 나는 그녀의 방에서 그녀 혼자 혹은 친구들이나 자매들과 같이 조용히 기도드리는 목소리를 여러 번 들었어. "하늘에 계신 우리 아버지……." 재닌 아줌마는 항상 기도에서 그리고 신과의 대화에서 위안을 찾았단다. 나에겐 글쓰기가 더 편했어. 글을 쓸 때는 대화를 하는 것처럼 느껴진단다. 그리고 가끔 내 생각을 글로 적을 때 신이 읽을 수 있는 것처럼 힘을 달라고 빌기도 했어.

하지만 기도로 마음에 평화가 찾아오는 그런 일은 내게 일어나지 않았어, 치카. 그거만큼은 인정하마. 난 왜 아이가 고통받아야 하는지, 왜 퀼른 병원에서 그렇게 많은 아이가 걷거나 말하기 위해 의사의 도움을 받아야 하는지 이해할 수 없었어. 그렇다고 해서 신에 대한 믿음을 잃었다는 뜻은 아니야. 하지만 내 믿음은 시험에 들었지. 네가 그렇게 좋아하는 『나니아 연대기』를 쓴 작가 C. S. 루이스가 이런 말을 한 적이 있어. 상자를 포장하기 위해 밧줄을 쓸 때는 그걸 믿기가 쉽다. 하지만 가파른 절벽 위에서 그 밧줄 위에 매달려 있을 때는 그걸 믿기가 절대 쉽지 않다고. 네 상태가 점점 나빠지면서 나는 점점 더 필사적으로 하느님께 매달렸고, 종종 하느님에게 화를 냈단다.

내가 믿음을 버리지 않은 이유는, 아마도 오래전에

앨버트 루이스라는 늙은 랍비가 한 말을 떠올렸기 때문인지도 모르겠구나. 그는 1950년대에 천식으로 네 살 난 딸을 잃었지.

나는 훌륭한 성직자인 그가 그것 때문에 하느님에게 화가 나진 않느냐고 물었단다.

"물론, 나는 격노했죠." 그가 말했어.

그런데도 왜 계속 신을 믿나요?

"왜냐하면, 그때 너무나 처참한 기분이었지만 내가 매달려 울 수 있는 대상이 있어서, 내가 왜 그러셨냐고 소리를 지를 수 있는 전능한 분이 계셔서 위로를 받았거든요. 그게 의지할 곳 하나 없는 것보다는 낫답니다."

그래서 나는 그 방법을 택했단다, 치카. 기도드릴 때면 나는 소리를 지르면서 항의했어. 나는 수도 없이 신에게 물었어. "왜 이런 일이 일어나게 놔두시는 겁니까?"

넌 절대 그렇게 묻지 않았지. 너의 믿음은 순수했으니까. 아이들은 종종 그렇지. 하지만 그렇다고 해서 네가 두렵지 않았던 건 아니었어. 어느 날 밤, 넌 좀처럼 잠을 이루지 못하더구나. 내가 네 침대 옆에 앉아서 무슨 문제가 있느냐고 물었지. 넌 한밤중에 악마가 널 잡으러 올까 봐 무섭다고 했어.

"무서워하지 마. 하느님이 지켜보고 계시니까 악마는 널 잡을 수 없어." 그렇게 나는 말했어.

넌 고개를 돌려버렸어.

"만약 하느님이 지켜보시지 않을 때 오면 어떡해요?"

6장

나

이 부분을 쓰면서 점점 깊게 몰입하다 보니 몸이 아프기 시작했다. 발이 따끔따끔 쑤시고, 손에 불쾌하게 땀이 찼다. 머리가 무겁고 살짝 어지럽기도 했다. 어느 날 아침 컴퓨터 자판 앞에 앉아 있을 때 몸이 떨리기 시작하고, 맥박이 정신없이 뛰면서, 이마에 땀이 맺히는 게 느껴졌다. 뺨도 마비된 느낌이 들었다. 이러다 기절하거나 혹은 그보다 더 나쁘게 뇌졸중을 일으키는 게 아닌지 걱정됐다.

그런 일이 몇 번 일어났다. 나는 의사들을 찾아가 여러 번 검사를 받아봤지만 다 깨끗했다. MRI. EKG. 혈액검사 등등. 의사들은 나에게 물을 더 많이 마시고, 카페인은 줄이고, 잠을 좀 자라고 했다. 내 척추와 엉덩이와 목이 대가를 치르고 있으니 이 글을 쓴다고 컴퓨터 앞에 너무 오래 앉아 있지 말라고. 하지만 나는 계속 몸이 안 좋았고, 가끔은 혈압이 너무 올라서 배심

원단을 기다리면서 전전긍긍하는 피고인이 된 것 같은 기분이었다.

재닌은 그런 내 증세를 자기만의 방식으로 진단했다. "당신은 거기 매일 앉아서 아주 힘들었던 때를 다시 떠올리고 있잖아. 그건 감정적으로 아주 힘든 일이야. 당신은 치카의 죽음으로 비통해하고 있어. 그러니 당신의 몸이 거기에 반응하지 않는다면 그게 더 놀라운 일이지."

"하지만 왜 지금이야? 난 치카의 죽음을 이미 받아들였는데, 안 그래?"

재닌은 내가 뭘 몰라도 한참 모른다는 표정으로 날 바라봤다.

"당신은 그 아이를 사랑했잖아, 미치."

그녀는 그 말만 했다.

그래서 이 마지막 부분을 말하기가 너무나 힘들다.

치카와 나, 우리 둘에겐 사랑에 대한 우리만의 의식이 있었다. 그게 언제부터 시작됐는지는 나도 모르겠다. 치카가 슬퍼 보이면 내가 치카 앞에 쓱 나타나서 말했다. "치카, 내가 널 얼마나 사랑하는지 오늘 말했니?"

그러면 앞으로 무슨 일이 펼쳐질 줄 아는 치카는 짐짓 부끄러워하는 척했다.

"아아니요." 치카가 대답했다.

"이만큼 사랑해!" 나는 대답했다. 그리고 두 팔을 번쩍 벌렸다. 매주 나는 점점 더 힘껏 팔을 뒤로 벌렸다. 치카가 그때마다 그 크기를 재고 있다는 걸 알고 있었으니까. 시간이 흐르면서 나는 두 팔을 등 뒤에까지 힘껏 뻗으면서 빙빙 돌아서 내 사랑의 크기를 보여줬다.

"이이이이이만큼." 나는 온 힘을 다 쥐어짜느라 떨리는 목소리로 말했다.

그러면 치카는 웃었다. 아주 만족스럽게. 내가 자기를 위해 한계를 넘어섰다는 걸 알고 있으니까. 내가 그러고 나면 치카는 항상 기분이 조금 더 좋아지곤 했다. 조금 더 침착해지고. 나도 그랬다.

난 아직도 치카가 처음으로 "사랑해요"라고 말했던 때를 기억한다. 그 말을 하기까지 시간이 좀 걸렸다. 치카는 나나 재닌이 사랑한다고 말하면 좋아하면서도 자기도 그렇다는 말은 쉽게 하지 않았다.

어느 날 밤, 치카가 우리와 같이 지낸 지 넉 달쯤 됐을 때 내가 공항에서 집으로 전화를 걸었다. 치카는 굉장히 신나 있었다. 재닌을 혼자 독차지하는 시간을 마음껏 즐기고 있었던 모양이다. 두 사람은 무슨 게임을 하고 있었다.

"오케이, 착하게 지내야 한다." 통화가 끝날 무렵 내가 말했다.

"그럴게요." 치카가 대답했다.

"사랑한다."

"나도 사랑해요!"

난 순간 눈을 깜박였고 물밀 듯 밀려오는 기쁨을 느꼈다. 재닌에게 소리치고 싶었다. 방금 그 말 들었어? 치카가 정말로 그렇게 말한 거야?

하지만 치카는 재닌과 놀기 위해 전화를 끊어버렸고, 나만 손에 쥔 핸드폰을 물끄러미 바라보고 있었다. 그래도 말할 수 없을 정도로 기분이 좋았다.

우리

"미치 아저씨?"

응?

"우리 독일에 세 번 갔었죠?"

그렇지.

"난 동물원에 갔었어요. 자물쇠가 많이 달린 다리도 보고."

치카는 쾰른에 있는, 라인강을 가로지르는 호헨촐레른 다리 이야기를 하고 있었다. 연인들은 영원히 변치 않겠다는 맹세의 상징인 '사랑의 자물쇠'에 페인트를 칠한 후 다리의 철조망 벽에 매달았다. 이제 거기에 4만 개가 넘는 자물쇠들이 달려 있었다. 점점 늘어나는 그 무게가 이제 문제가 되고 있다고 한다. 보아하니 사랑은 때로 너무 무거울 수도 있나 보다.

"우린 왜 거기 다시 돌아가지 않아요?"

독일에?

"응."

우린 그럴 수 없어.

"아저씨 말은 내가 갈 수 없다는 뜻이겠죠." 치카가 말했다.

나는 머뭇거렸다.

그래, 내가 대답했다.

"나도 알아요." 치카는 얼굴을 찡그렸다.

치카는 방을 걸어가다가 책장 앞에 멈춰 서서 거기 꽂힌 책들을 살펴봤다.

밖은 겨울이라 추웠고, 오늘 아침에 나타난 치카는 사무실 문에서 날 향해 달려왔다. 하지만 카펫 위를 달리는 그녀의 발에선 아무 소리도 나지 않았다. 나는 치카가 재주 넘기를 하기 몇 발짝 전에 치카를 처음 봤고, 그때 치카가 엉덩방아를 찧으며 외쳤다. "아야!"

지금 치카를 보면서 생전에 같이 있을 때 내가 치카의 걸음걸이를 얼마나 유심히 지켜봤는지 깨달았다. 치카의 왼쪽 눈과 입처럼 그것은 치카의 병이 어느 정도 진전되거나 나아졌는지 나타내는 지표와 같았다. 처음 치카가 우리 집에 왔을 때는 뻣뻣하게 걷다가, 수술을 받고 스테로이드를 맞은 후에는 비틀비틀 걸었다. 방사선 치료를 받은 후엔 거의 정상으로 돌아왔다가 몸이 점점 안 좋아지면서 다시 나빠졌다.

한번은 독일로 치료를 받으러 왔다 갔다 하는 중간에 치카가 계속 약을 먹어야 하는 게 화가 나서 발을 쿵쿵 구르며 우리에게서 벗어나려고 하는 모습을 봤다. 치카가 소리를 질렀다. "약 먹기 싫어!" 그러더니 다리에 힘이 풀려버렸다. 치카는 휘청거리며 바닥으로 쓰러졌다. 난 치카를 도와주고 싶었지만, 치카는 날 밀어버리고 기어서 침실로 가는 계단으로 갔다. 그렇게 계단 하나를 올라갔다가 미끄러졌지만, 다시 계단을 잡고 기어서 올라갔다. 치카는 DIPG와 싸우는 동안 많은 것을 포기했다. 하지만 싸우려는 의지는 절대 포기하지 않았다.

"이것 봐요! 미치 아저씨!" 치카가 지금 말하고 있었다.

나는 고개를 들었다. 치카는 노란 종이를 들고 있다가 다음 항목을 가리켰다.

"이건 재닌 아줌마에 관한 건가요?"

여섯 번째 교훈

부부가 가족이 될 때

음, 그렇단다, 치카. 재닌 이야기를 훨씬 전에 써야 했는데. 하지만 네가 뜻밖의 경이로운 존재였던 것처럼 내 아내도 그렇다는 사실을 나는 뒤늦게 알게 됐단다.

우리와 같이 보낸 첫 추수감사절 아침이 기억나니? 재닌 아줌마와 내가 침대에서 이야기하고 있을 때 네가 일어나서 우리 옆으로 기어 왔단다.

"오늘 일해요, 미치 아저씨?"

"오늘은 아니야."

"오늘 책 쓸 거예요?"

"오늘은 아니야."

"아저씨 오늘 어디 가야 해요?"

"아니, 너랑 같이 여기 있을 거야."

넌 고개를 돌렸다.

"내가 너랑 같이 집에 있는 게 싫어?" 내가 물었지.

"네……."

"하지만."

"아저씨 일하러 가거나 뭐 하러 갈 거 없어요?"

재닌 아줌마는 웃음을 터트렸다. 네가 아줌마 품에 쏙 파고 들어와서 누워 있고 싶어서 날 치워버리려고 하는 걸 알고 있었던 거지.

그때 나를 속상하게 하지 않으려고 애를 썼던 네가 아주 대견했단다. 하지만 내가 커피를 끓이려고 일어섰을 때 돌아보자 너와 아줌마 둘이 벌써 꼭 껴안고, 이불을 덮고 있는 모습이 보였지. 그때 뭔가 아주 크고 따뜻하고 만족스러운 느낌이 들었단다. 재닌 아줌마와 너는 너무나 자연스럽게 돈독한 관계를 맺었고 언제부터 그랬는지 기억도 나지 않았다. 하지만 그것이 재닌 아줌마를 바꿔놨지.

우리 둘도.

네가 미국에 오기 전에 나는 계속 재닌 아줌마에게 네 상태를 알려줬다. 치카가 도움이 필요할지도 몰라. 치카가 수술을 받아야 할지도 몰라. 치카가 우리와 같이 지내야 할지도 몰라. 그때 내가 재닌 아줌마에게 그래도 되느냐고 단 한 번도 묻지 않았다는 사실을 이제야 깨달았어. 아줌마는 그렇게 허락을 받아야 한다는 느낌을 전혀 주지 않았고.

그런데 그건 결코 사소한 일이 아니야. 여긴 내 집이기도 하지만 재닌 아줌마의 집이기도 하니까. 하지만 네가 우리 집에 도착한 바로 그 순간, 아줌마는 두 팔 벌려 너를 안았지. 그리고 너는 아줌마 품에서 나는 결코 줄 수 없는 뭔가를 찾아냈어.

널 씻긴 사람도 재닌 아줌마였고, 네 옷을 입혀준 사람도 재닌 아줌마였다. 너의 메리 제인 구두를 골라준 사람도 아줌마였고, 그 구두의 걸쇠를 채워준 사람도 아줌마였어. 네 머리에 핀을 꽂아준 사람도 아줌마였고, 넌 아줌마 손을 잡고 샤워실로 가면서 내게 소리를 질렀지. "아저씨는 절대 오면 안 돼요!" 어느 날 갑자기 네가 물었지. "내가 결혼식에서 웨딩드레스를 입고 있는데, 화장실에 가야 한다면 누가 나를 도와줄까요?" 그때 재닌 아줌마가 말했지. "내가 도와주지."

앉아서 너와 무지개에 색칠을 같이 한 사람도 재닌 아줌마였고, 영양제들을 섞어서 셰이크를 만들어 마시게 한 사람도 아줌마였어. 네가 침대에 오줌을 싸고 너무 창피해서 내게 말할 수 없었을 때 널 달래준 사람도 재닌 아줌마였지. 너에게 성경 구절을 읽어주고 네 숙제를 봐주고 네가 병원에서 잔 첫날 병실에서 같이 잔 사람도 재닌 아줌마였어. 넌 재닌 아줌마의 길고 검은 머리를 빗긴 후에 네 머리카락과 비교해보면서 소리를 지르길 좋아했지. "이것 봐요, 미치 아저씨! 우리 둘이 머리카락이 똑같아요!"

네가 그럴 때마다 재닌 아줌마는 웃으며 널 꼭 안았어. 난 재닌 아줌마와 신혼 초에 아이를 가지는 문제에 대해 내가 얼마나 어리석게 굴었는지 다시 깨달았단다. 남자들은 종종 결혼해서 아이를 갖게 되면 아내가 자식들에게 집중하느라 둘의 관계가 차로 아이들 실어 나르기, 집안일과 빨래로 끝나게 될까 봐 두려워한단다. 그런 마음은 사실 상당히 유치한 동기가 있어. 아내의 관심을 아이들에게 뺏기기 싫은 거지.

하지만 너와 재닌 아줌마가 같이 있는 모습을 보면서 나는 그 어느 때보다 충만감을 느꼈어. 오랜 세월 배우자와 같이 살면 그 사람을 잘 알 거라고 너는 생각할 거야. 나도 내가 재닌 아줌마를 아주 잘 알고 있다고 생각했어. 나는 재닌 아줌마의 기분도 잘 알고, 뭐에 감동하는지도 알고, 그녀의 목소리와 표정도 잘 알고 있었지. 그녀가 낯선 사람들에게 따뜻하게 대하고 가족을 열렬히 사랑한다는 사실도 알고 있었고. 그리고 재치가 넘치는 데다 노래를 기가 막히게 잘 부르지만 수줍어서 제 실력을 잘 선보이지 않는 면도 알고 있었어. 난 재닌 아줌마가 신선한 빵, 오징어, 비틀스, 찬송가 부르기를 좋아한다는 걸 알고 있었어. 그리고 사랑하는 사람들을 집에 잔뜩 불러서 재우는 것도 좋아했지. 아줌마는 종종 관절통이 있었지만, 묵묵히 참아낸다는 사실도 알고 있었어. 텔레마케터들이 거는 전화도 잘 끊지 못하고, 사랑하는 언니 데비의 죽음 때문에 너무나 슬퍼한 것도 알지. 그녀와 알고 지내던 사람들이 그녀에게 어떤 해를 끼쳤더라도 두 번째, 세 번째 기회를 주는 것도 알고 있었어.

그리고 내게 분에 넘치는 사랑을 주고, 언제든 갈등이 발생하면 내 편을 들고, 27년 동안 같이 살고 있지만 내가 전화하면 여전히 설레는 목소리로 전화를 받는 것도 알고 있었지.

하지만 치카, 너라는 존재가 우리 부부에게 뭔가 새로운 발견을 일으킨 것 같아. 물론 우리보다 훨씬 일찍 그걸 발견한 부부들도 많았겠지만. 그건 비유하자면 아주 익숙한 캔버스에 누군가 새로운 색을 끼얹은 것과 같아. 재닌 아줌마가 네게 옷을 입히고, 씻기고, 보살피고, 너에게 노래를 불러주는 모습을 보면서 나는 내가 결혼한 이 여인의 진가를 전보다 더 절실하게 깨닫게 됐단다. 그리고 거기에 햇빛이 비치길 몇십 년 동안 기다렸던 싹처럼 그녀의 육아 본능이 아주 쉽게 전면에 나서는 모습을 보면서 감동했어.

그 첫 추수감사절에 넌 예쁘게 차려입고 싶어 했지.

그래서 재닌 아줌마는 너에게 반짝이는 파란색 튀튀[*]와 검은 스웨터를 입히고 커다란 분홍색 꽃이 달린 머리띠를 씌워줬지. 네가 목걸이를 해도 되냐고 물어보자 아줌마가 너에게 두 개를 줬어. 넌 거울을 보며 자신의 모습에 너무나 뿌듯해했지. 패션을 좋아하는 네 성향이 어디서 왔는지 모르겠구나, 치카. 하지만 넌 종종 재닌 아줌마가 옷 입는 모습을 지켜봤고, 어떤 면에선 재닌 아줌마처럼 되고 싶었던 게 아닌가 하는 생각도 들더구나.

그날 밤, 우리는 식탁에 앉은 새로운 사람들을 위해 건배했단다. 재닌 아줌마는 너와 같이 이 명절을 보내게 돼서 얼마나 감사한지 모르겠다고 말했어. 셀 수 없이 많은 추수감사절을 보낸 후 처음으로 우리는 단순한 부부가 아닌 가족처럼 느꼈단다. 그게 재닌 아줌마에게 얼마나 큰 의미가 있는지 난 알고 있어.

하지만 독일에 두 번 다녀온 후 네가 우리와 같이 맞은 두 번째 추수감사절엔 상황이 아주 많이 달라졌지. 너의 말은 느려졌고, 네 눈은 심각하게 처졌어. 넌 다른 아이들과 달리거나 놀 수 없었지. 음식을 먹는 것

---

* 발레를 할 때 입는, 주름이 많이 잡힌 스커트.

도 아주 힘들었고. 가끔 침을 흘리기도 했어. 에이단이 집 안을 뛰어다니는 다른 사촌들에게 더 관심이 있어 보였던 게 너로선 최악이었겠지. 우리가 너희 둘을 나란히 앉혀 놓고 식사를 하게 했을 때 넌 별말이 없었어. 어쩌면 에이단의 시선을 의식하고 있었는지도 몰라. 식사가 끝나자 에이단은 놀러 가버렸지.

재닌 아줌마와 나는 네 상처받은 눈빛을 보았단다. 소파에 앉아서 네가 우리에게 물었지. "왜 에이단은 날 사랑하지 않아요?" 난 당장 에이단의 목덜미를 끌고 와서 그날 밤 내내 네 옆에 앉아 있게 하고 싶었어. 하지만 재닌 아줌마는 좀 더 다정하게 대답했지. 그녀는 너에게 걱정하지 말라고, 다 시간이 지나면 잘될 거라고, 너는 아주 예쁘고, 아줌마는 네가 아주 자랑스럽다고 말했어. 남편으로서 아내가 그보다 더 자랑스러웠던 적은 없었단다.

네가 재닌 아줌마를 "엄마"라고 부르고 싶어했던 때도 몇 번 있었지. 넌 잘 몰랐겠지만 재닌 아줌마는 크게 감동했어. 하지만 아줌마의 본심은 알 수 없었어도 아줌마는 항상 너에게 친엄마가 누군지 일깨워줬고, 엄마에 대한 정보를 찾아서 너에게 알려주려고 노력했지.

어느 날 밤, 너는 영화 〈팬〉을 보고 있었는데 거기서 피터 팬이 헤어진 엄마의 환상을 보는 장면이 나왔어. 영화가 끝났을 때 네가 엄마를 다시 만날 수 있느냐고 물었지.

"그럼, 아가. 천국에서 만나게 될 거야." 재닌 아줌마가 대답했어.

"하지만 엄마가 날 어떻게 알아볼까요?"

"엄마들은 절대 자기 아기들을 잊지 않아."

너는 고개를 푹 숙였어. "하지만 내가 엄마를 어떻게 알아보죠?"

우린 네 기억이 그리 먼 과거까지 미치지 못한다는 사실을 깨달았단다. 사실 넌 너의 엄마나 대모와 같이 지냈던 시간보다 우리와 — 보육원에서 그리고 그다음엔 미국에서 — 같이 지낸 시간이 훨씬 더 길었으니까. 그걸 이유로 재닌 아줌마를 너의 엄마라고 불러도 된다고 주장할 사람들도 있을지 모르겠구나. 하지만 재닌 아줌마는 호칭에 상관없이 오직 널 사랑하고, 보호하고, 네가 우리의 작은 우주를 빛내기 전에 어떤 사람이었는지 일깨우는 걸 포함해서 이 세상의 모든 경이로움을 알게 하는 데만 관심이 있었단다.

네가 결혼에 대해 자주 공상에 잠겼던 거 기억나니, 치카? 흠, 사람들은 결혼하면 부부로서 사랑하게 된다. 하지만 아이들이 태어나면 또 다른 사랑이 찾아와. 새로 태어난 아기들을 위한 사랑뿐만 아니라, 그들이 만들어낸 새로운 무리, 즉 가족을 위한 사랑 말이야. 그건 부부의 사랑보다 나은 게 아니라 그걸 보완해주고, 상대에 대해 느끼는 고마움이 새로워지고, 전보다 더 넓은 마음으로 강하게 다져주는 사랑이야.

난 요즘 그때 재닌 아줌마가 하루에 세 번씩 매일 너의 PICC 라인을 닦던 모습을 떠올려본단다. 아줌마는 천천히 그리고 아주 신중하게 어느 한 곳도 감염되지 않도록 알코올 솜으로 철저하게 닦았지. 난 아줌마가 널 목욕시키고, 화장실에 데려가서 뒤처리를 도와주고, 옷을 입히고 벗겼던 그 모든 일을 생각해보곤 한단다. 너와 아줌마 둘이서 이불 속에서 같이 누워서 장난쳤던 아침들, 아줌마의 무릎에 앉아 네가 봤던 영화들, 네가 아줌마의 머리를 빗길 수 있게 허락했던 때들, 혹은 아줌마의 귀걸이를 차게 허락하거나 네가 막 찾아낸 새로운 발견을 보여주기 위해 아줌마의 손을 이끌고 가서 이렇게 말했던 때를 생각하지. "재닌 아줌마! 이것 좀 보세요!" 네가 잠든 지 오랜 시간이 지난 후 아줌마가 네 옆에 앉아서, 기적이 일어나길 기도한 후에, 눈물이 가득 고인 눈으로 날 보며 속삭이던 때를 떠올린단다. "우린 이 아이를 잃을 수 없어, 미치. 절대 그럴 수 없어."

엄마 말고도 다른 호칭이 있을지도 모르지만, 그건 내가 알기에 다 엄마가 하는 일이었어. 그리고 재닌의 그런 모습을 보는 건 나로서는 희귀하고도 소중한 선물과 같았단다. 네가 그걸 나에게 보여준 거야, 치카. 그래서 이것이 목록에 올라와 있단다.

어느 날 오후 침실에서 치카가 부르는 노랫소리가 들렸다. 재닌은 그 소리에 카메라를 들었다. 그것은 〈더는 노예가 아니네〉라는 찬송가로, 아이티의 보육원 아이들이 기도할 때 부르는 노래였다. 치카는 노란색 티셔츠와 파자마 바지를 입고 침대에 앉아서 열창하고 있었다.

대개 어른이 방에 들어오면 아이들은 노래를 부르다가도 멈춘다. 특히 그 어른이 자기를 촬영하고 있다면 더 그렇다. 하지만 재닌이 방에 들어왔을 때 치카는 멈추지 않았다. 치카의 눈은 몽롱해 보였고, 뭔가 보이지 않는 존재와 영적 교감을 하는 것처럼 보였다.

"나는 이제 두려움의 노예가 아니야
나는 하느님의 아이야."

치카는 8분 동안 그 노래를 불렀다. 한 번도 쉬지 않고. 카메라가 바로 자기 앞에 있었는데도. 마침내 노래가 끝났을 때 치카는 누워서 눈을 감았다.

재닌이 깜짝 놀라서 방에서 나왔다.

"치카가 혼자 내내 그 노래를 부르고 있었어?" 내가 물었다.

"혼자서 부른 게 아니야. 치카는 하느님에게 이야기하고 있었어." 재닌이 대답했다.

너

12월 초 독일로 간 우리의 마지막 여행은 조금은 집에 돌아오는 기분이기도 했단다. 쾰른에 있는 같은 아파트, 전과 똑같이 재미있는 이탈리아 집주인 아주머니, 똑같은 19개의 계단, 똑같이 휠체어를 타고 시장과 광장과 병원에 다니는 나날. 그리고 너, 치카는 추수감사절에 모인 사람들에게서 벗어나 다시 우리 둘의 관심을 독차지해서 행복해했지.

하지만 날씨가 전에 왔을 때보다 추워져서 우리는 널 담요로 단단히 싸야 했어. 네 말은 눈에 띄게 느려졌고 네 상반신은 앞뒤로 흔들거려서 마치 리듬에 맞춰 춤을 추듯 몸을 흔드는 것처럼 보였지만 사실 너는 서서히 운동 제어 능력을 잃어가고 있었지. 밥을 먹을 때 너는 나이프를 잡고 힘을 주느라 애를 먹었고 컵을 떨어뜨리지 않기 위해 빨대로 음료를 마셔야 했어. 크리스마스 시장에서 나는 네가 손가락들을 찬찬히 살펴보면서 한 번에 하나씩 꼼지락거려 보려고 안간힘을 쓰는 모습을 보았어.

그것 말고도 불길한 징후들이 또 있었지. 네가 병원에서 만나 친해진 어린 소녀 하나가 다시는 병원으로 돌아오지 못했어. 그 아이의 암이 커진 데다 두 번째 암이 생겼거든. 한번은 네가 아이패드로 영화를 보고 있는 동안 반 굴 박사가 재닌 아줌마와 나에게 최근에 한 연구 통계들을 보여줬단다. 검은 선들과 초록 선들로 이뤄진 그래프들이었는데, 초록색은 가장 최근에 들어온 환자들을 가리키는 것이었어. 그의 목표는 초록색 선이 곡선으로 나아가다 검은 선 위에서 평평해져서 면역 치료와 DIPG 치료 사이에 휴전이 성립됐음을 보여주는 거라고 했지.

그 검은 선이 거의 끝나가는 부분에 붉은 표시들이 한 줄로 이어진 게 보였단다.

"저 X자들은 뭔가요?" 내가 물었어.

재닌 아줌마가 내 팔을 살짝 만지더구나.

"저건 가위표들이잖아. 환자들이 죽었다고." 그녀가 속삭였단다.

그날 밤, 그 아파트의 좁은 부엌에서 우리가 동요를 틀어놓는 동안 넌 색칠을 하려고 애를 썼어. 넌 색칠을 하면서 노래를 따라 부르려고 했어. 그리고 동요에 대한 애정이 되살아나는 것처럼 보였어. 아마 그게 훨씬 더 기억하기 쉬우니까 그랬을 테지. 넌 〈작은 별〉을 굉장히 좋아했단다.

한번은 우리가 차 뒷좌석에 같이 타고 그 노래를 같이 불렀어. 그러다 너 혼자 끝부분을 부르려고 내 입을 손으로 가렸던 생각이 나는구나. 네가 노래를 다 불렀을 때 내가 물어봤지. "치카, 너 별에 기도할 수 있는 거 알고 있었니?"

"그래요?"

"저 별에 대고 '소원을 빌고 싶어요. 제 소원이 이루어지게 도와주세요'라고 말하면 돼."

"혹은 별이 우리에게 오게 만들 수도 있죠." 네가 조용히 말했지.

"우리에게?" 내가 다시 물었단다.

"선물처럼."

"네 말은 저 별을 하늘에서 끌어내자고?"

"네."

"저 별이 우리 집 현관문을 노크하면서 '안녕하세요?'라고 하게?"

"아니요오오오…… 별들은 말을 못 해요."

난 그때 그렇지 않다고 말해야 했어, 치카. 별들은 말을 할 수 있다고. 그때 별이 하는 말을 듣고 있었거든. 대신 이렇게 중얼거렸다. "그것참 좋은 생각 같구나." 그러자 넌 내 가슴에 머리를 기댔고, 나는 네 머리카락에 키스했지. 그때 네 뺨과 코와 눈을 바라보면서 아주 오랫동안 그 순간에 머물고 싶었단다. 우리 어른들은 가련한 인간들이란다, 치카. 하지만 아이의 얼굴을 볼 때마다 신이 우리를 포기하지 않았다는 걸 알게 되지. 네가 바로 그 증거란다.

독일에서 집에 돌아왔을 때 뭔가 심상치 않은 일이 일어난 게 분명했어. 네 움직임이 느려졌고, 차에서 토를 했거든. 눈에도 초점이 없었지. 처음엔 힘 있게 말하다가도 말이 끝날 즈음엔 목소리가 한없이 작아졌어.

우리는 널 모트 병원으로 데려갔고 거기서 MRI 검사를 했어. 최악의 가능성이 현실이 되었어. 암이 "상당히 진행"됐다는 말을 들었거든. 난 그 "진행"이란 말의 의미가 이제 우리에게 얼마나 달라져버렸는지 생각했단다. 원래는 긍정적인 의미였던 말이 이제는 그렇지 않게 돼버렸구나. 크리스마스가 일주일 앞으로 다가오자, 재닌 아줌마는 트리를 세웠고, 사람들이 벌써 너에게 주는 선물을 트리 밑에 놔두기 시작했지. 가끔 네가 바닥에 앉아 트리 장식들을 보고 있는 모습을 봤단다. 하지만 아무 말도 하지 않아서 내가 뭘 보고 있냐고 물으면 넌 날 한참 보다가 마치 눈보라 속에서 날 찾으려는 것처럼 눈을 깜박이며 그것으로 대답을 대신했어.

우리

"오케이, 인제 그만 갈게요."

왜, 치카?

"아저씨가 슬퍼질 거니까."

그게 나쁜 거야?

"나쁜 건 아닌데, 그냥……."

치카는 다시 손가락으로 자신의 뺨을 톡톡 쳤다.

"재미없어요."

넌 그냥 재미만 있으면 좋겠어?

치카는 두 손을 내보이며 말했다. "그럼요! 난 아이라고요!"

치카는 아이란 말을 "아"와 "이" 이렇게 두 음절로 끊어서 말했다. 거기다 대고 뭐라고 대꾸해야 할지 알 수 없었다.

"아저씨의 슬픔이 끝나면 돌아올게요." 치카가 말했다.

잠깐만! 내가 소리를 질렀다.

치카는 호기심이 어린 표정으로 날 바라봤다.

어디로 가는 거니? 여기 없을 때 말이야. 넌 어디로 가니? 내게 말해줄 수 있어? 거기가 어떤지 말해줄 수 있니?

치카는 고개를 숙였다.

"아저씨는 거기가 어떤지 내게 말해줄 수 있어요?" 치카가 말했다.

이건 치카가 어떻게 대답해야 할지 모를 때 종종 하던 말이었다. 자신 있는 척 허세를 부리면서. 뮤지컬에 나오는 노래를 부르다가 중간에 멈췄던 때처럼. 재닌이 물었다. "나머지 가사는 모르니, 치카?"

"알아요. 하지만 아줌마는 모르잖아요." 치카는 사랑스럽게 속삭였다.

아니, 난 거기가 어떤지 너에게 말해줄 수 없어. 난 대답했다. 난 네가 행복하고 평화로우며 신과 함께 영원히 어린아이로 있다고 믿고 싶어. 넌 거기서 놀고 웃고 몸의 모든 부위를 자유롭게 움직일 수 있다고. 그러고 있니? 네가 여기 없을 때 지내는 곳에선 그러고 있어?

치카는 까치발로 섰다.

"아저씨는 왜 기분이 안 좋아요?"

그게 무슨 뜻이니?

"아저씨는 많이 아프잖아요."

나도 모르겠다, 난 대답했다. 의사들도 답을 찾을 수 없더구나.

"그렇게 아픈 거 말고요."

치카는 내 손에 자신의 손을 올려놨다. 입고 있는 티셔츠에 아이스크림이 그려져 있었다.

제발 여기 있어줘, 난 속삭였다.

"인생은 힘든 거라네[*]!" 치카는 노래를 불렀다.

그리고 사라져버렸다.

---

* 뮤지컬 〈애니〉에 나온 노래.

7장

너

독일에서 보냈던 그 밤 기억나니? 우리 모두 한 침대에 같이 누워 있었는데 네가 재닌 아줌마에게 말했지. "비밀 하나 말해줄까요?" 그러자 재닌 아줌마가 말했지. "뭔데?" 그러자 네가 속삭였어. "미치 아저씨에게 키스해요." 그래서 네가 우리 사이에 누워 있는 동안 우리는 키스했지. 그러자 네가 말했어. "이제 두 사람은 영원히 행복하게 살 수 있어요."

그랬다면 얼마나 좋겠니.

나는 7장에 다다르고 싶지 않았단다, 치카. 그냥 가장 똑똑한 여섯 살에 영원히 머무르고 싶었던 A. A. 밀른의 시처럼 6장에서 멈추고 싶었어. 넌 여섯 살에 좋았지. 여섯 살 때 너는 인생에서 가장 즐거운 순간을 보냈어. 그리고 가장 큰 모험을 여러 번 했고. 우리가 마지막으로 쾰른에 갔을 때 넌 아직 여섯 살이었지. 그때 보도에 앉아 있는 한 나이 많은 노숙자 여성 옆을 네가 탄 휠체어를 밀고 지나갔던 기억이 나는구나. 넌 저 할머니가 뭘 하고 있느냐고 물었지. 그녀는 도움이 필요하니 우리가 돈을 줘야겠다고 난 대답했어. 그래서 내가 건네준 지폐를 네가 흔들리는 손에 쥐고 흔들거리는 몸을 그녀에게 기울였어. "안녕하세요." 네가 중얼거리자 그녀가 미소를 지었지. 널 보는 사람마다 항상 그러는 것처럼 말이야. 그때 난 생각했어. '좋아요, 하느님. 우린 여기서 멈출 수 있어요. 우린 이걸 받아들일 수 있어요. 설사 치카가 남은 생 내내 휠체어에서 보낸다 해도, 치카의 몸이 흔들거리고 말을 똑바로 하지 못한다 해도. 제발, 여기서 멈춰주신다면 우리는 감사할 겁니다.'

하지만 멈출 곳을 정하는 건 우리가 아니었지.

분명히 말해두는데 네 전쟁이 끝나갈 무렵, 우리가 시도했던 치료법들은 아주 방대하고 다양했단다. 우린 모든 방법을 다 써봤어. 모트 병원에서 아바스틴 주입을 다시 했고, 전 세계에 있는 다양한 의사들의 제안에 따라(인터넷 덕분에) 페리릴 알코올이라는 요법도 시도해봤지. 그건 네가 분무기를 통해 먼저 숨을 들이마시고, 나중엔 너의 PICC 라인을 통해 들어온 밸프로산을 들이마시는 거야. 우리는 또 네 암에서 일어난 변이와 비슷한 것으로 대형 제약회사에서 만든 PMK 억제제라는 것도 써봤어. 그게 원래 그런 용도로 쓰려고 만든 건 아니지만 이론적으로는 효과가 있을지도 모른다고 그랬거든.

이 중 어느 하나라도, 혹은 오랜 시간에 걸친 논쟁, 연구, 전화 통화들, 이런 치료법들을 구하기 위해 필사적으로 혹은 노골적으로 했던 애원들이 너에게 무슨 의미가 있었는지 모르겠구나. 이런 치료법들은 종종 실행하기도 아주 힘든 데다 전통적인 치료제에 반하는 것이었지. 우린 이 모든 일을 너에게 숨겼고, 그게 옳은 선택이라고 믿었어. 그래도 우리가 노력했다는 것만큼은 네가 알아주길 원했어.

이 7장을 쓰면서 병원에서 제공한 네 의료 기록 파일을 읽어보았단다. 2016년 12월의 기록이 보이더구나.

환자의 신경 상태는 몹시 악화되어 특유의 생기가 넘치는 말투도 눈에 띄게 사라지고 말수 자체가 극도로 줄어들었다. MRI 검사 결과 우리의 짐작이 맞는 것으로 입증됐다.

그런데도 환자의 보호자들은 계속 적극적으로 치료하길 원하고…….

그런데도. 그 말이 눈에 띄었어. 넌 그때 19개월 넘게 살아 있었지. 의사들은 네가 4개월을 넘기지 못할 거라고 했는데. 그래놓고 의사들이 한 말이 그런데도였다니. 그것이 바로 재닌 아줌마와 내가 의학 세계와 싸울 때 느꼈던 좌절감을 잘 표현해준 말이란다. 의사들에겐 아무리 네가 강하더라도 넌 그저 많은 환자 중 하나일 뿐이고, 반면 우리에게 넌 하나밖에 없는 아이였으니까.

또 다른 면에서 보면 그런데도는 완벽한 표현이기도 해. 그건 '그 어떤 반대에도 불구하고'라는 뜻이니까. 그리고 우리의 여정은 처음부터 무수한 반대라는 장애물에 부딪혔어. 우리가 아이티에서 널 만났을 가능성은 없었지. 우리가 널 맡을 가능성은 없었어. 우린 너무 나이가 많았고, 넌 너무 어렸으니까. 그 암 때문에 넌 원래 얼마 못 살 거라고 했지. 우린 그 사실을 받아들여야 했고.

그런데도 넌 여기에 있어.

그런데도, 우리도 여기에 있고.

나

지금 보육원이 어떤지 네가 알고 있을지 궁금하구나, 치카. 넌 볼 수 있니? 네가 나에게 종종 들르는 것처럼 거기도 들르니?

네가 한때 집이라고 불렀던 그 작은 여자아이들의 방에서 지금은 새로 들어온 아이 네 명이 자는 거 알고 있니? 전에 널 가르치셨던 그 멋진 아나케미 선생님이 아들을 낳은 걸 알고 있니? 우리 보육원에서 좀 큰 아이들이 지나 양과 같이 토요일 아침에 병원에 가서 조산한 갓난아기들을 안아주는 봉사를 하는 거 아니?

우리가 학교 바로 옆에 채소를 심을 수 있는 정원을 만든 거 보이니? 거기다 케일과 콩과 시금치를 키우고 있단다. 그 주위에 철조망을 둘러놨는데, 어느 날 아이 하나가 무심코 그 속으로 달려가서 부숴놓은 거 보이니? 우리의 그 작은 음악실에 이제는 드럼 세트와 기타 여러 대와 작은 키보드도 생긴 거 보이니?

우리의 두 번째 아이티 이사인 요넬 씨가 일요일에 예배당에서 너를 위해 드리는 기도 소리가 들리니? 보육원 오빠들이었던 시암과 엠마누엘이 지금은 장학금을 받아서 미국 대학교에 다니는 거 아니? 그 오빠들이 기숙사에 와서 얼마 안 되는 소지품이 든 짐을 풀었을 때 네 사진을 꺼내 책상 위에 올려놓은 거 아니?

엠마누엘이 의사가 되려고 공부하고 있는 거 아니? 너에게 그런 일이 일어난 후 아이들을 돕고 싶어서 의사가 되려고 한다는 것도 아니? 네가 세상을 떠난 후에도 네가 아직도 이 세상에 미치는 영향을 볼 수 있니? 그건 우리의 삶이 끝났을 때도 받을 수 있는 축복이 아닐까?

아니면, 그건 그저 지상에 남은 우리가 간직한 간절하고도 필사적인 희망에 지나지 않는 걸까? 마치 우리가 너에게 치료제를 찾아줄 수 있을 거로 생각했던 희망, 영원히 우리 손이 미치지 못하는 곳에 있었던 그걸 찾으려 했던 그 희망과 같은 걸까?

너

너의 마지막 크리스마스는 조용했지. 우린 크리스마스이브에 매년 열리는 가족 모임에 널 데려갔지만, 다른 아이들이 음식을 먹고 선물을 여는 동안 넌 지켜보기만 했어. 이제 우리는 너에게 부드러운 음식을 먹여주고 있었지. 네가 수저나 포크를 잡을 힘이 없고, 삼키기도 쉽지 않았거든.

다음 날 아침, 우리는 집에서 우리끼리 명절을 보냈지. 우리 셋이서만. 크리스마스를 기념해서 재닌 아줌마가 너에게 빨간 스웨터를 입혔고, 넌 우리 무릎에 앉아서 선물을 풀었어. 넌 포장지를 벗기고, 선물 하나하나를 다 풀어보겠다고 굳게 결심했지. 네 팔이 마음대로 움직여주지 않는데도 말이야. 포장지가 벗겨질 때면 넌 뭘까, 중얼거렸지. 그러면 난 새 장난감을 들어서 네가 고개를 끄덕일 때까지 설명해줬지.

그러느라 오전이 거의 다 갔어. 네가 기뻐서 꺄 소리

를 지르거나 환호하는 소리도 없었고, 장난감들을 조립해보려고 달려가지도 않았고, 팬케이크나 달걀이나 아몬드 버터가 든 토스트를 굽지도 않았지. 넌 이제 그런 음식을 먹을 수 없었으니까.

하지만 아이가 없는 크리스마스에 대해 내가 했던 말 기억나니? 우리 생애 처음으로 이번에는 그렇지 않았단다, 치카. 그리고 네 생애 처음으로 너는 명절 내내 아빠와 엄마 같은 사람들을 독차지하고 있을 수 있었어. 그날 오후 너랑 같이 테이블 앞에 앉아 있던 재닌이 울기 시작했어. 넌 떨리는 손으로 티슈를 집어서 부드럽게 아줌마의 눈물을 닦아줬지. 그리고 넌 우리 두 사람의 얼굴을 밀어붙여서 우리 둘이 키스하게 했어.

이 시기에 나는 우리가 널 너무 힘들게 밀어붙이고 있는 게 아닌가 하는 생각이 들 때가 몇 번 있었단다. 네가 받는 치료들이 네 그 소중하고 작은 몸을 소진하게 하는 건 아닌지. 네가 참아낸 그 모든 것들. 부작용들. 넌 종종 너무나 지쳐 보였어.

하지만 그 크리스마스 아침에 널 품에 안고 네가 빨간 양말 속에 있는 선물을 풀면서, 네가 또 하루를—특히 이 특별한 날을—살아냈구나, 하는 느낌은 아주 충만하고 사랑스러웠어. 마치 가족이 같이 보낼 수 있는 모든 순간을 소중히 간직하려고 노력하는 것처럼 느껴지기도 했고. 가끔은 가족이 할 수 있는 게 그게 다일 때도 있고.

2주 후에 우리는 네 일곱 번째 생일을 축하했단다. 이 행사에 모든 사람이 참석했어. 정말 모든 사람이. 우리 형제자매들, 조카들, 조카들의 자식들, 40대, 50대, 60대인 너의 모든 '친구들', 그리고 네가 피리 부는 사람처럼 끌어들인 병원에서 만난 간호사와 음악가들까지 몽땅 다. 네가 얼마나 사람들을 많이 모았는지 아니? 생일 파티는 우리 집에서 열었고, 우리는 네가 좋아하는 노란색 벨 드레스를 입혔단다. 재닌 아줌마와 친구들 몇 명이 네가 탄 휠체어를 밀고 거실로 들어왔을 때 나는 피아노로 〈생일 축하합니다〉 노래를 연주했고 거기에 맞춰 사람들은 노래했어.

우리는 네 생일 파티에 신데렐라와 잠자는 미녀 옷을 입은 '공주' 두 명이 참석하도록 준비했지. 그 공주들이 방에 들어왔을 때 네 머리가 아무리 무겁게 느껴졌다 해도 순간 네 얼굴이 환하게 빛나더구나. 그 공주들은 게임을 하고 선물들을 나눠주고 대형 휴대용 카세트 라디오에서 흘러나오는 반주에 맞춰 노래했지. 그들이 부른 노래 중에 〈꿈은 너의 마음에서 나온 소원〉이라는 노래가 있는데, 그 마지막 가사가 슬프지만 믿음을 잃지 않으면 너의 꿈이 이뤄질 거라는 것이었지. 넌 말은 별로 할 수 없었고, 공연 내내 나와 재닌 아줌마 사이에 앉아서 우리 손을 잡고 있었지. 하지만 너는 그 공주들의 동작 하나하나를 다 지켜보고 있었어.

그날 오후, 나는 널 계속 껴안고만 싶었단다, 치카. 왜 그런지 모르겠어. 난 잠시 너에게서 떨어졌다가도 다시 돌아와서 널 안아 올렸지. 너의 물결치는 노란 드레스가 내 팔뚝에 닿곤 했어. 가끔 네가 내 어깨 사이로 얼굴을 파묻는 게 느껴졌고, 너의 케이크를 보게 하려고 했지만 넌 도무지 고개를 들지 않았어. 그것은 내가 경험한 가장 행복하면서 가장 마음 아픈 생일이었다.

다음번에 아이티에 갔을 때 알랭에게 묘지에 데려다 달라고 부탁했다. 그는 고개를 끄덕였지만 아무 말도 하지 않았다. 그 상황에서 무슨 말이 필요했을까.

우리는 파르크 두 수브니르라고 하는 곳에 갔다. 거기서 진입로로 들어가서 올라가자 큰 문이 나왔다. 우리가 차에서 내렸을 때는 조용하고 더웠다. 그리고 초록색 잔디가 있거나 잔디가 말라붙어서 갈색이 된 곳 여기저기에 묘비들이 서 있는 모습이 보였다. 그 묘비들은 너무 바짝 붙어 있었다. 여기에 치카가 있는 모습을 도저히 상상할 수 없었다. 숨이 가빠지고 땀이 흘러내렸다.

여기서 일하는 사람이 하나 다가왔을 때 그에게 좀 더 한적한 곳을 보여달라고 부탁했다. 그는 그런 곳은 없다고 대답했다. 우리는 계속 걸었다. 여기 묘비들은 크고 흰 맹꽁이자물쇠 모양이었다. 거기다 이름이 둘, 셋, 넷까지 있는 묘비도 많았다.

“여기선 시체 위에 또 시체를 묻어요.” 알랭이 말했다.

그는 내 놀란 반응을 봤다.

“미국에선 그렇게 안 하나 보죠?”

태양은 인정사정없이 이글거리고 있었다. 트럭 한 대가 지나가는 소리가 들렸다. 여기서 일하는 사람들 몇 명이 우리에게 왔는데, 한 명은 목장갑을 끼고 있었다. 그들은 미국인이 묏자리를 찾고 있는 모습을 보고 그 사연을 궁금해하는 것 같았다. 우리는 마침내 한쪽 구석에서 몇 그루의 나무 밑에 적당한 자리를 찾았다. 그곳은 아직 비어 있는 묏자리 두 개가 모여 있었다. 나뭇잎들 사이로 나비 한 마리가 날아다니는 모습이 보였다. 그러다 날아가 버렸다.

“여기 두 자리 다 살 수 있나요? 그럼 자리가 좀 넓어질 것 같은데?” 내가 알랭에게 물었다.

“물어볼 수 있죠.” 그가 말했다.

사무실에서 안경을 쓰고 주홍색 립스틱을 바른 중년 여성이 내가 하는 말을 들었다. 내가 그 자리 두 개를 다 사고 싶다고 하자 그녀가 물었다. "몇 명이나 묻으시게요?"

"한 사람입니다. 아이죠."

그녀의 눈이 튀어나오려 했다.

"그건 말도 안 돼요. 거기에 열 명도 묻을 수 있는데."

"알겠습니다. 하지만 나는 그렇게 하고 싶어요." 내가 말했다.

그녀는 고개를 내저었다.

"그럼 앞으로 그 자리가 필요한 아이들이 더 나올 건가 보죠?"

나는 그녀의 얼굴만 물끄러미 바라봤다. 거기다 대고 뭐라고 하겠는가?

그녀는 서류를 다 처리했고, 나는 돈을 냈다. 우리는 트럭으로 돌아왔고, 우리가 갈 때 목장갑을 낀 남자가 손을 흔들었다.

우리는 말 없이 보육원으로 돌아왔다. 도착했을 때 아이들 몇 명이 축구를 하고 있었고, 또 몇 명은 줄넘기를 하고 있었다. 치카 또래의 여자아이 둘이 간이탁자 앞에 앉아서 하늘을 보고 있었다. 마치 이 시간이 영원히 끝나지 않을 것 같은 표정으로. 치카에겐 시간이 거의 없는데, 어떻게 어떤 아이들에겐 그렇게 시간이 많이 있을 수 있는가?

난 방금 뭔가 끔찍한 짓을 한 것처럼 갑자기 수치스러워졌다. 다시 그 묘지로 돌아가서 소리 지르고 싶었다. "다 취

소해주세요! 내가 실수했어요! 그 아인 죽지 않아요!" 하지만 알랭이 발전기에 쓸 경유를 사러 트럭을 가지고 나갔고, 난 여기 혼자 남아 햇빛 속에 서 있었다.

일곱 번째 교훈

우리가 안고 다니는 것

어느 날 오후, 네가 더는 혼자서 걸을 수 없게 됐을 때 우리는 식탁 위에서 색칠을 하고 있었어. 나는 차고 있던 손목시계를 흘끗 봤다가 늦었다는 사실을 깨달았지. 나는 벌떡 일어서며 말했단다.

"미안해, 치카. 이만 가봐야겠다."

"안 돼, 안 돼요. 여기서 나랑 같이 색칠해요." 네가 항의했지.

"치카, 난 일해야 해."

"미치 아저씨, 난 놀아야 해요."

"하지만 이건 내가 해야 할 일이야."

"아니, 그렇지 않아요. 아저씨가 해야 할 일은 날 안고 다니는 거야." 너는 팔짱을 끼며 말했지.

네 그 말을 내가 얼마나 많이 생각했는지 넌 모를 거야. 그때는 그저 네가 평소처럼 너무나 사랑스럽게 고집을 부린다고 웃고 말았어. 하지만 네가 점점 더 약해지면서 심지어 방을 가로질러 가는 것까지 안아서 옮겨줘야 했을 때, 네가 한 말에 담긴 지혜를 점점 더 절실하게 깨달았단다.

"아저씨가 해야 할 일은 날 안고 다니는 거야."

그 말이 내 목록의 마지막 항목이 됐고, 어쩌면 네가 나에게 가르쳐준 가장 큰 교훈이 된 것 같아.

우리가 안고 다니는 것이 우리가 어떤 사람인지 나타내니까.

그리고 우리가 하는 노력이 우리의 유산이니까.

2월 첫 주는 전통적으로 슈퍼볼이 열린단다. 스포츠 기자들에게 슈퍼볼은 큰 행사야. 나는 1985년부터 매년 이 행사를 보도했어. 그러니까 32년 연속한 것이지. 이 일은 내가 일하는 신문사가 나에게 기대하는 일이기도 하고, 나는 은퇴할 때까지 이 일을 할 수 있으리라 생각하면서 내가 이룬 연속 보도 기록이 사실 좀 자랑스럽기도 했어.

하지만 2017년에는 가지 않았단다. 그전까지 내가 안고 왔던 모든 것들, 한때는 그토록 중요해 보였던 모든 일이 정지되고, 트럭 속에 있던 짐들을 와르르 쏟아버린 것처럼 그렇게 돼버렸거든. 2월 첫 주가 됐을 때, 네가 뇌종양과 전쟁을 시작한 지 21개월이 되었을 때,

네 몸은 한 달 전에 생일 파티를 했던 그때와 또 달라져 있었단다. 반 굴 박사는 그 암이 "가증스러울 정도로 커졌다"라고 표현했지. 너는 더는 음식을 먹을 수 없어서 튜브를 통해 영양소를 공급받아야 했어. 처음에 병원에서는 네 코를 통해 목구멍 속으로 튜브를 집어넣었어. 하지만 아무도 안 보고 있을 때 네가 그 튜브를 쑥 잡아 빼버리더구나. (솔직히 그런 너를 응원하고 싶은 마음도 있었단다. 누가 자기 몸에 그런 걸 넣고 싶겠니?)

하지만 그것도 소용없었지. 그보다 더 안정적인 방법으로 튜브를 설치하는 쪽을 택하기로 해서 수술로 너의 배에 G 튜브를 삽입했으니까. 매일 낮과 밤마다 우리는 펌프를 통해 새 유동식을 넣어서 튜브를 통해 너의 배로 들어가게 했어. 우린 또 하루에도 몇 번씩 너의 PICC 라인으로 약을 넣고, 그걸 소독하고, 헤파린을 거기에 쏟아부은 후에, 네 팔에 달린 작고 흰 슬리브 밑에 집어넣었단다. 네 코에 집어넣은 플라스틱 튜브를 통해 페릴 알코올을 분무했지.

그 장치들을 네가 다 어떻게 감당했는지 모르겠다, 치카. 하지만 그렇게 힘들고 불편한 상황에서도, 네 소중한 목소리가 이제는 끙끙거리는 몇 마디로 줄어들었다 해도, 넌 여전히 너였어. 넌 밤마다 어떤 인형과 같이 자고 싶은지 내게 보여주려고 아주 살짝 고개를 숙여 보였지. 아이티에 있는 아이들과 페이스북으로 영상 통화를 할 때면 너는 떨리는 목소리로 안녕, 하고 말했지. 한번은 내가 기침을 심하게 해서 네가 날 보자 재닌 아줌마가 이렇게 말했지. "누가 아저씨 등 좀 쳐줘야겠다. 치카, 네가 미치 아저씨 등 좀 때려줄래?" 내가 허리를 숙이자 네가 내 등을 가볍게 세 번 쳐줬지.

슈퍼볼 경기가 열리던 날, 나는 네 침대에 앉아서 네가 볼 영화들을 고르고 있었어. 내가 큰 소리로 영화 제목들을 부르자 넌 아무 반응이 없다가 〈미스터 피바디와 셔먼〉이 나오자 엄지를 치켜들었지. 그래서 너와 같이 그 영화를 봤어.

영화를 보다 개인 피바디 씨가 자신의 후배이자 인간인 셔먼을 입양하기 위해 판사 앞에 서는 장면이 나왔어.

판사가 물었지. "당신에게 인간을 기를 때 생기는 모든 문제에 대처할 능력이 있다고 확신합니까?"

그러자 그 개가 대답했지. "대단히 죄송하지만, 그게 뭐 얼마나 힘들겠습니까?"

난 너와 같이 보낸 마지막 8주에 대해 자세히 설명하지 않겠다고 여기 앉아서 결심했단다, 치카. 산소 기구와 네가 기침을 하도록 만들기 위해 네 등에 붙인 고무 기구, 그리고 네가 숨을 쉴 수 없도록 막고 있는 이

물질을 꺼내기 위해 네 코를 통해 목구멍에 넣은 흡입 튜브같이 마지막까지 우리가 필사적으로 시도한 의학적 처치에 관해 설명하기란 너무 어렵고 힘들구나. 넌 너의 맥박과 산소 수치를 측정하기 위해 손가락에 작은 모니터를 차고 있었는데, 그것이 밤새 내내 작은 수치들과 함께 번쩍거렸단다. 그 수치가 너무 높게 올라가거나 너무 낮게 떨어질 때마다 삐삐 소리가 나서 그때마다 우리는 잠이 깼지. 그런 일이 너무나 자주 반복돼서 나는 눈을 뜨자마자 어떤 숫자가 좋은지, 어떤 숫자가 나쁜지 알게 되었어. 내가 진저리를 치는 건 별로 많지 않단다, 치카. 하지만 그 모니터는 정말이지, 너무나 싫었어. 그건 마치 붉게 번쩍이면서 네가 살 시간을 카운트다운으로 보여주는 것 같았거든.

하지만 긍정적인 면도 있었어. 넌 가장 경험이 풍부한 직원들의 마음조차 녹여버리는 강한 생명력을 계속해서 뿜어냈지. 워크 더 라인이라고 하는 곳에서 나온 물리치료사 팀이 네가 더는 그곳을 방문할 수 없었을 때 우리 집에 널 치료하러 오기 시작했어. "치카가 보고 싶어서"라고 그들은 말했지. 헬스 파트너스라고 하는 회사에서 일하는 수간호사인 도나는 네가 잘 지내고 있는지 보러 예정에도 없이 자주 찾아오곤 했지. 내가 방에 들어가면 너를 보러 온 우리 친구 두 명, 때로는 우리 가족 세 명, 때로는 의료 종사자 두어 명이 있을 때도 있었어. 거기서 우쿨렐레를 연주하고 있는 사람도 있었고. 넌 항상 사람들을 끌어당기는 매력이 있었단다.

어느 날 밤, 우리는 숀이란 간호사에게 네가 얼마나 교회 음악을 좋아하는지 말했어. 그녀는 너의 엄마처럼 키가 컸는데, 갑자기 널 위해 노래를 불러도 되느냐고 물어보는 거야.

그래서 우리 모두 한자리에 모이고, 넌 그 작은 의료용 침대에 누워 숀이 〈그분의 눈길은 참새까지 깃드시네〉를 세상에서 제일 아름답게 부르는 걸 들었어.

나는 행복해서 찬양하네.
나는 자유로워서 찬양하네.
그분의 눈길은 참새까지 깃드시며
그분이 나를 지켜보심을 아네.

너는 경이로워하는 눈빛으로 숀을 바라봤지. 그 순간이 너무도 경이로웠단다. 재닌 아줌마는 울었어.

너의 마지막 나날이 4월로 접어들었어. 그때는 시간이 계절을 앞선 듯 날씨가 따뜻해졌지. 넌 23개월까지 살아남았어. 그건 DIPG를 앓는 환자로서는 예외적으로 긴 경우야. 재닌 아줌마가 너는 기적이라고 했는데, 많은 면에서 넌 정말 기적이었단다.

나는 매일 밤 너를 곰곰이 살펴본 후에 불을 껐단다. 넌 너무나 고요하고, 순수했고, 네 얼굴은 아무 표정이 없었지. 그때 내가 얼마나 크나큰 무력감을 느꼈는지 설명하기가 힘들구나, 치카. 네 머릿속에서 그 어떤 전쟁이 벌어지고 있건 간에 내가 옆에서 같이 싸워줄 수 없었으니까. 넌 어쩜 그렇게 강했니? 널 보며 밤새 강둑에서 씨름했던 야곱과 천사 이야기가 생각났단다. 난 그 싸움이 왜 그리 오래 끌었는지 종종 궁금했어. 천사가 야곱의 엉덩이에 손에 대서 그를 불구로 만들면 금방 끝나는 싸움이었는데 말이지.

하지만 새벽까지 그렇게 싸울 수 있었던 건 야곱의 맹렬한 투지 덕분이었을 거야. 그리고 네 맹렬한 투지 덕분에 너는 지금까지, 거의 2년 동안 씨름을 하면서 여기까지 올 수 있었던 거야.

하지만 너는 큰 대가를 치렀지. 그 과정에서 네 사랑스러운 목소리를 잃었고, 눈은 반밖에 뜨지 못했어. 그 눈을 나는 매일 바라보며 말했지. "좋은 아침이다, 예쁜아." 체중 변화가 너무도 심하고 잦았던 네 몸은 미국에 도착했을 때처럼 다리가 길고 비쩍 마른 몸으로 돌아갔지. 키는 몇 인치 컸지만, 어떤 면에서는 한 바퀴를 돌아 원래 자리로 돌아온 거나 다름없었어.

4월 6일, 동이 트기 전에 너의 수치들이 급하게 떨어졌어. 네 심장 박동이 급격하게 내려가고, 호흡도 불규칙적이었어. 난 옷장 옆 바닥 위에서 자고 있었단다. 그 삐삐거리는 모니터 때문에 계속 잠이 깼거든. 그러다 호스피스 간호사가 내 이름을 부르는 소리가 들렸어. 나는 어둠 속에서 벌떡 일어나서 소리쳤지. "뭐예요? 뭡니까?" 그러자 간호사가 말했어. "아무래도 때가 된 것 같아요."

재닌 아줌마와 나는 고개를 숙여 널 내려다보면서 네 보드라운 뺨을 문질렀단다. 우리는 마음을 강하게 먹으려고 애를 썼어. 하지만 회색 안개와 함께 아침이 됐을 때 이건 아니다, 싶은 기분이 들었어. 우리는 아직 '때가 되지 않은' 것처럼 느꼈지. 내가 네 뺨에 귀를 대자 거의 그르렁거리는 것 같은 숨소리가 들렸어.

"치카가 애를 쓰고 있어요." 내가 말했어.

"그건 그저 아이들이 내는 소리여요. 끝에 이르렀을 때." 호스피스 간호사 하나가 말했지.

내가 재닌을 보자 그녀는 고개를 저었어. 2년 전 가튼 박사와 회의실에 있을 때 느꼈던 기분이 다시 느껴졌지.

"아니야. 치카는 싸우고 있어. 그리고 치카가 싸우고 있다면, 우리도 싸우는 거야." 나는 말했어.

나는 네 몸을 앞으로 기울였는데, 그때 내가 한 짓이 틀렸다면 날 용서해주렴, 치카. 나는 전에 배웠던 대로 작은 고무 기구로 네 등을 두드렸고, 흡입 튜브를 네 코를 통해 목에 넣고, 다시 등을 두드리면서 말했어. 힘을 내, 아가, 힘을 내, 아가. 네가 싸우고 싶다면 싸워. 호스피스 간호사들이 경악해서 우리를 지켜보고 있는 동안 네 심장 박동이 올라가고 호흡이 증가하더니 5분 안에 안전지대로 돌아왔단다. 재닌 아줌마가 날 물끄러미 봤어. 우리 둘 다 숨을 거칠게 쉬고 있었는데, 한 호스피스 간호사가 속삭이더구나. "난 저런 건 평생 처음 봐."

그런 내내 재닌 아줌마와 나는 똑같이 한 단어를 생각하고 있었단다.

그런데도.

네가 안고 가는 것이 너란 사람을 나타낸단다. 그건 가족을 먹여 살리는 부담일 수도 있고, 환자들을 돌보는 책임일 수도 있고, 다른 사람들을 위해 네가 해야 한다고 느끼는 좋은 일일 수도 있고, 네가 절대 놓지 않을 죄일 수도 있어. 그게 뭐건 우리 모두 매일 뭔가를 안고 살아간다. 그리고 너와 같이 보냈던 시간 내내 치카, 네가 그토록 단호하게 말했던 것처럼, 내가 할 일은 너를 안고 가는 것이었단다.

내가 할 일은 과거에도 그랬고, 지금도 그랬듯 보육원에 있는 너의 형제들을 안고 가는 거야.

오랜 세월 아이 없이 살던 내가 해야 할 일이 알고 보니 아이들을 안고 가는 것이었어.

그것은 세상에서 가장 근사한 부담이란다.

어느 날 밤, 아직 말을 할 수 있을 때, 치카가 침대에 작은 곰 인형을 안고 왔다. 병원에서 받은 선물이었다. 병원 사람들은 그 곰을 돌보미 곰이라고 불렀다.

침실은 어두웠다. 나는 치카 옆에 무릎을 꿇고 앉았다.

"음, 안녕. 넌 치카 거니?" 난 곰에게 속삭였다.

치카는 자신의 얼굴 앞에 곰 인형을 댔다.

"네." 치카는 중얼거렸다.

"넌 운 좋은 곰이구나. 치카는 정말 특별한 아이거든."

"그렇군요."

"하지만 치카에겐 말하지 마. 이건 너와 나만의 비밀이야."

"난 치카의 곰이에요. 그러니까 다 말해야 해요."

"그럼 내가 치카를 얼마나 사랑하는지는 말하지 마. 이건 정말 비밀이야."

"치카는 아저씨가 자길 얼마나 사랑하는지 이미 알고 있어요."

"알고 있어? 얼마나 사랑하는데?" 나는 못 믿겠다는 듯이 말했다.

치카는 곰 인형의 두 팔을 붙잡고 내가 항상 하는 것처럼 등 뒤로 넘어갈 때까지 쫙 벌렸다.

"이이이이만큼."

내 눈에 눈물이 고였다.

"맞아. 그만큼 사랑해." 나는 속삭였다.

너

그래서.

네가 그 안개 낀 4월의 아침에 기적적으로 기력을 찾은 후, 우리는 널 사랑하는 모든 사람, 너에게 감동한 모든 사람에게 전화해서 널 보고 싶으면 지금 와야 한다고 말했어. 그들은 다 왔단다. 와, 정말 다 왔어. 너 긴 행렬을 좋아했지? 그날 너에게도 너만의 행렬이 찾아왔단다. 하루 내내 가족들, 친구들, 너에게 감동한 사람들이 다 널 보러왔어. 그들은 와서 네 옆에 앉아서, 네 손을 잡았지. 우리는 그날 아침에 네 목숨이 경각에 달했다가 다시 살아난 이야기를 들려줬단다. 그것이 우리가 너에 대해 한 수많은 이야기 중 마지막 이야기였다면, 그건 좋은 이야기였어. 네가 그렇듯 아주 용감하고 도전적인 이야기였지.

그날 밤, 아이티 보육원의 아이들이 다 기도를 드린 후에 모였어. 우리가 네 귀에 아이패드를 대고 있는 동안 아이 하나하나가 너에게 말했지. "잘 자, 치카." 혹은 "잘 자, 소중한 친구."

다음 날인 4월 7일은 아주 화창한 봄날이었단다. 점심시간이 막 끝나고 해가 하늘 높이 올라 환하게 빛나고 있을 때 넌 작별 인사를 하기 시작했지.

이번엔 그 어떤 공포도 없었고, 어둠 속에서 벌떡 일어나는 일도 없었고, 그르렁거리는 숨소리도 없었어. 넌 침대에 똑바로 누워 있었고, 고개는 한쪽으로 조금 기울어져 있었어. 방에선 조용한 아이티 음악이 흐르고 있었지. 재닌 아줌마는 네 침대 한쪽에 있었고, 난 반대쪽에 있었어. 우린 네가 좋아했던 것처럼 널 양쪽에서 안고 있었어. 독일에서 네가 우리에게 키스하고 영원히 행복하게 살라고 했던 것처럼, 널 가운데서 안고 있었지. 누군가 침실에 있는 TV에 사진을 넣는 방법을 알아내서, TV 화면에 네 행복한 모습이 찍힌 사진이 계속 나오고 있었어. 수영 고글을 쓴 모습, 모래 상자에서 나랑 놀고 있는 모습, 아이스크림을 먹는 모습. 몇 발자국 떨어진 곳에, 만질 수는 없지만 생기 넘치는 네가 있었지. 그런데 만질 수 있는 너는 바로 우리 옆에 있는데도 이 세계로부터 조금씩 멀어지고 있었어.

"널 사랑한다, 치카. 널 너무나 사랑해." 난 조용히 계속 그렇게 말했지.

우린 네 손가락을 문질렀어. 너의 어깨. 너의 뺨. 그 뺨은 네가 세상을 떠나는 순간까지도 이 세상 그 무엇보다 부드러웠지. 우린 너에게 셀 수 없이 키스했단다. 우린 너의 숨을 셌어. 그 숨이 서서히 느려지기 시작하다가 나중엔 1분에 다섯 번을 뛰었고.

그러다 네 번.

그러다 세 번.

그러다 아주 조용해졌어. 밖에선 가족과 친구들이 기다리고 있었지. 우리 셋만 네가 그토록 사랑했던 푹신하고 편한 침대 위에서 꼭 껴안고 누워 있었단다.

마침내 눈물이 흐르는 얼굴을 들고 재닌 아줌마가 심호흡을 한 번 하고 나서 속삭였단다. "괜찮아, 치카. 넌 천국에서 엄마와 같이 있을 수 있어."

그러다 재닌 아줌마는 울음을 터트렸고, 내 심장은 갈기갈기 찢어졌어. 재닌이 그 말을 하기가 얼마나 힘들었는지 아니까.

그리고 네가 재닌 아줌마의 말을 들었다는 걸 알았단다.

두 번.

한 번.

우리

—

난 두 손으로 머리를 감싸 쥐고 있었다. 눈은 흐릿했다. 이러다 기절할 것 같았다.

"끝났어요?" 치카가 말했다.

난 간신히 고개를 들었다.

"봐요? 내가 돌아올 거라고 했잖아요."

나는 손바닥으로 내 뺨을 문질렀다.

이리 오렴, 아가. 내가 말했다.

치카는 내 앞에 와서 섰다. 리틀 포니 파자마를 다시 입고 있었고, 머리를 촘촘하게 땋은 모습이 마치 우리 집에 와서 맞은 첫날 아침, 나와 같이 스크램블드에그를 만들었을 때 같았다.

있잖아, 나는 목이 멘 소리로 말했다. 이게 다 내 머릿속에서 일어나는 일이란 걸 알아. 넌 사실 내 앞에 이렇게 서 있을 수 없다는 거 알고 있거든. 하지만 네가 여기 있는 동안 하고 싶은 말이 있어.

"오오오오케이." 치카는 내 무릎에 두 팔꿈치를 대고 손바닥에 얼굴을 올려놓은 채 말했다. "무슨 말을 하고 싶어요?"

바로 이 말, 넌 내 자식은 아니었어. 하지만 내게 넌 내 아이였어. 난 널 더 이상 사랑할 수 없을 만큼 사랑했고, 그건 재닌 아줌마도 마찬가지야. 그리고 네가 이 세상을 떠난 후 어디로 갔든, 넌 우리 가족의 일원이었어. 사실 아주 많은 가족의 일부였지. 넌 우리 부부를 가족으로 만들어줬어, 치카. 재닌 아줌마와 너와 나 말이야. 하느님에게 다른 계획이 있었다 해도 우리가 널 살릴 수 있었다면 얼마나 좋을까. 우린 매 순간 너를 그리워하고 있단다. 우리가 널 잊을까 봐 걱정하지 마. 절대 그럴 수 없으니까. 우린 너도, 너에 관한 모든 기억도 절대 놓지 않을 거야. 넌 떠나면서 우리의 아주 큰 부분, 우리의 가장 좋은 부분을 가지고 갔어. 하지만 그건 네 거니까. 그게 항상 네 옆에 있길 바란다. 혹시, 아주 잠깐이라도 네가 혼자 이 세상을 떠났다고 생각할까 봐 이런 말을 하는 거야.

치카는 마치 뭔가 생각하는 것처럼 입술을 오므렸다. 그러더니 씩 웃으면서 두 팔을 벌렸다.

나는 두 팔을 뻗었고 처음이자 마지막으로 다시 치카를 만질 수 있었다. 나는 아이를 끌어당겼고, 내 목을 안는 아이의 팔을, 아이의 보드라운 뺨과 내 관자놀이에 닿는 땋은 머리를 느낄 수 있었다. 나는 항상 그랬듯 아주 익숙하게 아이를 안았고, 아이는 결코 떠난 적이 없었던 것처럼 내 품에 쏙 안겼다.

그러더니 고개를 뒤로 기울여서 생긋 웃고, 파자마 윗도리를 끌어 올려 자신의 얼굴을 가렸다.

"치카는 어디 있을까요?" 치카가 물었다.

그러면서 내 가슴에 손을 댔다.

"여기 있다!"

그러더니 치카는 사라졌다.

후기

메제르다 '치카' 쥔은 2017년 4월 15일에 아이티에 묻혔다. 치카에게 감동한 많은 미국인이 장례식을 치르기 위해 비행기를 타고 갔다. 장례식에는 치카의 대모, 치카 아버지와 우리 보육원 직원들, 그리고 놀랍게도 치카의 남동생과 두 언니도 참석했다. 그 후에 몇몇 사람들이 모여 무덤으로 갔는데, 거기서 치카에게 그늘을 만들어준 나무들 주위에 나비들이 날아다니고 있었다.

치카의 묘비에는 그날 밤 치카가 혼자서 불렀던 노래 가사가 새겨져 있었다.

"나는 하느님의 아이야."

나중에 다시 보육원으로 돌아와, 아이들은 우리만의 작은 예배를 드리기 위해 가장 좋은 옷을 입고 모였다. 많은 아이가 일어서서 말한 치카에 대해 좋아한 점 중

하나로 "치카가 정말로 먹는 걸 좋아했다"는 것도 있었다. 그 후에 우리는 치카를 추모하며 분홍색 풍선 36개를 하늘로 날려 보냈다. 그 풍선들은 하늘로 날아올라 포르토프랭스 거리 위를 날아갔다.

나는 그 풍선들 밑에서 거닐다가 치카의 남동생 모세를 보고 숨이 멎는 줄 알았다. 모세는 치카와 너무나도 닮았다. 모세는 치카가 우리에게 왔을 때와 똑같은 세 살이었다. 내가 모세에게 안아줄까, 하고 묻자 모세는 내 품으로 펄쩍 뛰어올라 새로우면서도 동시에 익숙하게 느껴지는 힘으로 날 꽉 안았다.

그날 오후, 모세의 법적 보호자인 치카 삼촌이 나와 이야기를 할 수 있느냐고 물었다. 그는 치카의 어머니가 죽은 후에 모세가 갈 곳이 없어서 자기가 데려갔다고 했다. 하지만 그와 아내에겐 이미 자식들이 있었고, 돈은 벌기 힘들었다. 그는 여기 보육원 시설들, 아이들 숙소, 주방과 학교를 봤다.

"모세를 여기에 받아주실 수 있을까요?" 그가 물었다.

그래서 우리는 그렇게 했다.

모세는 현재까지 거기서 살고 있고, 치카의 언니 미란다도 같이 있다.

세상은 참 놀라운 곳이다.

그만 이 이야기를 끝내야겠다. 나는 전에 매일 아침 커피를 마셨다. 치카는 내가 커피 타는 모습을 지켜보면서 항상 그렇듯 아주 사랑스럽게 물었다. "그게 뭐예요?"

"커피야, 치카."

"나도 커피 마시고 싶은데."

그렇게 치카는 몇 달 동안 졸랐다. 커피는 아이들이 마시는 게 아니라고 해도, 치카는 그럴수록 더 마시고 싶어 했다. 어느 날 아침, 마침내 내가 항복하자 치카는 두 손으로 컵을 들고 아주 작게 한 모금 마시더니 감탄사를 내뱉었다. "으으으음!"

아직도 그때 치카가 정말로 커피를 좋아한 건지 아니면 그저 어른이 된 것 같은 기분을 만끽한 건지 잘 모르겠다.

과거를 돌아보면 우리의 기억을 따라다니는 건 바로 그런 것들이었다. 그 힘겨운 분투도 아니고, 그 병도 아니었다. 몇 년이 지나고 우리가 "치카가 이젠 여덟 살이 됐을 텐데"라거나 "치카가 이젠 아홉 살이 됐을 텐데"라고 말하는 것. 혹은 어느 날 "치카가 이젠 대학에 가서 커피를 마시고 있을 텐데"라고 하는 것. 우리는 치카가 병과 싸웠던 시간에 대해 애통해하지 않는다. 그보다는 치카가 놓쳐버린 성장기를 애통해한다. 치카가 결코 누리지 못했던 그 시간을. 치카가 결코 보지 못하는 미래를. 그건 아직도 너무나 불공평하게 느껴진다.

하지만 우리 중 그 누구도 내일이 오리라는 걸 확신할 수 없다. 그래서 우리가 오늘 하는 일이 그토록 중요하다. 치카는 매일매일을 충실하게 채웠다. 치카는 그 하루 속에서 한껏 살고, 한껏 음미했다. 그리고 항상, 항상, 누군가에게 영향을 미쳤다. 무엇보다 그들을 미소 짓게 했다.

사람들은 내가 이 경험에서 뭘 배웠느냐고 묻는다. 나는 이 책에서 그것들을 펼쳐보려고 애를 썼다. 하지만 이것 하나는 확실히 말할 수 있다. 가족이란 마치 여러 개의 조각을 모아놓은 예술 작품과 같다. 가족은 수많은 재료로 만들어질 수 있다. 가끔 출생으로 만들어지기도 하고, 가끔은 우연이 섞여서 만들어지기도 하고, 가끔은 시간과 환경이 합쳐서 만들어지기도 한다. 마치 미시간 부엌에서 마구 휘저어서 만들었던 스크램블드에그처럼.

하지만 가족이 어떻게 만들어지건, 그리고 어떻게 헤어지건, 이것만은 항상 진실일 것이다. 우리는 아이를 잃을 수 없다. 그리고 우리는 아이를 잃지 않았다. 우리는 그저 아이를 하나 받았을 뿐이다.

그리고 그 아이는 눈부시게 아름다웠다.

감사의 글

7년이란 시간은 한 사람의 일생으론 너무나도 짧지만, 다른 많은 이들의 마음을 움직이고, 또한 그들에게 감동할 시간으로는 충분합니다. 치카가 짧지만, 영감이 넘치는 시간을 이곳에서 보내는 동안 치카에게 선한 영향을 미친 이들에게 고맙다는 말을 전하고 싶습니다.

먼저, 치카의 건강을 보살펴줬던 우리 해브 페이스 보육원의 유모들, 교사들, 직원들, 아이티 출신 이사인 알랭 씨와 요넬 씨를 비롯한 전 직원, 그리고 미국인 이사인 제프와 패티, 제니퍼와 제레미아, 아나케미와 지나에게 고맙다는 말을 전하고 싶군요. 치카와 우리 아이들에 대한 여러분의 헌신은 우리에게 너무나 큰 힘이 됐습니다.

치카의 어머니가 세상을 떠났을 때 치카를 우리 보육원에 데려와준 치카의 대모 헤르줄리아 데나모아, 헤르줄리아 씨를 우리 보육원을 소개해준 롤랜드 롯 씨도 고맙습니다. 그리고 보육원의 40명이 넘는 아이티 형제자매들이 치카를 사랑하고 같이 놀았죠. 이 아이들에게도 고마움과 사랑을 전합니다.

DIPG와의 전쟁이 시작된 후로 우리가 고마워해야 할 사람들의 명단은 점점 늘어났습니다. 한 사람의 일생이 그토록 수많은 이들의 마음을 움직일 수도 있더군요. 이제부터 특별한 순서 없이 그 치료 과정에서 우리를 도와줬던 분들을 언급하겠습니다.

미시간의 앤 아버에 있는 모트 아동 병원의 훌륭한 직원 여러분, 여러분은 치카를 기쁨이 넘치는 희망의 불빛으로 여기며 치카를 보살피는 막대한 부담을 덜어줬습니다. 팻 로버슨 박사, 칼 코쉬먼 박사, 휴그 가튼 박사, 그레르 톰슨 박사가 치카를 살뜰히 진료하고 검사해줬고, 셀 수 없이 많은 의사, 간호사, 의료팀이 치카가 병원에 머무를 때마다 편하게 느끼도록 도와줬습니다. 이 병원 로비에 슈퍼맨이 서 있는 것도 당연하다는 생각이 들더군요.

마찬가지로 미시간의 로얄 오크 병원의 보몬트 방사선과와 피터 첸 박사에게도 감사하는 마음을 전합니다. 거기 직원들은 치카가 퇴원할 때마다 월마트에 있는 것보다 더 많은 장난감을 들려서 집에 보냈고, 치카가 치료를 마치면 벨을 울릴 수 있게 허락해줬습니다.

치카는 여러분을 모두 껴안고 나서야 집으로 갔죠.

뉴욕의 메모리얼 슬로안 케터링 병원의 의지가 강철 같고 헌신적이었던 스웨이던스 박사팀도 감사합니다. 치카의 사례를 통해 얻은 정보가 다른 환자들이 CED 치료 방법을 시도하는 데 도움이 되길 바랍니다.

독일의 반 굴 박사와 쾰른 병원에 있는 똑똑하고 친절한 직원분들도 정말 감사합니다. 치카는 독일에 있을 때 아주 행복해했어요. 제 생각에 치카는 여러분이 면역학에 대해 중요한 뭔가를 알고 있다고 감지한 것 같습니다. 그리고 꼬마 지안나를 추모하며 유가족에게 고맙다는 말을 전하고 싶습니다. 지안나는 아주 짧은 시간이었지만 치카의 외국인 친구가 되어줬죠.

타미, 제이슨, 리오드 카에게도 아주 고맙다는 말을 전하고 싶습니다. 이 가족은 크나큰 상실감과 심적 고통을 강한 채드 재단을 통해 영감이 넘치는 결실로 바꿔냈습니다. 여러분은 DIPG 산을 오르는 다른 이들을 위해 우리가 하려고 했던 일들을 우리에게 해주셨습니다. 언젠가는 여러분 같은 이들 덕분에 누군가는 그 산의 정상에 오를 겁니다.

치카를 품어준 다른 많은 단체에 끝없이 감사하는 마음을 전합니다. SCI 회복을 위한 워크 더 라인(우리 집에 와준 에리카와 아이라와 그 팀원들), 헬스 파트너스(존 프로세, 도나, 자정이 넘은 시간에도 와준 놀라운 간호사들), 미시간 호스피스 직원들과 켄 피치 박사와 앤 아버 팀원 여러분, 버밍엄의 본 요가 여러분(애슐리, 당신 덕분에 치카는 신나게 움직일 수 있었죠), 그리고 우리 지역에서 가정 방문을 해주신 의료팀인 주디, 질, 수지, 매리, 그리고 미셸 '박사님', PICC 라인을 쓰는 법을 우리에게 가르쳐주신 줄리 포드와 영양학적으로 방대한 지식을 가르쳐주신 그렉 홈스와 캐서린 로스, 치카의 치아를 치료해 주신 헌트 박사, 그 작고 특별한 의자를 준 케빈과 신디에게 고맙다는 말을 하고 싶습니다.

그리고 치카의 '친구들'이 있죠. 치카에게 나이는 아무 의미가 없었습니다. 그저 여러분의 마음과 시간이 중요할 뿐이었죠. 우리 꼬마에게 그 소중한 시간과 마음을 아낌없이 나눠주신 여러분에게 고개 숙여 인사드립니다. 특별한 순서 없이 언급하겠습니다. 프랭크(치카를 여기저기 많이 데리고 다니셨죠), 킴과 왈리드(마찬가지로 치카에게 구경을 많이 시켜줬죠), 니콜(바바 가누쉬!), 다이안(치카가 좋아한 선생님), 발과 릭 박사(치카는 개를 보러 가길 정말 좋아했어요), 마리나, 루디, 크리스(치카를 자신의 집에 머물게 해준 벨기에 주인들), 안토니에타(쾰른의 집주인), 마거릿, 앨리 가족과 페기 '할머니', '당나귀' 조단 목사님, 린, 카멜라, 캐서린(수영 수업), 코니와 린다(우리 집안일을 봐주고 우리가 돌아버리지 않게끔 여러 번 도와주신 분들), 채드 아우디 박사와 그의 가족, 로즈메리, 매기, 테리, 더그, 모니카와 히스, 비토, 샌디, 타키, 유키, 토모코와 카즈, 페리, 마이크와 트리시("조용!"), 델라, 사라 웨르, 라케마와 물론 항상 우리가 사랑하는 가족이자 내 누나인 지칠 줄 모르는 열정의 소유자 카라. 카라 누나는 항상 치카의 수업을 도와줬죠. 내 남동생인 피터는 항상 치카를 웃게 해줬고. 케이시, 트리샤, 릭 '할아버지', 그레그, 앤 마리와 아들들(우리 모두 치카가 에이단에 대해 어떤 감정을 느꼈는지 알고 있죠), 조니와 치카와 알고 지낸 우리 조카들인 제스와 말리, 가브리엘, 로라베스, 니콜, 조니, 다니엘, 마이클과 린제이, 꼬마 재니와 앤톤과 그 딸들인 데본과 스티븐, 알렉스, 데이비드와 제니와 폴과 조이와 조쉬, 모두 고맙다.

우리 가족이 치카의 가족이 됐고, 그 안에서 치카는 행복했습니다.

내 세계도 역시 치카의 세계와 하나가 됐죠. 그래서 마크 로젠탈, 마크 멘델슨(치카는 당신을 절대 건달이라고 부르지 않았답니다), 케리(그 수많은 기록에 감사드려요), 조앤, 빈스, 안토넬라, 저의 라디오 팀원인 진이와 리사 고쉬(항상 치카를 친절하게 대해주셔서), 그리고 내가 치카에 대한 이야기를 쓰면서 오랜 시간을 보냈을 때 끈기 있게 기다려준 출판사 팀원들에게도 고맙다는 말을 하고 싶습니다.

이 책은 데이비드 블랙이 없었다면 세상에 나오지 못했을 겁니다. 그는 수십 년 동안 내가 좋은 아빠가 될 거라고 말해줬고, 블랙 주식회사에 있는 훌륭한 직원들인 수잔 라이호퍼, 매트 벨포드, 스카일러 애디슨 역시 그랬습니다. 편집자인 카렌 리날디는 마치 천사와 야곱의 격투처럼 저와 씨름을 했지만, 그저 이 이야기를 좀 더 잘 표현한 책을 만들기 위해 그랬던 겁니다. 그래서 카렌에게 아주 고맙다는 말을 하고 싶군요. 하퍼 출판사의 유능한 직원들에게도 겸손하게 제 감사하는 마음을 전합니다. 조나단 번햄, 리아 워시엘스키, 스티븐 쿠퍼, 더그 존스, 레슬리 코헨, 티나 안드레아디스, 에밀리 반더웨르겐, 자크 다이넬, 레베카 라스킨, 한나 로빈슨, 밀란 보지, 레아 칼슨 스타니식, 존 주시노, 마이클 셔벗과 이 책이 출판될 수 있도록 힘을 써주신 다른 많은 이들에게 감사하다는 말을 전하겠습니다.

여기 일일이 다 적진 못했지만 제 친구들, 동료들, 의사들에게 모두 고맙다는 말을 하고 싶습니다. 이 여정에서 단 하루라도 우리가 계속 앞으로 나아갈 수 있도록 도와주신 분들은 다 이 이야기의 일부가 됐으니까요.

마지막으로 가장 큰 인사를 할 사람이 있습니다. 제 아내 재닌입니다. 이 책을 썼던 해에 재닌은 내가 쓴 글을 몇 페이지씩 소리 내어 읽을 때마다 들어줬습니다. 그건 아주 힘들고 고통스러우면서 동시에 애정과 기쁨이 느껴지는 일이기도 했습니다. 아프지만 소중한 아이를 키운다는 것이 원래 그런 것이니까요.

이것은 치카의 이야기이자 제 이야기이며 우리의 이야기이기도 합니다.

치카, 재닌, 나.

우리.

미시간 디트로이트

2019년 8월

미치 앨봄

| 옮긴이의 말 |

처음 출판사로부터 미치 앨봄의 책을 번역해달라는 의뢰를 받았을 때 두 가지 생각이 동시에 떠올랐다. '미치 앨봄이라니! 『모리와 함께한 화요일』의 저자잖아. 이런 근사한 기회가 찾아오다니.' 『모리와 함께한 화요일』은 인생에 대한 의미를 되새기게 해준 나만의 명작이었다. 물론 나만 그렇게 생각한 건 아니었고, 전 세계 수많은 이들이 감동한 이야기였다. 그런 작가의 작품을 맡게 돼서 들떠 있다가 이 책에 대한 간단한 설명과 함께 제목을 보고 궁금해졌다. '왜 『치카를 찾아서』일까. 치카는 분명 미치 앨봄이 돌봤다는 아픈 아이였을 텐데.'

이 의문은 번역을 시작하면서 서서히 풀려가기 시작했다. 안타깝게도 그에 대한 답은 굉장히 안타깝고 슬펐다. 나는 이 사랑스럽고 감동적이면서 한편으로 가슴이 미어지는 이야기 속으로 여정을 떠났다.

너무나 어린 나이에 치명적이고 고통스러운 병을 앓고 있으면서도 주위를 온통 환하고 행복하게 만들어주는 당차고 귀여운 아이 치카를 보며 나 역시 내 아이의 병 때문에 겪던 고통에큰 위로를 받고, 기운을 낼 수 있었다.

작가 미치 앨봄은 아이티에서 대지진이 일어난 후 우연히 그곳에 있는 보육원을 복구하는 프로젝트에 참여했다가 계획에도 없던 보육원 운영을 맡게 됐다.

그렇게 아이티의 보육원에서 아이들을 보살피고, 안전하게 지키기 위해 온종일 눈코 뜰 새 없이 바쁜 생활에서 그는 문득 그 어느 때보다 마음이 편하고 행복하며 잠도 잘 자게 됐다는 사실을 깨닫는다.

어느 날, 보기만 해도 반짝반짝 빛이 날 정도로 사랑스럽고 당돌하며 귀여운 소녀 치카를 만난다. 하지만 그런 만남의 기쁨을 누릴 새도 없이 치카는 이름조차 발음하기 힘든 종류의 희귀 뇌종양(정확한 병명은 DIPG)을 앓게 된다. 작가는 선택의 여지가 없이 아이티에 있던 치카를 데리고 미국에 와서 그때부터 아이와 같이 죽음에 지지 않기 위한 길고 힘든 싸움을 시작한다.

치카는 그 영웅적인 싸움 끝에 결국 세상을 떠났고, 작가는 2년 동안 치카의 몸과 영혼을 보살피다 끝내 세상을 떠난 아이를 못 잊고 크나큰 아픔과 상실감에 젖어 이 책을 쓰게 됐다.

『치카를 찾아서』는 지구 반대편에 떨어져 있던 한 부부와 한 아이가 만나 사랑으로 맺어지는 과정을 그린 감동적인 이야기이자, 그렇게 가족이 되어가는 세 사람이 무서운 병과 싸우는 내내 생의 소중하고 행복한 순간들을 놓치지 않고 살아가는 이야기이기도 하다. 평생 아이라곤 키운 적 없이 늙어가던 50대 중반의 부부가 야무지고 똑똑하면서 재미있는 다섯 살배기 꼬마 소녀를 만나 부모가 되어가는 이야기.

갓난아기 때 엄마가 죽고 아빠에게 버림받고 죽을병에 걸렸지만, 언제나 신과 세상과 사랑하는 사람들에 대한 믿음을 잃지 않은 채 주위를 환하게 밝히며 어른도 견딜 수 없는 육체적 고통과 정신적 두려움을 견뎌낸 소녀 치카. 번역하면서 내내 나는 치카의 반만큼도 용감해지거나 힘을 낼 수 없을 거란 생각이 들면서 혀를 내두른 적이 많았다.

나는 종교를 믿지 않지만 신자인 미치 앨봄이 왜 이렇게 천사 같은 아이를 고통받게 하고, 일찍 데려가

느냐고 신에게 항의하는 모습을 보며 무척 공감했다. 나라도 그의 입장이었다면 그랬을 테니까. 그러나 이 말이 작가에게 위로가 될진 모르겠지만 이 이야기를 통해 치카가 수많은 사람의 가슴에 영원히 살아 있을 거라는 걸 꼭 전해주고 싶다.

『치카를 찾아서』는 아이를 키우고 있는 부모들에겐 한 생명을 키우며 알게 되는 환희와 경이의 순간을 일깨워주는 이야기가 될 것이고, 아이를 키우지 않는 이들에게는 핏줄로 이어지지 않아도 사랑으로 가족이 되는 사람들의 이야기, 나이와 상관없이 강인하고 현명한 한 영혼의 용감한 여정에 대한 이야기로 읽힐 수 있을 것이다. 어느 쪽이건 상관없다. 나는 이 책으로 치카란 아이를 만나는 동안 기쁘고 슬프고 행복했고, 이 책을 손에 드는 이들은 다 그럴 거라고 확신할 수 있으니까.

박산호

한양대학교 영어교육학과에서 공부했고, 영국 브루넬대학교 대학원에서 영문학을 전공했다. 회화와 토익 강사를 거쳐 영상 번역가로 일하다가 하드보일드 문학의 대가 로렌스 블록의 『무덤으로 향하다』의 번역 테스트에 통과하면서 출판 번역에 입문했다. 영어를 처음 배우는 아이들을 위해 초등학생 딸을 모델로 삼아 『깔깔마녀는 영어마법사』를 썼고, 기초 영단어 100개를 엄선해 그에 관련한 상식을 알아보는 영어 교양서 『단어의 배신』을 썼다. 노승영 번역가와는 베테랑 번역가들의 텍스트 분투기 『번역가 모모 씨의 일일』을 썼다. 『임파서블 포트리스』 『지팡이 대신 권총을 든 노인』 『거짓말을 먹는 나무』 『토니와 수잔』 『레드 스패로우』 『하우스 오브 카드 3』 등 60여 종의 원서를 번역했다.

치카를 찾아서

펴낸날 **초판 1쇄 2021년 9월 15일**

지은이 **미치 앨봄**
옮긴이 **박산호**
펴낸이 **심만수**
펴낸곳 **(주)살림출판사**
출판등록 **1989년 11월 1일 제9—210호**

주소 **경기도 파주시 광인사길 30**
전화 **031-955-1350** 팩스 **031-624-1356**
홈페이지 **http://www.sallimbooks.com**
이메일 **book@sallimbooks.com**

ISBN 978—89—522—4309-6 03840